paola masino
nascimento e morte da dona de casa

romance

© 2021 Editora Instante

Nascita e morte della massaia
© 2018, Editions de la Martinière, um selo do grupo EDLM, Paris.

Publicado no Brasil sob acordo especial com a EDLM em conjunto com seu agente devidamente nomeado, 2 Seas Literary Agency, e o co-agente, Villas-Boas & Moss Agência Literária.

Direção Editorial: **Silvio Testa**

Coordenação Editorial: **Fabiana Medina**
Revisão: **Fábio Fujita** e **Natália Mori Marques**
Capa e Ilustrações: **Fabiana Yoshikawa**
Imagem (orelhas): **ARCHIVIO GBB / Alamy Stock Photo**
Diagramação: **Estúdio Dito e Feito**

1ª Edição: 2021

Dados Internacionais de Catalogação na Publicação (CIP)
(Angélica Ilacqua CRB-8/70)

> Masino, Paola, 1908-1989
> Nascimento e morte da dona de casa : romance / Paola Masino ; organização e nota sobre o texto de Elisa Gambara ; introdução de Nadia Fusini ; tradução e posfácio de Francesca Cricelli. — 1ª ed. — São Paulo : Editora Instante, 2021.
>
> ISBN 978-65-87342-15-3
> Título original: Nascita e morte della massaia
>
> 1. Ficção: literatura italiana 2. Literatura italiana: romance I. Título II. Gambara, Elisa III. Fusini, Nadia IV. Cricelli, Francesca
>
> 21-1300   CDD 853.91

Índices para catálogo sistemático:
1. Ficção: literatura italiana
2. Literatura italiana: romance

Texto fixado conforme o Acordo Ortográfico da Língua Portuguesa de 1990, em vigor no Brasil a partir de 2009.

www.editorainstante.com.br
facebook.com/editorainstante
instagram.com/editorainstante

Nascimento e morte da dona de casa é uma publicação da Editora Instante.

Este livro foi composto com as fontes Arnhem e Cocogoose e impresso sobre papel Pólen Bold 80g/m² em Edições Loyola.

paola masino

nascimento e morte da dona de casa

romance

ORGANIZAÇÃO E NOTA SOBRE O TEXTO
Elisa Gambara

INTRODUÇÃO
Nadia Fusini

TRADUÇÃO E POSFÁCIO
Francesca Cricelli

⁶•⁹ instante

Uma escritora metafísica

Nadia Fusini

É um belo livro, este. Ainda é um livro vivo. Aliás, mesmo depois de tantos anos — nasceu pouco menos de um século atrás —, talvez somente agora ele possa realmente ser "lido". Porque os livros mais interessantes são aqueles que precisam de tempo para encontrar leitores à altura de sua intensidade, densidade e profundidade.

De fato, era uma época nada tranquila aquela em que o romance *Nascimento e morte da dona de casa* — já o título é provocador — foi concebido, ou seja, os anos 1938 e 1939. E ainda bastante tempestuosa, quando foi publicado em capítulos na revista *Tempo Illustrato*[*] entre 16 de outubro de 1941 e 22 de janeiro de 1942.

Não teve muita sorte. Não combinava com o clima literário e intelectual dominante e foi hostilizado pela crítica do regime, que o considerou um romance "de desfeita e cinismo", pelas palavras da própria autora. Somente após muitas vicissitudes, entre elas a censura fascista, e um bombardeio dos aliados que destruiu sua primeira tiragem, finalmente foi publicado em volume único pela editora Bompiani em 1945. Mas, àquela altura, não combinava com o neorrealismo que estava em voga após a guerra. Há, de fato, no romance um ar de surrealismo mágico-demoníaco, respira-se uma fantasia grotesca e surreal que alcança no alto tons proféticos e graves

---

[*] Revista editada pela Mondadori inspirada na publicação estadunidense *Life*, entre 1937 e 1943, que foi financiada pelo regime fascista; em 1943, foi suspensa. [N. T.]

e no baixo acentos cômicos, ridículos. Mais do que uma mimese do mundo real, busca-se um tipo de *twilight zone* em que se cumpre, na escrita, a mediação sombria entre o natural e o sobrenatural — terreno em que a literatura italiana raramente se aventurou. Enquanto a inglesa, sim, com Poe, por exemplo; e a alemã também, com Kafka; e a francesa com Apollinaire, Breton. Autores que não são estranhos a Paola Masino.

Enfim, o romance falava uma língua estranha, estrangeira, não atual.

Mas o que parecia profundamente não atual naquela época será, se não atualizado, compreendido nas edições seguintes. Em 1970, sai pela editora Garzanti uma edição aos cuidados de Cesare Garboli. No prefácio, o ilustre crítico aprecia a língua de registro alto, puro, capaz de prover as iguarias neoclássicas de Paola Masino; colhe com empatia o exercício de um humorismo elegante, sutil e sardônico, e admira o domínio perfeito do paradoxo e da ironia. Sem nenhuma prevenção, Garboli se deixa surpreender e encantar pelo romance, nele observa como se combinam perfeitamente vários tipos de escrita — onírica, fabular e realista; e com qual harmonia se alternam os diversos modos da linguagem, do poético ao dramatúrgico, com várias personagens que entram em cena e se criam em reflexões em voz alta, enquanto os textos de diário seguem como enxertos em tom jornalístico. Enfim, Garboli reconhece em Paola Masino um desejo por experimentação e busca inspirado no grande modernismo do século XX.

Nas edições sucessivas, todas com o tom da redescoberta "feminista", se insiste, ao contrário — e, por que não?, exatamente —, na antecipação profética de um destino feminino que já estava de fato em mudança. Ainda que no prefácio da editora La Tartaruga, da edição de 1982, Silvia Giacomoni tenha justamente advertido: "A *Massaia*[*] está para as donas de casa como *Moby Dick* para os estudiosos de baleias".

---

[*] Do título em italiano *Nascita e morte della massaia*. [N. T.]

E ela tem razão. Aqui, não há só uma busca pela identidade em choque contra os estereótipos de uma sociedade culturalmente atrasada, mas uma rebelião radical, que do reconhecimento dessa condição de falta de liberdade toma força para iluminar energias para mudanças que se abrem a uma interpretação diferente do mundo.

A verdade é que, naqueles anos ferozes — as décadas de 1930 e 1940 —, muitos aspectos complexos relacionados ao tema do qual o romance ostensivamente zomba vieram à tona. A pergunta era: qual pode ser o destino de uma mulher se ela não ambiciona ocupar a posição de *dama* e *serva* da primeira célula fundamental da vida civil? Em tempos de guerra, pode ocorrer — havia ocorrido, ocorria — que, devido ao recuo forçado, voltem a vigorar certos esquemas simples e claros. Por necessidade, porque servia à pátria contar com a certeza da abnegação por parte dos sujeitos humanos que a compunham, os quais tinham de consentir, em diferentes medidas, se sacrificar ao estereótipo de gênero: os homens tinham de encarnar o amor pela guerra; as mulheres, adaptar-se ao jugo da obediência familiar, ser boas donas de casa e cuidar do lar.

Mas como bem se sabe: nem todos, nem todas se adaptam da mesma maneira às necessidades históricas. Paola Masino é, nesse sentido, uma "desadaptada". Ou, para usar uma palavra cara a uma escritora que amo, é uma *outsider* — termo que Virginia Woolf usa para indicar uma posição de exclusão e, portanto, de desvantagem, que pode, porém, se transformar num *vantage point*, um ponto de observação que, na verdade, nos oferece um privilégio; e, portanto, um *check point*, uma guarita de controle da qual se adquire uma visão que nos oferece outro controle sobre o território. E instaura no centro da narrativa uma "mulher canhota", para dizê-lo tal como Peter Handke[*].

---

[*] Referência ao livro *A mulher canhota*, do romancista e dramaturgo austríaco Peter Handke, laureado Nobel de Literatura em 2019. A obra, também adaptada para o cinema pelo próprio autor, trata de uma mulher de trinta anos que deseja se divorciar para experimentar uma nova vida. [N. E.]

Conta suas peripécias que são, ao mesmo tempo, muito reais e surreais, entrando e saindo de sua cabeça capaz de criar especulações oníricas e fantasias subversivas, que a colocam, de início, numa posição atravessada em relação às expectativas de sua família humana. Essa mulher, em sua infância e adolescência, recusa as expectativas culturais da tribo à qual pertence e, aliás, o faz se refugiando num baú, quer viver ali segregada. Está pronta para assassinar o modelo patriarcal do "anjo do calor doméstico", imagem persecutória do feminino à qual Virginia Woolf dedica, em 1931, um ensaio de fato muito instrutivo, cujo título é "O anjo do lar"[*], convidando as mulheres a assassinar tal ideal — e, portanto, a se tornarem matricidas. A mesma imagem que surge, veja só, no sétimo capítulo do romance de Paola Masino, no qual, porém, tal tarefa ética, histórica, política não se dá. A protagonista não cumprirá o sacrilégio libertário, não concorda em se tornar o anjo exterminador, o vingador; ao contrário, será imolada no altar familiar, transformando-se na figura trágica de uma filha que, bem ou mal, pode ser endireitada e passa de canhota a ambidestra, com êxitos pouco felizes para todos.

As primeiras cem páginas do romance são de fato explosivas ainda hoje para nós, mulheres ultraemancipadas, mulheres da "diferença". E acredito que o sejam ainda mais universalmente para todos os homens e as mulheres de boa vontade, nossos contemporâneos, que, mesmo vivendo nesta época sem se fazer perguntas radicais sobre questões de gênero, e ainda assim instruídos pela experiência vivida, não poderão não colher na história da dona de casa uma alusão ou até uma antecipação sofrida daquilo que poderíamos vagamente resumir como o diagnóstico de um mal-estar feminino. Nesse sentido, Paola Masino é uma bruxa. Uma vidente. O fato é que, por meio dos olhos de sua protagonista, nos mostra coisas que nem todos, nem todas viam nos anos em que o

---

[*] Virginia Woolf. "O anjo do lar", em *Profissões para mulheres e outros artigos feministas*. Trad. Denise Bottmann. Porto Alegre: L&PM, 2012. [N. E.]

romance surgiu; e talvez nem todos, nem todas, ainda hoje, consigam pôr em foco.

Repito, a história em si é uma aventura existencial, do tipo vida, morte e milagres de uma jovem mulher irredutível e rebelde na tenra idade, que, por amor materno e paterno, se entrega à ordem patriarcal e à pátria. E torna-se "esposa". E "dona de casa". Nada de matricídio, repito. Nem parricídio. Masino não aceita o convite de Virginia Woolf. Quando muito, matará em si a possibilidade de ser mãe. Numa espécie de autofagia com sabor mítico, a dona de casa que está sob o fascínio do passado trágico e do mito arcaico assassinará a potência generativa que vive em seu ventre, "máquina misteriosíssima e simples" — como diz no conto "Regni vaganti" [Reinos vagantes], em *Decadenza della morte*[1] [Decadência da morte].

A chave do romance está na expressão "dona de casa", que surge no título. Essa expressão hoje em desuso[*] para nós, mas ainda em voga em tempos de fascismo, tem jeito de provocação, demonstrando que, mesmo assim, ou seja, mesmo fazendo uso de uma escolha linguística irônica e refinada, é possível desmascarar um regime. Há no uso dessa expressão um tom burlesco, provocativo. Junto ao tom solene, é impossível não colher o ar zombeteiro, irrisório, sarcástico, sardônico, mordaz, pungente, sutil, cortante. Além disso, associado à vida e à morte, o termo ressoa como incongruente — evocando heroísmos para além do sujeito protagonista. Ainda que se fale de vida e de morte: vida e morte, no caso, de uma dona de casa, a qual — atenção! — não é simplesmente uma do lar; graças à denominação, apresenta-se como a *domina*, ou *domna* — a administradora dos bens domésticos; e ainda mais, e especialmente, como a administradora do organismo-vida. Nela, de forma perversa, porém, o organismo está endereçado à morte.

---

1 Paola Masino. "Regni Vaganti", em *Decadenza della morte*. Roma: Alberto Stock, 1931, p. 180.

* A expressão *"massaia"* caiu em desuso na Itália, substituída por *"casalinga"*, nosso equivalente a *"do lar"*. [N. T.]

Dado que as palavras têm uma história, ouvindo as alterações do significado da expressão *"massaia"** [que traduzimos aqui como "dona de casa"], entenderemos melhor por que ela é usada pela escritora. No entanto, na época do fascismo, falava-se das "donas de casa rurais": assim eram definidas as mulheres que viviam no campo e se reuniam sempre em associações para o benefício da pátria. O termo, porém, nasce originalmente para designar uma posição do poder masculino; era o título dado para quem desenvolvia as funções de administração e contabilidade de um fundo ou um conjunto de fundos. Enfim, sobretudo nas regiões do centro e do Sul da Itália, havia um chefe das empresas agrícolas, o guardião dos animais para os trabalhos e para os locais de armazenamento de uma fazenda.

O termo *massaio* deriva, de fato, do baixo latim, da palavra *mansa*, cujo substantivo italiano, hoje em desuso, *massa*, possuía o sentido de "casa rural". Alessandro Manzoni, no romance *Os noivos* (*Promessi Sposi*), no capítulo 2, usa a palavra ao se referir ao protagonista Renzo, ou seja, "nosso jovem que, desde que pusera os olhos em Lucia, havia se tornado um bom *administrador de seus bens*"**; ou seja, alguém que tem uma poupança, uma pessoa prudente, que economiza pensando no desenvolvimento da família que deseja constituir.

Em plena subversão, é essa palavra flexionada no feminino que é escolhida por Masino para contar, ao contrário, sobre a dor da criação do sujeito mulher. Nessa dor, poderá se espelhar qualquer um que tenha "aprendido o que quer dizer ser rasgado, adulterado, revelado [...] porque todos sofreram ou sofreriam aquele martírio" (p. 51), como está dito no romance.

---

* O termo *massaia*, em italiano, seria o feminino da palavra *massaio*, a esposa do *massaio*, ou seja, o administrador de uma propriedade agrícola. Refere-se à mulher cuja atividade exclusiva, ou principal, é o cuidado da casa, tanto nas tarefas domésticas como na administração do bem-estar da família. A popularização do uso da palavra ocorreu nas áreas rurais durante a época fascista e agora está em desuso. [N. T.]

** Alessandro Manzoni. *Os noivos*. Trad. Francisco Degani. São Paulo: Nova Alexandria, 2012, p. 58, grifo nosso (*massaio*). [N. E.]

Só uma jovem mulher impregnada de leituras bíblicas, que desfruta avidamente Platão, Shakespeare e os romances russos do século XIX, tomada por um pesadelo de aparições sinistras e por um imaginário primitivo e trágico, que, mesmo sob o impacto do modernismo não consegue se desvincular do arcaico e da tradição, poderia conceber esse livro-experimentação, como se entoa em seu imaginário primitivo e violento, mas que às vezes desafina, num tom filosófico em que convivem metafísica e surrealismo. E a imaginação, já não um modo de expressão adotado e utilizado para evadir o realismo descritivo, resulta o meio mais eficaz para uma pesquisa gnoseológica preocupada em colher o próprio sentido da realidade.

Contudo, se a referência ao realismo não é completamente não atendida, há um domínio mais frequente dos ecos de vozes que vêm de outra cena, completamente diferente, e nos encontramos com a Alice, no País das Maravilhas, mas do outro lado do espelho, e o espelho é deformador. Com efeito, numa espécie de deformação óptica, a protagonista, de dentro e de fora do baú, nos oferece imagens do mundo distorcidas, monstruosas. Quase que só assim, por anamorfose, de forma transversal, ela consegue tocar o âmago da verdade.

Masino escreve para isso, escrever, para ela, equivale à busca do essencial nas coisas; escrevendo descobre a espectralidade do mundo dos objetos, é seu o olhar visionário que penetra a verdade que, mesmo fechada no fenômeno, sempre o transcende. No caso dela, a imaginação é o *agent provocateur* que Charcot encontrou na base da emoção física do choque, enquanto Paola Masino colhe-o nas "pequenas raízes úmidas da autobiografia", para logo se distanciar do subjetivismo e da pesquisa psicológica. Ao contrário, para Masino, a escrita tem uma forma iniciática; é aquela experiência da linguagem que, na escrita, tenta preservar verdades que seriam, de outra forma, indizíveis.

Depois deste romance, Paola Masino não escreveu outros. Por honestidade. Porque, para essa escritora de elevada estirpe, a literatura ou abre espaços na mente, ou não serve. De outro modo, é apenas para entreter mentes que se corrompem com uma conversinha fátua, espúria, e se chama indústria cultural, que só serve para deseducar a alma. "Hoje, vivemos numa sociedade entomológica, num alvear", dizia a Enrico Filippini, na entrevista concedida ao jornal *Repubblica* em 7 de junho de 1982; parecia-lhe que já não existia alguém com quem falar, alguém para o qual escrever. E explicava: "Se após o livro *A dona de casa* eu não escrevi mais nada, é por isto: um livro se faz com intimidade com o leitor. Há uma decadência na linguagem".

Dizia isso por desespero? Porque se sentia sozinha num mundo que não amava? Não sei. Sei, porém, que uma escritora pode se sentir muito sozinha no mundo; tenho experiência com esse sentimento e colhi muitas outras experiências de escritoras e escritores. Mas Paola Masino não sabia que leitores e leitoras podem continuar a nascer. E continuar a lê-la. Nos séculos dos séculos. Amém.

I

Quando criança, a dona de casa era empoeirada e sonolenta. Sua mãe se esquecera de educá-la e agora nutria rancor por ela. Repetia-lhe: "O que você fará quando eu não estiver mais aqui? Chegará o dia em que me matará de desgosto; quero ver, então, como é que vai se virar na vida".

A garotinha permanecia em silêncio, ressentida consigo mesma, sentia-se destinada, a todo custo, a matar a mãe de desgosto. Obcecada por aquela ideia, procurava em todos os livros e jornais que passavam por suas mãos casos de morte por aflição. Mas não encontrava nenhum, ou eram raríssimos, e isso a arremessava, ainda mais perdida, na aceitação do fato que a tornava uma personagem, um exemplo cruel. Imersa na ideia de não poder fazer nada mais além de se aperfeiçoar naquele papel triste de filha e assassina, já tinha se despido de qualquer outro pensamento e movimento. Deitada num baú que tinha função de armário, cama, cristaleira, mesa e quarto, cheio de retalhos de cobertores, de migalhas de pão, de livros e detritos de funerais (como flores de alumínio de uma coroa, pregos de caixão, véus de viúvas, fitas brancas com a a frase AO QUERIDO ANJINHO escrita em letras douradas etc.), todos os dias a garotinha catalogava pensamentos de morte. Pensava e roía as unhas; ao terminar as unhas e os pensamentos, mastigava os pedaços de pão e folheava livros em busca de outra nutrição.

Caía sobre ela a poeira do teto e se juntava como caspa sobre seu cabelo; miolo de pão e resíduos de papel entravam sob as unhas; musgo nascia entre as fissuras do baú; e os cobertores, nos quais de vez em quando se envolvia para ensaiar o papel do rei que será decapitado ou do assassino fatal, estavam cobertos de mofo e de teias de aranha. O baú exalava um cheiro de selva e ruína, e, dentro dele, a garotinha se formava. Nunca teve pensamentos indulgentes em relação aos outros ou a si mesma. Nunca se rebelou contra a ideia de fazer sua mãe morrer de desgosto. Tinha uma ideia da necessidade como algo superior e indiscutível; aliás, na verdade, era ela quem não se interessava em discutir tal noção, só se importava com descobrir as causas e os efeitos. Devido à mesma indiferença, a garotinha nunca tinha se dado conta de que seu corpo era de carne, como aquela exposta nas bancadas dos mercados ou pendurada nas vitrines dos açougues, contudo, ela carregava, ocultos, um pensamento e um sexo que eram sua razão. Mas a garotinha ignorava o pensamento, estava dentro dele; assim como as algas ignoram o mar, os pássaros, o céu. A garotinha nunca havia capturado uma ideia, do lado de fora, e empunhado contra a vida. Ficava encolhida, sem saber de si, um verdadeiro emaranhado de pensamento, sem a mínima inteligência. Então, dando voltas por aquela fúnebre selva de fantasias que ia suscitando a seu redor, inventou a violência, a tortura, o suicídio. Do incêndio à enchente, aprendidos sabe-se lá onde, criou para si mesma os êxtases e os filhos. Nessa altura, vivia daquele sexo desconhecido que a entorpecia. Nascia dela um cheiro forte que a levava a entoar salmos, quase como se estivesse envolta por incenso, cantava a própria imaginação e se exercitava num sistema refinadíssimo de sensações que lhe conferiam amargas desilusões: tão logo saísse, como ocorreu mais tarde, seria empurrada para uma idiotice heroica. Escorregava do martírio carnal para imagens de morte, ainda que se sentisse perturbada pelas noções cotidianas que lhe eram dadas pela família. "Dor é quando lhe dou um tapa, morte quando um cortejo a conduz ao cemitério." Ela se sentia atraída pela morte como se para o topo, para um voo.

Nada do que é angústia a assustava, mas, desde que ela era capaz de se lembrar, havia um sonho recorrente que já a havia dissuadido de dormir, tanto lhe tornara difícil. O sonho era este: teias de aranha ao redor e sobre ela, por todas as partes, encerravam-na; não a tocavam, mas todas juntas se moviam tentando envolvê-la, mas nem chegavam a roçá-la. Só surgiam, e ela logo agitava as mãos diante do rosto, no pescoço, e não sabia mais dar um passo, sentia como se os joelhos estivessem atados em um nó. Pouco a pouco, aquelas ligações astrais a estorvavam, o cérebro lhe parecia tênue e extenso, o coração, pendente de um fio, a voz, se pudesse falar, se enredava num zumbido subjugado à garganta. Então a garotinha, adormecida, se contraía toda, e seus membros eram atravessados por um tremor estridente, quase uma força que a dominava, que a esmagava e lhe arrancava todo humor. Quando, finalmente, após uma luta obstinada contra si, conseguia acordar, não encontrava por muito tempo nem o choro, nem a palavra: permanecia como se imersa numa baba gelada.

Depois de anos de um martírio assim, sua vida tornou-se ainda mais estranha aos familiares, ela normalmente descansava quando sentia que todos ao seu redor estavam bem acordados e prontos para socorrê-la. De noite, levava consigo uma lâmpada para o fundo do baú e lia até o sol raiar sem ter coragem de levantar os olhos da página, por medo de ver refletidas no ar, prontas para escorregarem sob as pálpebras, assim que as fechasse, aquelas teias de aranha espectrais.

Por esse motivo, a família já não prestava mais atenção nela, não mais do que a um móvel. Todas as manhãs, as faxineiras tiravam o pó da sua cabeça, dos pés, sacudiam-na e dobravam as roupas sobre seu corpo. Na Páscoa, empurravam-na até a sacada entre as cadeiras e a cristaleira da cozinha, lavavam-na com bicarbonato de sódio, passavam cera em seus cabelos, graxa nas juntas, controlavam que a pele do rosto e das mãos não estivesse furada por cupim, acomodavam uma guirlanda de goivos sobre a cabeça e, ao redor do pescoço e nos pulsos, laços azul-claros ou rosa de papel de seda, depois empurravam-na para a sala de jantar, entre tortas pascais e travessas de ovos cozidos, para que o padre a benzesse, pobre criatura.

Às vezes, a cozinheira, que se vangloriava de ter piedade dos animais, a arrastava consigo até o mercado, para que tomasse um pouco de ar fresco, cão bastardo que ninguém queria entre os pés. Mas a garotinha não se importava com o ar, olhava a terra, as coisas que apodreciam no asfalto, os saltos das serviçais sobre as pilhas de verdura, os pequenos riachos de sangue coagulando entre as fendas como os séculos na vida humana. Em cada caracol esmagado, em cada laranja apodrecida, imaginava a ostentação e o declínio de grandes dinastias; os saltos indo e vindo criavam estratos sólidos e, pisando o cascalho dos buracos da praça, faziam geologia. Mais abaixo, a garotinha viu os mortos, um sob o outro, fazendo força com os ossos, mantendo-se agarrados pelas canelas, adentando os novos que não sabem e se rebelam, obrigando-os a se misturar aos restos dos piores inimigos, porque o importante é fazer terra, servir aos outros homens que eles mesmos geraram. Homens. Chamaram-nos sabe-se lá de onde neste pequeno planeta e agora devemos alimentá-lo. Agora os mortos que nos carregaram no ventre devem nos carregar nas costas, nas mãos, no rosto. E nós por nossa vez. Os filhos esmagam o rosto dos pais e acham que o ignoram.

Mas a garotinha não o ignorava. Ignorava, no entanto, o mundo do nascimento, talvez ignorasse até o fato de que os homens nascem. A única coisa que sabia e queria, com toda a certeza, era a morte deles. Ela, aliás, dizia chegar ou nascer, dependendo do morrer. Por isso, desprezava a cozinheira que a guiava ou aqueles que jogavam o lixo e os que só se preocupavam em não tropeçar no sangue coagulado, nos fedores. No mercado, começou a amar comida, porque era uma nova maneira que se apresentava a ela de dar ou tomar a morte. Olhava os ventres côncavos dos bois pendurados em ganchos de ferro nas vigas dos açougues. Balançavam devagar, esvaziados dos órgãos; esses estavam pendurados, já não atados a seu leito natural, mas a estranhas raízes de metal, e aquele metal, por sua vez, não estava em seu lugar, mas arrancado do corpo da terra. A garotinha concluía que ela também, no seu interior, deveria ter alguma coisa da qual o mundo precisava e que os homens, se ela não a oferecesse, a arrancariam. A forma do assalto ainda lhe era completamente obscura, mas, naquele pensamento que lhe atingia o ventre, sentia como se remexessem e apertassem suas vísceras, metendo-lhe as mãos. Então tinha de caminhar de um jeito grotesco com as pernas retraídas. Nesses momentos, também tinha a sensação, para ela terrível, de ser imortal, de nunca chegar a se livrar de maneira definitiva do corpo em que a colocaram, por mais que tentasse. Levantava-se na ponta dos pés e respirava com a boca em direção ao céu.

Via o firmamento bem organizado e dividido ao redor de zênite, do lado sabia-se nadir com suas estrelas. Pontos fixos e necessários como o coração no corpo, os pulmões, os olhos ou o fígado. E se uma constelação, como um órgão, fosse atingida por algum mal e se consumisse ou gangrenasse, o rosto celestial, assim como o humano, se tornaria lívido? O ar, semelhante a certos doentes imundos, iria do azul ao amarelo, de límpido a espesso e gosmento, o céu carregaria pedaços purulentos, escamas de ar infectado sobre a cabeça da humanidade? A garotinha sentia-se exultante, com uma compaixão tempestuosa, queria a todo custo um céu leproso para poder demonstrar que teria colocado as mãos naquelas chagas sem sentir repugnância. Como será o sangue do céu? Pois certamente até a atmosfera tem uma essência que deve gemer como das árvores a seiva, dos animais a semente, das flores o perfume, das mulheres o sangue.

Na primeira vez que viu o próprio sangue, a garotinha pensou no pôr do sol. Entendeu a dificuldade de dissipar certos montes de nuvens no horizonte, quando os raios só encontram forças para destilar gotas de luz sobre o mundo.

O estorvo da neblina no caminho natural do sol fazia com que ela estendesse as mãos em direção à curva do céu para apoiar seus quadris doloridos. Como tudo em seu corpo era pesado e dolorido ao redor da bacia, assim lhe parecia que devia ocorrer no firmamento. Mas se, no verão, os pores do sol eram pálidos e escorregavam rapidamente, ela se remoía como num abandono. A dor era uma condenação universal, e, quando o ar lhe escapava, mais cansaço pesava sobre os ombros do mundo, dificultando redimir a vida humana. Tanto sofrimento lhe parecia um desperdício se alguma coisa não nascesse logo. Assim como de um cordeiro degolado se obtém alimento, ela queria que de um pôr do sol logo nascesse algo útil; ainda não sabia reconhecer isso na noite.

A garotinha, aos poucos, chegou a um estado de aspereza contra o inútil que em tudo queria encontrar uma razão; sempre tensa em busca de um proveito em coisas que os outros desprezavam. Levava para casa punhados de terra, porque na terra poderia haver sementes. "Coisas preciosas", dizia, exasperada, à família. "Sementes que estão escondidas para se defender e poder nascer. Talvez dessas sementes cresça uma árvore que servirá para a forca dos assassinos, talvez esteja se formando um animal que vocês irão esquartejar para se abrigar no calor de sua pele." No baú, juntavam-se nacos de terra e lixo que a garotinha conseguia roubar nos cantos da casa, pedaços de linha e um pouco de lã. "Tudo tem uma razão, e eu preciso descobri-la."

II

Enquanto isso, muitos anos se passaram, e a mãe estava realmente prestes a morrer de desgosto, já que não sabia fazer outra coisa por sua filha, já uma jovenzinha, a não ser tê-la como objeto de pena ou de desprezo, conforme o humor do dia.

A garotinha até parecia feia, ainda que fosse difícil julgá-la, descuidada assim. Meio gorducha e oleosa, com cabelos sem cor, olhos opacos e cravos no nariz. Tinha mãos bonitas, mas pareciam não ter outra serventia que não fosse torturar o nariz tentando espremer aqueles cravos. Eles permaneciam, e o nariz ficava inchado e roxo; a mãe torcia a boca e destilava, entre os dentes, palavras de nojo, mas, com o canto do olho, seguia a manobra da filha e, assim que estivesse ela também sozinha no quarto, corria diante do espelho e, segurando uma lâmpada forte numa das mãos, procurava com a outra, em torções espasmódicas, uma constelação suja por todos os cantos do corpo, costas, queixo, têmporas e traseiro. A mãe, ao contrário da filha, era frívola. Não sabia de certas leis gerais que regem os indivíduos humanos; nas mulheres, o gosto de caçar, em qualquer lugar e em qualquer pessoa, parasitas de nome popular espinhas. A mãe ignorava muitas outras noções comuns ao gênero humano e até aquela instintiva a partir da qual quanto mais os filhos parecem inúteis no mundo, mais estamos dispostos a ajudá-los. Tal noção é muito nociva para o restante da humanidade; mas os pais e as mães não estão nem aí para o restante da humanidade quando se trata da vantagem dos próprios filhos, por isso o mundo é quase inteiramente composto de incapazes e egoístas. Todos os pais deveriam considerar suas criaturas como indivíduos à parte e não se sentirem obrigados a lhes dar, além do nome e da alimentação nos primeiros anos e afeto a longo prazo, consciências arbitrárias. Assim vivem o injusto e a corrupção, enquanto a pureza e a justiça permanecem desejos remotos na vida da civilização; tão remotos que nem mesmo a garotinha, ainda que seguisse instintos bem aventureiros, havia chegado à razão abandonada na qual eles permanecem, lânguidos, à espera.

Mas tudo isso não tem nada a ver; neste conto, não há lugar para ideias gerais.

A mãe, portanto, todos os dias se dispunha a morrer de desgosto um pouco mais, sem saber fazer outra coisa por sua filha.

Esta, tendo exaurido momentaneamente suas especulações funestas sobre as coisas universais, examinou-se e percebeu que, de todas as coisas, todas, poderia indicar a dor, a angústia suprema, e dizer a forma do desespero, o som do choro: não do nascimento. Então, lentamente, se levantou do baú, que após tantos anos havia transbordado, ocupando o quarto, desenrolou dos cabelos algumas plantinhas que tinham nascido da caspa, com as mãos leves descolou uma pálpebra da outra e abriu os olhos, afastou as pilhas de livros em torno das pernas, se sacudiu toda e foi para o quarto da mãe. Caminhava mal, com passos incertos, as mãos abertas diante de si, quase como se não enxergasse direito o caminho. Na verdade, tinha muito medo de esbarrar nos objetos, sujar uma parede, bater os pés com força no chão, machucar alguma coisa. Caminhava com cautela e, ao chegar ao limiar da porta, não teve coragem de bater. Chamou: "Mamãe".

Talvez fosse a primeira vez que chamava aquele nome; sua voz, tão incomum, como se arrancada do fundo de uma caverna onde havia ficado amarrada entre o sufocamento e a fome, que a garotinha, ao ouvi-la, começou a chorar angustiada. Ao chorar, aumentava sua sensação de estar num corredor estreito, entre um nevoeiro avermelhado, oprimida por um cheiro forte que ela reconhecia, mas do qual queria se livrar, quanto mais queria se livrar, mais se imergia nele.

"Mamãe mamãe mamãe."

A mãe apareceu na soleira da porta. Olhou-a entre as pálpebras, já pronta para desmaiar.

"É você? O que você quer de uma pobre mãe, de uma mãe destruída?"

"Mamãe", disse a garotinha com pesar, "por que dói tanto dizer 'mamãe', se alguém o diz de verdade, porque precisa dizê-lo, não por costume?".

"Que conversa", a mãe sacudiu a cabeça. "Você não sabe que estou morrendo? E você me chama para isso? Pelo menos me deixe morrer em paz, por favor."

"Oh, mamãe, você não pode, por favor, uma vez, tentar dizer 'mamãe'? Tente e me diga: o que você sente?"

"Sua avó morreu faz tempo. Se eu dissesse 'mamãe' sem que isso correspondesse a uma pessoa, estaria louca."

"Mas, para dizer 'mamãe', como eu senti, não importa que esteja viva ou morta; é uma coisa que existe por si só, sempre num ponto, e dói, dói muito; é algo de que se deseja libertar e não consegue. Me explique isso. É um sofrimento de tudo em tudo, do mundo no céu, do céu no universo: algo que quer sair e se libertar e está sempre num redemoinho, não segue, não volta. É terrível chamá-la, mamãe. Não é como nascer? Aliás, como se alguém estivesse nascendo e, numa certa altura, não soubesse mais, ficasse lá, parado, com medo de que aquilo se realize, com medo de se destruir; que progrida ou retroceda, essas fronteiras humanas o apertam e, enquanto o espremem, o reabsorvem: isso quer dizer mamãe."

A mãe cobriu o rosto enrubescido e começou a gemer. A filha ficou com os olhos arregalados, as mãos levantadas e uma careta de desgosto ao redor da boca. Pouco a pouco se acalmava, piscou duas ou três vezes, como se estivesse acordando de um sono, e disse baixinho: "Então é assim que se nasce?".

A mãe, ocupada gemendo, não respondeu. A filha então continuou: "Vim aqui para lhe perguntar, mas agora eu sei. Nascer é atravessar a dor hostil do outro que nos conservava, para ir aonde nossa dor nos atrai, que nos consumirá. Por isso, o amor materno é uma força sempre dilacerante".

"Cale-se. Calem-se você e seus mistérios. Você é suja, nada mais do que suja. Toda suja, corpo e pensamento. Chega. Não quero que você fale sobre isso nunca mais. Que nunca mais nomeie o nascimento ou a morte. Não, o nascimento não é mãe. Nem Deus me faria dizer isso. O nascimento é amor, aliás, não: o casamento. Porque se eu lhe digo amor, sabe-se lá o que você vai deduzir. E agora volte para o seu baú."

A filha obedeceu, e a mãe chamou uma empregada para que fizesse circular o ar no quarto e varresse o chão por onde havia passado a filha.

A garota não deduziu nada da palavra amor. Para ela, era uma questão encerrada havia muito tempo, se é que alguma questão pudesse se esgotar. É verdade que não supôs nenhuma relação entre o amor dos seres e o nascimento, nem a fala da mãe lhe provocou o desejo de encontrar uma relação, já que ela, havia muito tempo, pensava nos acontecimentos da matéria e, tão logo o fenômeno físico se manifestava claramente, partia em busca de tal ideia. Para a mãe, ao contrário, só importavam os fatos; a pergunta da filha, portanto, não lhe parecia outra coisa senão um desejo, mal escondido, por um marido.

Feita essa descoberta, a mãe sentiu-se inteligente por muitas horas, depois se dedicou, sem pudor nenhum, a buscar um homem para a necessitada, como toda mãe respeitável costuma fazer por suas filhas. Naturalmente, conforme buscava, eram sempre os homens menos adequados para essa espécie de filha, a qual, na verdade, era difícil de ser entendida até por um filósofo que tentasse detectar nela o menor traço de alma. De todo modo, aqueles que a mãe conseguiu, com uma desculpa ou outra, levar até o baú não eram filósofos.

Eram oficiais da cavalaria que, ao colocarem a cabeça dentro do quarto, diziam: "Oh, *pardon*", retraindo-se e tampando o nariz com luvas de búlgaro.

Eram jovens diplomatas que, ao serem admitidos no baú, acendiam um cigarro Camel, jogavam o fósforo apagado, cinzas e vozes arrastadas na profundidade do gavetão sobre o rosto da garotinha escondida: "*Where are you, mein liebe? Votre maman me hablò* etc.", misturavam tudo com a ponta nauseante do sapatinho entre os trapos e, sem descobrirem nada, se retiravam: "*Do svidaniya, goodbye, aufwiedersehen, addio, ionapot, mes hommages*". De vez em quando, ouvia-se: "por obséquio", mas eram pessoas da carreira consular, nos primeiros passos.

Então veio um grupo de artistas raros: declararam unanimemente que a garota era pitoresca de uma forma já superada, exemplo de impressionismo de má qualidade.

Vieram industriais, mas a mercadoria resultou, sob seu exame, inutilizável, mesmo como material de desmanche.

Baixou-se aos pequenos empregados estatais e paraestatais, coletores de impostos e porteiros. Balançavam a cabeça, desculpando-se com a mãe: "... não é por mim, mas pela minha posição...".

A mãe entendia. Tentou com os estrangeiros de passagem. Chegavam, ruidosos, em carros que invadiam a rua e toda a calçada diante da casa. Entravam gritando *hello*, olhavam os dentes da garota, checavam suas juntas, estudavam o contorno das orelhas, com um *uppercut*[*] tombavam-na outra vez no fundo do baú.

A garota permanecia em silêncio. Se às vezes a mãe e os visitantes, em vez de se entreolharem e ouvirem a si mesmos, tivessem realmente observado aquela criatura, teriam ouvido, vindos do baú, uma risada subterrânea e um acre ranger de dentes.

---

[*] *Uppercut* é um soco utilizado em várias artes marciais, como boxe, *kickboxing* e *muay thai*. Esse golpe é lançado de baixo para cima, com qualquer uma das mãos. [N. T.]

O ir e vir dos celibatários durou quase um mês. Uma noite, quando o último, o pior partido da cidade, havia abandonado para sempre a casa, a mãe ficou realmente acabada, sentou-se ao lado da filha. Não chorava, e isso consolou demais a garota, que não acreditava no choro das mulheres em geral e, sobretudo, naquele da mãe. Sempre, quando tinha de assistir a ele, fazia imenso esforço para não se abandonar a uma gestualidade de falta de paciência. Mas aquela noite devia ser um momento de tristeza real para sua mãe, pois falou com ela com simplicidade, dizendo mais ou menos isso: "Minha menina, veja como você se fez. Ninguém mais quer olhar para você. Eu sei o porquê. Não sei como você, que nasceu na semelhança de todas as outras criaturas do mundo, pôde se reduzir a esse estado. Claro, é um castigo de Deus, mas por qual delito eu não sei. Por que você não tenta, não se esforça para me dar um presente, para mim, eu que nunca lhe pedi nada? Por que você não tenta, por uma vez, ter a aparência de uma mulher como as outras? Só uma vez. Para me convencer de que não pari um monstro. E se realmente, colocando toda a boa vontade, você não der conta, me resignarei a meu destino. Você não me parece infeliz com o seu. E então seja feita a vontade de Deus. Partiremos, nós duas, porque ninguém mais a suportará no convívio humano, partiremos eu e você de mãos dadas para um deserto, e que Deus tenha piedade de nós. Comeremos gafanhotos. João Batista também comeu. Beberemos...".

Ficou em silêncio, pois não lembrava mais o que é que se bebe quando se está perdido no deserto.

"A urina dos nossos cavalos", sugeriu a filha.

"É uma cínica", a mãe se levantou rapidamente, fazendo um gesto para sair. Mas a filha a agarrou por um braço e a deteve.

"Não, mamãe. Só agora você estava começando a fazer um pouco de tragédia. Só agora, e pouca. Mas você não faz direito, esquece o texto, por isso pude interrompê-la. E fiz bem. Algumas comparações não devem ser feitas. João Batista está distante demais de nós, mesmo que comêssemos, como ele, gafanhotos. As palavras têm um valor, e a senhora se obstina a não o reconhecer. Não se fazem comparações sagradas para convencer uma garota da sua sujeira. É um fato pequeno, esse, e depende somente de mim. Nem da minha alma, mas só da minha vontade. Quer uma prova disso? Lhe dou. Mas há algo que talvez não dependa de mim: o modo de pensar no qual estou envolta desde o princípio da minha vida. É um pensamento grave, acredite em mim, mamãe, ainda que lhe pareça que eu tenha me acostumado a carregá-lo e que sinta certo gosto em segui-lo, que sem ele minha vida não teria sentido. Quero lhe mostrar que não é prazeroso para mim, que farei todo o possível para abandoná-lo, se você realmente o deseja. Mas agora preste atenção ao que me dirá. Pense muito bem antes de responder. Se eu quis nascer assim, você me ajudou a nascer desse jeito. Tem certeza de que existe, para mim, uma forma melhor? E quer que eu me esforce para alcançá-la? Não tem medo de que a lembrança do pensamento que estou prestes a abandonar se insinue mais tarde em minha vida e abale toda minha existência se eu escolher um caminho normal? Mesmo que, enquanto eu continuar neste, ainda que fazendo um sacrifício, estarei na minha verdade?"

Após um breve silêncio, a mãe, olhando para outro lado, murmurou como se estivesse se confessando:

"Não entendi nada do que você disse. O que devo lhe responder?"

A filha coçou a orelha e abaixou a cabeça.

"Pronto. Então vou falar assim: já que sou mais forte do que você, vou ceder. Me diga só o que devo fazer para deixá-la feliz. Não sei nem imaginar, mas o farei."

"Você vai fazer?" A mãe estava vermelha até o pescoço pela comoção; inclinada sobre a filha, talvez a teria beijado, mas a menina estava de fato suja demais.

"Vai fazer? Vai fazer?", não sabia mais o que dizer. "Ouça, então, você precisa se arrumar", olhou-a por um momento, preocupada, "você vai conseguir se arrumar? Não importa. O melhor que puder fazer, venha como der, mas limpa. Todos nós, com todas as nossas forças, vamos ajudá-la. Vou mandar fazer um belo vestido para você, levá-la até o cabeleireiro, vamos lavá-la, tingi-la; enfim, assim que estiver apresentável, daremos uma grande festa, um baile, quer? E surpreenderá a todos os bobos que a viram e fugiram até agora, por se mostrar tão mudada".

"Aceito", disse a filha, e saiu do baú.

O baile ocorreu uma semana depois. Uma semana demorou para que a filha se arrumasse.

    Ao sair de sua toca, demonstrou uma rapidez nos movimentos e uma vontade de comandar que deixaram parentes e serviçais boquiabertos: "Preparem um banho fervente; e, no meio-tempo, que uma empregada me massageie toda com óleo. E mantenham pronto o gelo e me deem as luvas de crina e a água-de-colônia". Besuntada de óleo, jogou-se por inteira na água fervilhante, sem hesitação, também o rosto e os cabelos. Resistia. Finalmente, levantou a cabeça e respirou, mas, logo em seguida, desapareceu novamente. Na superfície da água, subiam bolhas de óleo e pelinhos, uma película escura se formou na superfície da água, como um pó tostado, enquanto a pele da garota ia do marrom ao violeta, os membros se soltavam e inchavam. Num certo momento, pulou rapidamente para fora. A empregada, ao vê-la assim, desorientada, fez o sinal da cruz, mas as irmãs, que estavam agachadas num canto, curtindo o espetáculo, notaram com certa surpresa e muita inveja que seu seio era muito tenro e firme. Tiveram pouco tempo para olhá-lo. A garota pegou um pedaço de gelo e começou a esfregá-lo em seu corpo nu, enquanto a empregada esvaziava e limpava a banheira.

    "Rápido, outro banho. Sempre fervente."

    "Não quero", disse a mãe, "não vou permitir", e rapidamente colocou as mãos nas torneiras que pegavam fogo.

Afastou-as num grito que logo colocou para bom uso: "Ai! Coitada de mim!... Você vai morrer! Não custa nada a morte da minha criatura!". E, balançando as mãos, se afastava sempre mais da banheira.

"Pare", disse a criatura, "e banho". As torneiras abertas espalharam, ao som da água, nuvens de vapor que se deslocavam e se agrupavam no cômodo numa fumaça úmida. A empregada, a mãe e as irmãs suavam lentamente e só conseguiam respirar. A garota continuava a passar gelo sobre o corpo. Quando a banheira ficou cheia, ela entrou, deitou-se, ensinava à empregada como tinha de esfregar suas costas com um escovão duro. Foi um banho mais laborioso do que o primeiro e não foi o último do dia. Quando saiu pela sexta vez da água, a água tinha uma limpidez ambígua, um fulgor suspeito, como o óleo em que ferveram os protomártires.

Finalmente limpa, a garota se deitou, pela primeira vez na vida, numa cama.

Não dormiu. Nem despojada assim conseguiu se abandonar ao sono por medo das teias de aranha, mas se obstinou pensando nos trabalhos de restauração a serem feitos sobre o próprio corpo. De vez em quando, puxava um pé por debaixo dos cobertores e o observava. Para ela, as unhas dos seus pés pareciam algo muito temível. Deviam ser de sílex. Como escavá-las? Como lhes dar forma? Será possível? Depois, os pelos nas pernas. Precisavam desaparecer. Seriam queimados: passariam por uma grande fogueira em que restaria aquele velo que a cobre até as coxas. Ficaria um forte cheiro de queimado. O bairro inteiro agitaria-se. Talvez viessem os bombeiros. Esse corpo é interessante o suficiente, podemos trabalhá-lo como no plano diretor de uma cidade. No entanto, havia passado a noite. Ao amanhecer, as empregadas voltaram a trabalhar ao redor da garota. Mais fricções, massagens e, finalmente, cabeleireiro, manicure, pedicure. Já no fim do segundo dia, a garota parecia um ser normal. Mas ainda não estava bonita, e ela queria manter a promessa de ficar bonita.

Todos os dias, terminadas as abluções, a garota mandava todos embora do banheiro e ficava lá sozinha estudando cuidados estéticos, até o cair da noite. De noite, saía e caminhava por qualquer rua que passasse sob seus pés, ao acaso. Agora caminhava por ter horror ao sono que se estendia e era difícil combatê-lo, sentia-se acabada pelo excesso de banhos. E ela sentia, naqueles dias, que as teias de aranha tinham se tornado mais maldosas; ao evocá-las, sentia-se sufocada. Caminhando noite adentro, os pés tenros demais para o passo, como se descascados, frescos, macios, pés recém-nascidos, inocentes, cujas juntas ainda precisavam aprender a se mover, e, ao contrário, ela começou a usá-las no improviso, sem as poupar.

A noite a molhava toda de orvalho, os cabelos descobertos e soltos, os cílios; o rosto, o pescoço e os braços e as mãos, aquele bálsamo entrava nas veias, azuis de tão transparente que era sua pele, que, de manhã, ao olhá-la, os parentes acreditavam que fosse feita de uma substância submarina, como um tipo de mármore que ainda tem impresso sobre si, na carne pálida, veias que já foram algas, transparências que já foram correntezas. Os olhos da garota também eram azuis, como as veias; e os cabelos, de um loiro acinzentado, uma cor morta nutrida por poeira, uma cor que quem tivesse de descrever diria um preto desbotado, esverdeado, talvez cinza, certamente não dourado. Mas eram loiros, e a garota os usava lisos, repartidos dos dois lados do rosto, descendo até os ombros. O corpo, finalmente revelado, tinha uma beleza macia incomum, e o que antes parecia gordo e flácido não era outra coisa senão o abandono, a posição retraída em que a garota o mantinha no fundo do baú. O rosto não tinha nada de especial, só aquela ambiguidade das cores e talvez a mesma ambiguidade do comportamento que fazia com que não se entendesse nunca se a garota estava prestes a rir ou chorar. Essa interrogação conferia-lhe um fascínio mais profundo do que a beleza, e, assim que o viram, toda a família e os serviçais sucumbiram a ela.

A mãe falava com a nova filha com uma ternura obsequiosa. Na verdade, não tinha muita certeza de ter parido essa estranha criatura, ainda mais agora que estavam certos de sua beleza e podia se gabar também de sua inteligência como um fato excepcional. Conhecendo sua ironia, falar com ela parecia algo perigoso. Mas a filha, ao retirar o embrulho de desprezo e sujeira, realmente aparecia como qualquer criatura humana. Até comia sentada à mesa, com educação. Como teria aprendido? Saía para passear e sabia andar. Quando veio a costureira, soube pedir sozinha um vestido para o baile. Deu ordens: "Uma túnica solta de organza preta. Que seja uma organza grossa, pois estarei nua sob ela. Livres, os braços e os ombros, e levemente coberto o peito".

"Esse é um vestido de senhora!", gritou a mãe.

"De bacante!! Das erínias!! Não vou permitir. Para o primeiro baile, o vestido precisa ser branco ou cor-de-rosa, ou azul-clarinho; e castíssimo. Não se usam vestidos de primeiro baile sem castidade: é sabido. Então?"

"Branco."

"Nada de decote!"

"Lembre-se, costureira, bem fechado."

"Nada de nada de transparência!!"

"Como uma lápide opaca. Amém."

Mas no baile, ainda que o vestido fosse de uma cor imaculada, de pérola, ela surgiu, como havia anunciado, livre, entrando como uma grande atriz, a festa começara havia uma hora. Via-se a marca das alças descosturadas rapidamente, pedaços de organza mal cortados sobre os ombros. Parecia uma rainha que brincava de revolução, e bastava esse pensamento nos que a viam para fazer com que ela se tornasse ameaçadoramente distante e cativante.

A mãe havia, em vão, pedido para que chegasse mais cedo. As duas irmãs, empoladas, uma de rosa e outra de azul-clarinho, como manda o figurino, disputavam quem era mais piegas. A mãe caminhava carregando consigo o pai de um salão para o outro e, até que a filha aparecesse, sorria como uma pobretona em busca de esmola.

Falou-se tanto desse baile, para tal vieram os parentes mais distantes de todas as cidades da república; alguns nunca haviam visto a garota. Os salões, muitas horas antes da festa — quando ela nem havia chegado —, já estavam repletos de primos alemães, de tios, tios de segundo grau, avós e agregados até então nunca vistos, e outros afins. Os fraques eram velhos, os vestidos das damas estavam fora de moda; os pés das parentes cobertos com sapatos de verniz preto faziam gelar as costas macias de suas irmãs. A mãe esperava, ao abrir a porta de um cômodo misterioso — que se revelou aos olhares atônitos dos agregados um lugar todo decorado com cristais, prata, flores e luzes vivas —, conseguir empurrar a manada provinciana ao redor das mesas e convencê-los a comer. Mas eles não ousavam, limitavam-se a mergulhar um *grissino* nos molhos com cuidado, escondendo-se uns dos outros, chupavam para provar o sabor desconhecido. Achavam tudo complicado e ruim; desejavam uma fatia de salame, um pedaço de fogaça do vilarejo e vinho santo. Mas não se moveram mais de lá. Nunca se sabe.

No meio-tempo, chegaram, do outro lado na grande sala, os primeiros personagens. Um senador e duas excelências. Tinham na lapela distintivos vermelhos e azuis, e o pai se curvou diante deles, a mãe esticou os dedos perfumados para que fossem beijados. E eles perguntaram rapidamente em coro: "E a garota? A garota? Onde está a garota?".

"Nós também estamos aqui", disse chateada uma das duas irmãs. Então o velho senador, e nunca se soube o porquê, respondeu secamente:

"Infelizmente", e continuou em silêncio. As duas excelências circulavam fingindo ignorar a própria importância, tinham uma predileção peculiar, notava-se logo, por se fingirem de garotões com as mocinhas. Entre elas, para fazê-los felizes, havia as que não correspondiam e outras que, admiradas, diziam "Vossa Excelência" como um relógio cuco, e eles imediatamente: "Não, não, nada de Vossa Excelência, bela moçoila, aqui estou incógnito e, espero, na intimidade". As garotas se entediavam muito sendo cortejadas por dois velhotes, ficavam sem jeito quando, segundo o desejo deles, tinham de chamá-los pelo nome; e, pouco a pouco, os empurravam para perto do grupo das mães onde, de súbito, os deixavam e logo eram vistas a dançar com algum jovenzinho.

As conversas dos jovenzinhos não eram de fato mais inteligentes, mas as garotas, sabe-se lá por que, os consideravam mais divertidos. Eu também ouvi muitos discursos desse tipo e nunca consegui encontrar um sentido, mas pode ser que sejam divertidos por isso, porque não têm sentido, e se imagina que digam o que mais se gostaria de ouvir.

As bobagens ditas pelas Excelências, ao contrário, desejavam ter um significado específico, eram de alguma forma documentais, científicas, uma espécie de interrogação enciclopédica, exigiam respostas exatas, isso era uma atividade muito difícil para as moçoilas com vontade de dançar.

Após uma hora de perseguição, cerco, danças, desaparecimentos e surpresas, os jovens haviam esquecido o motivo pelo qual haviam sido convocados para aquela festa. Agora todas as salas estavam tomadas por um pó fino dourado que descia das grandes luminárias, subia pelo rosto suado de todos; os cabelos soltos emanavam rastros de perfume, das bocas que seguravam um cigarro entre os lábios, saía uma fumaça vigorosa.

Por alguns minutos, moveu-se, com cautela e desgosto, naquela cena ruidosa, uma princesa muito magra e alta, mas verdadeira, alugada para a ocasião: arrastava atrás de si uma cauda e cavalheiros, entre eles dois condes e um duque, também verdadeiros. Como se moviam em grupo, sempre os homens atrelados à cauda da dama, e a dama, transparente de tão esbelta, pareciam um grupo de águas-vivas circundadas e engolidas por cardumes de sardinhas, por migrações de arenques.

Os dois irmãos da dona da festa também queriam assistir ao espetáculo: eram gêmeos e colegiais, o que quer dizer duplamente unidos contra a família. A mãe os havia vestido em reluzentes ternos pretos, algo entre o uniforme da Marinha e a roupa de toureiro: agora pareciam duas andorinhas travessas crescidas como corujas. Ficavam empoleirados no fundo das poltronas ou atrás das portas para dar uma rasteira nos jovens mais audazes, para abrir os fechos de correr dos vestidos das senhoras; ou mergulhavam cigarros no chantili, os colocavam nas caixas de prata e ofereciam pela festa. Aos poucos, as roupas dos convidados ficaram manchadas, os rostos, tomados pelo mau humor, as conversas, com tons ressentidos. A festa parecia naufragar. Os dois irmãos sentiam-se maldosos e felizes.

A mãe estava exausta. Houve um momento em que todos acreditaram que estava prestes a desmaiar. Foi quando voltou de uma breve visita ao quarto da filha em que a exortou a se exibir. Encontrou-a chorando diante do espelho.

"Pareço um recém-nascido, mamãe", disse-lhe, fitando-a com olhos carregados de medo.

"E não seria esse seu verdadeiro nascimento? Sua entrada no mundo da mulher?"

"Malditas as frases. Mas como é possível que você conheça tantas assim, mamãe? Eu queria um vestido preto. Este, vou sujar inteiro, tenho certeza. Um vestido preto para o fim da minha única infância."

"Por favor", gritou a mãe, "e uma infância daquelas não foi o suficiente? Quantas mais você gostaria? Vamos agradecer a Deus que agora tudo acabou e que você colocou a cabeça no lugar".

"Não creio que enterrar uma criança, qualquer que ela tenha sido, seja algo divertido", murmurou a filha; depois, sacudindo-se toda como um pássaro depois da chuva, deu ordens: "Vá na frente e tente distrair as pessoas. Vou descer, mas não quero que me vejam imediatamente".

"Mas se vieram só para isso?"

"Não quero e ponto. Se alguém me olhar e me vir, especialmente antes que eu o queira, será pior para ele. Deus o cegará."

"Se você crê que Deus dê ouvidos às suas loucuras...", a mãe foi embora dando de ombros.

"E você tente me olhar", gritou a filha, "tente e veja se não lhe parecerá que os olhos estão queimando. É sujo satisfazer-se ao ver as pessoas nascerem; é maldoso ficar e assistir por diversão as agonias dos outros. É o que vocês estão fazendo hoje".

"Essa filha é raivosa", repetiu para si mesma a mãe, torturando as pontas alaranjadas de suas unhas. "Preciso ficar atenta a quando chegar à sala, senão, de verdade, se alguém olhar para ela, será mordido. Deveria colocar perto da porta muitas pessoas míopes que não a percebam. Quem? O senador. Um. Depois tem a prima cega que veio da província e seu tio. Também o jovem diplomata que ainda não entendi como se chama. Serão quatro. Quatro podem bastar, serão uma moita na porta entre ela e o salão."

Foi difícil juntá-los, os quatro. O senador, ao ver a dona da casa vir em sua direção, levantou-se rapidamente da poltrona e fez a milésima reverência da noite. Ela o convidou: "Querido senador, vamos para aquele canto, há uma surpresa".

O senador fez mais uma reverência e a seguiu.

Quase por acaso, encontraram a prima e o tio da província. Deve manobrar com cautela, mãe, sem hesitação; criar, se for necessário, precedentes históricos. Você sabe como fazer isso.

"Querida, permita-me apresentá-la ao senador. Conheceu sua pobre mãe. Verdade, senador?"

O senador levantou as sobrancelhas e ficou envolto em seus pensamentos.

"Aliás", ameaçou a mãe com o indicador, "você teve uma paixão pela querida e pobre tia".

O senador abaixou novamente as sobrancelhas e escancarou a boca, permanecendo envolto em seus pensamentos.

A mãe, inexorável, antes mesmo que ele terminasse de cambalear, continuou empurrando contra eles um senhor da nobreza, maduro e tão surpreso quanto o senador: "E aqui está o cunhado, se a querida e pobre tia houvesse correspondido à paixão. Venha, tio. Aqui vocês se reencontram depois de tanto tempo. Que prazer devem sentir, certamente, ao se reencontrar. Que inveja. Infelizmente, para mim, a vida nunca reservou essas doces surpresas. Mas agora, enquanto vocês se reconhecem aos poucos, os deixo por um instante e volto em seguida, que tenho mais uma surpresa para vocês. Se reconheçam, se reconheçam".

O tio e o senador, reunidos assim, um de frente para o outro, ignorando-se por completo, ficaram em silêncio e sorriram, depois começaram a se preocupar, depois o silêncio fez com que se sentissem incomodados e quase o quebraram com um grito de desespero se a mãe não tivesse voltado carregando consigo o jovem diplomata com vinte graus de miopia. O pobre foi apresentado como quem, na infância, havia se sentado no colo da pobre mãe da prima. Os quatro reunidos assim, em nome daquela mulher extraordinária, que tinha colo, sorrisos e promessas de união com todos; a mãe começou então a empurrá-los em grupo em direção ao *hall* de entrada. Tentava, ao chegar lá, dizendo frases sem sentido e dando pequenos golpes com as mãos na cintura e nas costas, manter os quatro compactos para que se criasse uma moita.

Num certo momento, em que cada um tentava se distrair, havia quem olhava para o chão, quem olhava para o teto, quem tentava virar os pés e se afastar, a mãe deu um pequeno grito, cambaleou, levou as mãos ao pescoço, depois se virou e estacou com os olhos arregalados. Os quatro esticaram, ao mesmo tempo, as oito mãos na direção dela, para segurá-la, depois de uma só vez abriram a boca e gritaram, então a mãe sentiu um arrepio e, com um sorriso lânguido, murmurou: "Um momento de cansaço, um mal-estar. Achei que fosse desmaiar, mas sou forte. Basta ser mãe para se acostumar a ser forte! E eu os assustei? Queridos amigos, vocês precisam me perdoar".

"Infelizmente", disse o senador, pela segunda vez, naquela noite memorável.

Mas, conforme a mãe se desdobrava ao redor para recolher nos outros rostos o perdão que havia pedido, arregalou novamente os olhos e os fixou num canto, até que lentamente os fechou com as duas mãos e, dessa vez, de verdade, passou por um mal-estar.

Lá, naquele canto, apoiada entre duas paredes, estava a filha no vestido todo repicado, em sua límpida nudez. Seu entorno era uma área de silêncio e vazio, então se formaram rodas em que as garotas observavam aquela mulher, branca demais na carne e nas roupas, e falavam rapidamente, envergonhadas, com as orelhas e as testas avermelhadas, e os rapazes permaneciam num silêncio retraído, olhar voltado para o chão.

A filha olhava fixamente para a frente, nem sequer um bater de cílios adoçava, por um momento, aquela mostra cruel de si mesma. Reta como uma estátua diante de todos, agora queria se mostrar após ter ficado invisível, num canto, observando os outros por alguns minutos. Bem assim. Sabia o que eram. Sabia o que não eram. Nunca se equivocou. Sabia desde o princípio e desde o princípio os havia julgado. E aqueles que se debruçaram ao seu redor, no baú, confirmaram seu juízo. Agora aqui estão, de pé, cada um desempenhando seu papel; ninguém precisa de alguém que lhe sopre as falas. Então eis-me aqui também, sem hesitar, porque desempenhar o papel que a partir de agora me foi imposto é fácil. Difícil era o que eu havia conquistado até então, custando minha vida, custando minha morte. Abandonei tudo porque sou uma boa filha ou talvez uma criatura humana, com aspirações falaciosas, que não deram certo, com ideais que não chegaram ao ápice. Renuncio por piedade filial e, portanto, mereço todo castigo. Comecemos. Comecem a me castigar; estou diante de vocês por isso. Rainha torta que se leva sozinha ao matadouro.

(Esses espetáculos de autocondenação são maus encantamentos. A angústia transporta-se da vítima para o observador: ele sente-se estupefato e dolorido, quase como se ele mesmo tivesse sofrido a condenação. Penso nas pontadas que deviam sentir nos ossos, de noite, ao voltar para casa, os crucificadores de Jesus. Penso no calor que correu nas veias de quem viu queimar Joana d'Arc.)

Naquela festa, a sensação de cada um, quando aparecia a garota, era a que ela mesma havia previsto: ninguém conseguia olhar para ela, como se tivessem que encarar longamente uma luz muito intensa e, ao mesmo tempo, a sensação de que deviam encará-la para que não acabassem descobertos e nus diante dos olhos de todos.

Uma aba de tecido escorregou ainda mais para baixo do seio esquerdo da garota. E todas as mulheres, em todas as salas, mesmo aquelas distantes que nem sabiam de sua presença, colocaram as próprias mãos no ombro esquerdo segurando o decote. A garota notou aquele gesto ao redor de si e riu por dentro, mas seu rosto permaneceu impassível. O martírio do público durou mais alguns minutos. Então, a mãe o quebrou caindo na direção da filha; com um braço agarrou sua cintura e empurrou-a para o centro do cômodo. Um sorriso amedrontado desfigurava o rosto da mãe, e a filha sentiu piedade.

"Fique tranquila. Vou me comportar naturalmente."

O ritual começou: a filha cumprimentava cada um com muita graça. "Demais", pensava a mãe. "Deve estar tramando alguma coisa." A filha não aprontou, pelo contrário, havia renunciado a tudo.

Os jovens se jogaram logo ao seu redor; avaliavam-na, ponderaram, tão diferente agora de como a haviam vislumbrado no fundo do baú. Alguém sussurrou que talvez nem fosse a mesma pessoa, que a tivessem trocado por outra para enganar um homem e levá-lo ao casamento, depois seria visto entre os braços da garota verdadeira e não dessa, tomada emprestada sabe-se lá de onde. Ninguém podia dizer de que natureza a garota se valia aquela noite, entretanto, ela, claro, não tendo ouvido esses discursos, num certo momento, contudo, respondeu: "Vamos ver o baú de onde saí. Como o corpo de madeira de Pinocchio, no final do romance".

"Não é um fim muito triste?"

Virou-se rapidamente. Perto dela estava um homem jovem com cabelos pretos, com muita sombra no rosto e nos olhos. Ela respondeu: "Se costuma dizer que Pinocchio, enquanto era Pinocchio, era uma criatura malnascida, aliás, uma marionete malnascida. E parece que as marionetes, mesmo sendo excepcionais, não devem pertencer ao convívio humano".

"Muito bem. Bis. E, desculpe, a senhora fala assim para bancar uma pose ou por natureza?"

"O senhor me diga."

"Eu digo que a senhora é disforme. Tem as funções e não tem os membros: sabe os fatos e ignora as palavras."

"E o senhor que as conhece não é muito diferente de mim. Por exemplo, o senhor, mesmo que tenha vontade, tudo o que pensa não pode dizer; precisa escolher. Tanto melhor não dizer nada, então."

"E a senhora se defende como um escorpião", disse o jovem preto[*], observando-a com certo interesse brando; após um silêncio de ambos, se dobrou, bruscamente, em direção ao ouvido dela e lhe perguntou alguma coisa. Ela disse: "Sim".

Foi uma resposta dada com muita cortesia, sempre sem ser desajeitada ou com movimentos de revolta, e, em certo momento, o jovem enrubesceu. Ele se virou de costas e começou a dançar de um jeito artificial com uma moçoila que, após duas piruetas, ria de forma histérica, os braços espalhafatosos ao redor do pescoço dele. As damas achavam o casal indecente e viraram a cabeça para outro lado.

Nesse meio-tempo, a filha, seguida pelos jovens que, de repente, se tornaram seus admiradores, entrou em seu antigo quarto. Parou diante do baú e, com a ponta dos dedos,

---

[*] O mesmo personagem sombrio acompanhará a protagonista por toda sua história, mas Paola Masino se refere a ele com nomes diferentes: aqui, "jovem preto" parece ligado ao imaginário infantil italiano e à cantiga de ninar "Ninna nanna, ninnha oh" em que se cita *l'uomo nero*, o homem preto. [N. T.]

levantou um cobertor amassado, sujo, com barro. Fê-lo com pena, como se fosse a lembrança de uma pessoa amada e falecida. Com a mesma pena, colocou-o de volta no fundo, tocou outros objetos. Mas os outros se jogaram entre as coisas, com as mãos nos pedaços de pão amontoados, nos livros ainda abertos, entre as pequenas plantas e despojos de animais. E as irmãs, montadas em duas cadeiras nos cantos do baú, improvisaram uma visita guiada dessa estranha expedição, indicando ora uma coisa, ora outra, rindo ou gritando, fazendo da história uma caricatura.

"Isso, oh, senhores, é a capa com que a imperatriz Teodora se vestia enquanto comia lascas de pão encrustadas de pulgas, purê de mofo e vinho podre."

"Aqui estão os livros, aqui as retortas e os alambiques onde se enriqueceu a famosa mente de nossa irmã, imperecível gênio da estirpe."

"Ha, ha, ha!", ria o coro dos espectadores.

"Eles não riem no mesmo ritmo", pensava a garota, que ficou parada com um mofo trêmulo nas mãos. Não sabia, para variar, pensar em outra coisa que não fosse isso: "Não riem no mesmo ritmo". Via de uma forma distinta a partitura em que estavam dispostas as notas e divisões das vozes das sopranos, dos tenores, dos barítonos e dos baixos. Os grandes corais dos grandes melodramas em que, após o primeiro "ah" dos tenores, começam os barítonos e, finalmente, se ouvem os baixos quando as sopranos já estão lançando a quarta nota.

"O que é? O que é?", entrava um novo grupo de vozes, mais estridentes, mais cacarejantes. Eram os pais e as mães que, com um estandarte na cabeça, chegavam para ver as ruínas daquela raça infantil, suprema e trágica, por eles considerada barbárie. "Queridos amigos", ouvia-se a voz vaidosa da mãe, "aqui, vejam, insistia em viver minha menina bobinha, até que decidiu mudar de pele".

"Que sofrimento para o coração de uma mãe, que sofrimento", remoía o coro tão agudo de mulheres do lado direito.

"Glória à nova filha, fênix nascida das turvas cinzas, honra e bálsamo aos pais!", irrompeu o coro dos homens do lado esquerdo. Depois, todos em uníssono: "Sim, glória, glória sempre mais!". A garota pensava: "E quem vai começar a cantar agora a solo?", porque sentia que estava prestes a se desfazer por inteiro se ela, com seu pensamento, não tivesse ainda vindo para ajudar aquela multidão. Então, uma voz desesperada quebrou o coro: "E coloquem uma lápide, em memória, com uma vela embaixo!". Era o jovem preto, que tinha o rosto contraído como se estivesse prestes a chorar. No silêncio que se seguiu, outra voz despontou com poucas palavras ditas, simplesmente para quebrar a lúgubre representação.

"Saiam todos e deixem em paz a menina. Xô."

Era o pai. Pela primeira vez falava e, ainda que não fizesse nenhum gesto violento, parecia preencher o cômodo com seu comando. As pessoas, em silêncio, começaram a se dissipar. A mãe sentiu-se invadida por um pânico pela ideia de que a festa tinha sido estragada porque o anfitrião maltratou os próprios convidados. Começou a gritar: "Champanhe, champanhe! Vamos batizar com champanhe minha criatura renascida, vamos sufocar no champanhe esse testemunho do meu martírio materno!". A ideia do champanhe agradou bastante, e todos, atrás daquelas palavras, deixaram o quarto por vontade própria, e não pela ordem dada pelo pai ou pelo silêncio da garota que ainda estava petrificada com as flores mofadas entre as mãos. Ficaram só aquelas duas criaturas e se olharam. Amavam-se muito e não sabiam o que dizer. O pai abraçou a filha, e a filha suspirou fundo, fechou os olhos. Pouco a pouco, começou a chorar.

"Não, não", dizia o pai, "tudo é muito bonito. Como você agora e também quando estava em desordem. Você é sempre muito bonita, querida, mesmo se fosse muito feia e maldosa. Você é a minha menina".

"E você, meu pai. E nos amamos. Por isso eu choro, porque cada um daqueles pode amar. Mas você acha que merecem?" Beijaram-se e sorriram, ainda que as lágrimas reluzissem sobre suas faces. Abraçaram-se de novo. E, naquele momento, perceberam que não estavam sozinhos. Lá estava sentado o jovem de antes, tentando não olhar para eles. O pai saiu imediatamente e não disse mais nada. A filha se aproximou: "Diga, então, qual palavra define essa cena?".

"A senhora é surda e presunçosa. Até logo."

"Pelo menos não usa as palavras de qualquer jeito ou por conveniência", disse para si mesma a garota, caminhando atrás dele, em direção às salas.

Ali, enquanto isso, começaram de fato a beber espumante exaltando o desaparecimento do habitante monstruoso do baú. Até os serviçais foram chamados para o brinde, para dar mais destaque à cena, os serviçais que, recolhidos num pequeno grupo no fundo do salão, de vez em quando levantavam todos juntos os copos e gritavam: "Saúde!".

Os convidados, ao contrário, estavam dispostos num semicírculo e, tão logo surgiu a garota na soleira, improvisadamente começaram: *Libiam nei lieti calici, che la bellezza infiora..."*[*].

"Essa música", interrompeu um velho que carregava uma pena amarela na lapela, "não é adequada para uma jovenzinha. Proponho que se cante *'La violetta la va la va'"*[**]. Por gentileza, aceitaram com alegria sua proposta. Mas, depois de entoar a primeira estrofe no meio do cômodo, o coro, por encantamento, se dispersou para um lado e para outro, beijando-se nos cantinhos ou dançando com o gramofone às escondidas.

Passaram-se muitas horas e chegou a alvorada. Nas salas da dona da festa, a multidão era densa como nas primeiras horas da noite e, agora, terminado o jantar frio, começaram a circular pratos de espaguete e grandes pizzas do estilo napolitano. O rosto das senhoras ia ficando verde e escamado, com pedaços de ruge craquelando como crostas

---

[*] "Sirvamos nas taças felizes, que a beleza floresce", verso de uma ária da ópera *La Traviata*, de Giuseppe Verdi, baseada na obra de Alexandre Dumas, *A dama das camélias*. [N. T.]

[**] Música militar popular italiana, geralmente cantada pelos guardas dos alpes, *alpini*; o texto é em dialeto da região de Milão. [N. T.]

de reboco. O rosto dos jovens tomava uma tonalidade azul por causa dos pelos da barba por fazer que, com obstinação, trabalharam muito sob a pele para chegar ao rosto e agora a armavam inteira de erupções pontudas. As roupas já não estavam frescas, os perfumes se tornavam cada vez mais fracos, os cheiros naturais tomavam o controle de forma ameaçadora, as mãos dos homens e das mulheres já estavam inchadas e amassadas. Os pés também estavam entumecidos e doloridos, mas todos fingiam ignorar, porque falar dos pés, sabe-se lá a razão, é inconveniente.

A garota se entediou muito mais do que seria normal que uma garota com bom senso se entediasse em confraternizações desse tipo. Além disso, ela ainda era a rainha da festa, como se diz. Estava sentada numa poltrona larga ao lado de dois Excelentíssimos que, entre um elogio e outro, babavam macarrão branco e escorregadio em seus fraques; enquanto isso, às suas costas, o diplomata míope estava inclinado sobre seu pescoço e, ao tecer elogios, se exercitava na língua dos ianques; diante dela, em pé, com o busto e a cabeça curvados, um escultor fingia pensar numa estátua de Palas Atena para poder observá-la com a máxima indecência, e então, ao redor de tudo, por todo o salão, alguns maliciosos, alguns zombando dela, alguns compassivos, outros a exaltando, admirando-a mudos, dando-lhe as costas, todos, comendo pizza ou espaguete, estavam de olho na garota — ela, de repente, caiu num sono imprevisto contra o qual tentou arregalar duas ou três vezes os olhos, movendo-se agitada na poltrona, já recolhida pelo terror iminente daquelas teias de aranha que em breve a atariam. Caiu no sono mais profundo, com os olhos fechados, a boca aberta, e começou a roncar. Os dois Excelentíssimos pararam, melindrados, com os garfos cheios de espaguete antes de levá-los à boca; o diplomata se levantou com fúria, quase como se, em algum momento, tivesse se dado conta de estar com as costas expostas demais, o escultor se ajoelhou e inspecionava com o olhar o céu da boca de Palas Atena, e todos os outros, cada um detido no que já estava fazendo, como os habitantes de Pompeia sob a lava do Vesúvio, ficaram suspensos a observá-la.

A garota roncava e roncava com fragor e falta de ar, como alguém com grave apneia. Não mais rostos humanos e espaguete, mas, acima dos pratos, no lugar daqueles fios e daqueles rostos, véus de uma poeira extensíssima endureciam, ao redor deles. Tentou se libertar inutilmente; aproximam-se e ganham corpo, são as teias de aranha. Tensas, construídas seguindo uma maldição inalterável, venenosas, se penduram e se esticam entre o ar e os homens. Onde nascem? Onde se prendem? Quem, quem as fabrica, tão cuidadosas e vastas? Por que contra mim? Por que tão traiçoeiras? Eu não queria, não, não queria dormir, e você sabe. Há anos não durmo. Hoje à noite eu não pensava no sono, estava lá na sala para comprazer minha mãe; quem me traiu? Quem me empurrou na direção delas? Tenho em mim todo o medo que pode ter uma criatura humana. E não quero morrer. Não quero morrer assim: apesar de mim.

"Que sono estranho tem essa garota", pensavam então os convidados, olhando-a. "Respira como alguém que espera a condenação, como um assassino a se contorcer sob a forca, e parece exausta. Dorme como se aceitasse uma fatalidade. Deveríamos acordá-la. Talvez esteja sofrendo. Talvez tenha alguma dor na garganta, não consegue respirar. Coloquem um travesseiro atrás de sua cabeça. Desamarrem-na." Mas ninguém tinha coragem de tocá-la. O rosto acinzentara-se, estava translúcido, os cabelos se espalhavam e se avolumavam um pouco diante da testa e ao redor da cabeça, como se fumaça os amassasse e os mantivesse eretos, pequenas gotas de suor explodiam sobre suas têmporas e nas articulações dos braços. Mantinha as mãos abertas, apoiadas sobre os joelhos. Nas palmas das mãos geladas, via-se sua pulsação. Devia estar no extremo limite de suas possibilidades, porque a respiração, num certo momento, esmaeceu, os lábios empalideceram por inteiro, um tom violáceo se formou ao redor do nariz, e o tronco e a cabeça, num movimento brusco e repentino, ergueram-se, jogando-a para trás. Naquele mesmo momento, onde ela estava, as teias de aranha se moveram e se uniram umas sobre as outras, começando a oscilar mais rapidamente, eis que a roçam, ela se move, como pode; recua, mas alguém a segura; ela se contorce para afastar o rosto, as teias chegam a tocá-la, um pedaço até engastalha em sua boca, tenta cuspi-lo; os fios se acomodam sobre seus olhos, não consegue abri-los, um cheiro acre entra pelo nariz. E sente o vento daquele movimento que se torna mais forte, os véus se desprendem e caem sobre ela, sepultando-a, e aquele cheiro, aquele vínculo viscoso que envolve seu rosto como clara de um ovo, e o ar cinzento que, conforme ela se move, se tece em uma teia de aranha. Mas onde está você, aranha ávida, imensa, que pode fechar o universo com suas tramas? Você fixa as teias entre uma estrela e outra? O que é para você o planeta? Uma mosca? E eu também sou uma mosca? Responda, não quero isso. Tudo, menos morrer por um sonho.

Então uma voz que não soava como voz, nem humana, nem uma harmonia difusa, nem a lembrança de um grito animal, nem mesmo um silêncio ou uma voz imaginada, mas era (e com certeza a garota sabia) a única voz que tinha direito à palavra naquele momento disse: "Não tenha medo, estão atadas".

Imediatamente, a criatura adormecida sentiu seu rosto livre do estorvo dos fios e abriu os olhos, olhou com calma a oscilação dos véus se reduzir a pó, pouco a pouco. "Até amanhã", pareciam dizer. Enquanto se afastavam, ela se sentia cada vez mais triste. Ao desaparecerem, ela acordou e virou os olhos cansados.

"Terminou", disse.

Realmente, sua infância havia terminado. Até o pesadelo recorrente foi posto em seu lugar, catalogado. Aninhou-se na poltrona e escondeu o rosto entre as mãos.

Um a um, nas pontas dos pés, temerosos de que o sono estranho se repetisse, os presentes saíram daquela sala e foram para as outras, depois para a entrada, e, abrindo muito devagar a porta, desceram as escadas. Ligaram os motores dos carros sem fazer barulho, se despediram apenas com gestos, mesmo do lado de fora; sob as janelas, caminhavam nas pontas dos pés para não fazer barulho na calçada. Os garçons, enquanto isso, apagavam as luzes, abaixavam as cortinas segurando o alvorecer, deixando toda a bagunça por medo de fazer barulho, não ousavam se movimentar para o piso não ranger. As irmãs e os irmãos, a mãe, o pai, todos olhavam para ela com angústia e compaixão, sem perguntar nada, sem incitá-la a se mover ou cobri-la com um casaco de pele, até que, devagar, se recolheram.

Assim que sentiu estar sozinha, levantou-se e disse em voz alta, aliás, muito alta, clara e definitiva: "Então agora sou realmente maldita".

Aproximou-se do quarto novo que haviam preparado para ela, sem nenhuma comoção, arrependimento ou medo. Fechou os olhos e esperou o sonho que agora já não tinha significado algum. No sono, deleitou-se bastante com imagens vazias, como uma moçoila bem-comportada, e se levantou ao meio-dia, tomada pela mais esquálida melancolia. Enquanto estava à mesa, começaram a chegar cestos, pratos e buquês de flores para ela. Sem olhá-los, os amontoou, parecia estar preparando uma fogueira. As irmãs achavam muito inconveniente que os pais aceitassem as flores enviadas pelos rapazes; os irmãos perguntavam: "Com quantos vai se casar? Quantos por vez?". O pai repetia: "Deixem-na em paz". A mãe ria com satisfação.

Às cinco horas, as flores já não entravam mais na casa. Às seis, chegou o jovem preto. Não pediu para ser anunciado e, despercebido, entrou, não se sabe o porquê, no cômodo onde estava a garota, que, às escondidas, por extremo romantismo, tinha se colocado num canto vazio a roer a única crosta de pão mofado recuperada da limpeza feita na casa. O garoto chegou até ela sem dizer nada, levantou seu rosto e a beijou na boca. A garota passou a mão sobre os lábios, depois olhou para ele.

Ele disse: "Agora está tudo bem". Ela não respondeu. Continuou a olhá-lo e sabia, sem dúvida alguma, que o amava. Sabia também que sempre o amaria, acima de todos os riscos e contra todas as aparências, mas sabia também que era inútil dizê-lo, porque ele não queria saber. Ele, de fato, disse mais: "Porque você não tem exemplos, conhece as coisas e pode dizer as palavras verdadeiras, você me dá medo e não vou casar consigo. Porque, assim que a vi, pensei que era responsável com a minha vida pela sua, não a quero ao meu lado. E quero colocá-la à prova. Ver se, estando distante, você se perderá. Agora vou embora. E, para mim, as coisas permanecem nesse ponto até as fronteiras mais ininteligíveis. Somos necessários um ao outro e, portanto, estaremos separados para medir nosso valor humano". Virou as costas e foi embora. A garota viu a si mesma ir embora atrás dele, mas não se moveu nem disse palavra alguma. Sabia, com uma dor terrível, que já o havia traído, sabia ter se perdido para sempre. Sabia que ele mesmo havia sido o primeiro a se perder, e isso doía ainda mais, porque ele somente a notou quando ela havia adentrado os limites do comum: enquanto ambos permaneceram sem fronteiras humanas e livres de comparações, não foram capazes de se encontrar ou intuir a presença um do outro. Fizeram-se de carne e osso para se encontrar e, desse ponto, começaram sua peregrinação viciosa em torno das conquistas supremas. Abandonada à tristeza, não se moveu até que vieram chamá-la para o almoço. No almoço, viu sentado à sua frente o rosto daquele tio da província que tinha vindo especialmente para o baile do dia anterior. Não era muito velho e tinha um rosto misericordioso; olhava-a como se estivesse lhe dando a mão para que ela atravessasse a rua. Dois meses mais tarde, eles se casaram.

IV

A casa do esposo era extremamente limpa e arrumada. Quando a senhora chegou, estava arrumada para a festa; parecia um vilarejo inteiro, com praças e jardins públicos: eram praças e jardins, mas a ideia de ser a patroa desencorajava a jovem e lhe conferia um senso de responsabilidade que arrancava qualquer prazer. A primeira coisa que fez o esposo foi se deter no portão da propriedade e beijar a testa da esposa, dizendo-lhe: "Bem-vinda à sua casa, senhora". Depois dele, enquanto ela passava pelos cômodos e pelo corredor, do porão ao sótão, os criados enfileirados faziam uma reverência e repetiam: "Bem-vinda à sua casa, senhora". Nos pátios, estavam os cães que pularam até a patroa lambendo suas mãos, isso lhe dava nojo, mas o esposo lhe explicou que não os suportar indicava uma alma má. "É uma tradição que existe desde os tempos muito antigos entre cães e patrões." A esposa suportou, estudando dentro de si qual seria a utilidade daquele uso para os homens e para os cães, mas, antes de resolver o problema, observou vir até ela uma garotinha envolvida em panos cor de palha, que lhe ofereceu um buquê de flores e fez uma reverência. "Bem-vinda à sua casa, senhora!", falou, assustada, de um jeito estridente, fez outra reverência e ficou com os olhos arregalados a observá-la. "A garotinha também é um costume", disse o marido, e continuou: "Costumes gentis que não possuem outro escopo senão agradar". A esposa o olhou surpresa. Começaram a caminhar pelos cômodos. A esposa pensava: "Então não é como eu pensava até hoje, então toda a história da humanidade, não apenas a da mãe, é uma história da busca por prazer: eu pensava que ela estivesse doente e que, para curá-la, devia sacrificar-lhe minha vida, essa que ela me dera. Ao contrário, todos são iguais de algum modo. Ninguém quer a fadiga e a dor. Que o meu trabalho seja, então, o de ser incumbida a dar prazer a todos sem distinções e discussões, mesmo custando a mim mesma". Entraram no primeiro cômodo onde, dentro de grandes armários, escondidos nas paredes, estavam os catálogos do que a casa continha: mantimentos, livros, móveis, serviçais, animais, plantas, tijolos. O cômodo foi construído a partir do encontro de corredores que se ramificavam em todas as direções. "O centro motor", disse o esposo. Passaram para a biblioteca. A esposa continuou tomada por seus pensamentos: "Para os outros, basta o céu para respirar; até agora, caminho cabisbaixa por medo de esbarrar nele. Mas, se o esqueço, é como se o tivesse abolido; já não tenho mais medo. Há até homens que caminham com a cabeça inclinada para trás com o olhar fixo no ar, sem sentir vertigem". "Esta", continuou a voz do marido, "é a sala de jantar". Olhando ao redor, a garota realmente lamentava a sabedoria instintiva de viver num baú. Viu o quarto onde se descansa após ter comido, depois aquele onde se fuma, outro para ouvir música, um para conversar, outro para os jogos, a sala de ginástica, o jardim suspenso, o pátio: uma amostra completa. A esposa refletia: "Ao nascer, fui deixada na soleira da minha mãe: quando minha mãe se afastou de mim com violência, fiquei com um vácuo atrás das costas e não sabia em que direção me mover. Talvez eu tenha nascido com os pregos na mão e o martelo, uma vez que, ao me ver, simplesmente, os homens imaginam a cruz e as torturas. Demonstro a todos, à multidão, que é possível pregar o espaço entre os dedos da mão humana numa viga, em cachos, como pés de verdura. Estando aflito no momento que antecede a primeira aparição, não se sabe como enfrentar a morte. Só se pode ser pedra se a pedra for matéria estável. Mas não é".

"Eis o nosso quarto, vê? Há tudo para agradar ao sono e ao amor. Aqui, o nosso banheiro. Depois, os quartos dos hóspedes e os respectivos banheiros. O que você acha?"

(Não podia dizer; mas pensava: "As aparências não contam. Eu também tinha uma aparência, e os homens a rechaçaram, fizeram com que eu a jogasse fora. Vamos ver se eu não mudo. O homem que eu amo disse que sou sempre a mesma, mas não é verdade. Já estou desfrutando do fato de eu ter me traído, de me sentir imóvel e assustada diante do convívio humano. Ocorre para muitos ter de fazer concessões, se humilhar. Portanto nossa morte é vã, como uma semente caída num lugar em que permanecerá para sempre semente. Quando é que o homem poderá ser terra fecunda? Merece toda a condenação divina: até se dar conta dos limites da vida, não pode fazer outra coisa que não seja morrer".)

"Eu não estava pensando, estava admirando."

"Você gosta? Estou contente. Esta é a área de serviço. Depois a cozinha, as despensas, as fontes, o local para secar a roupa e..."

"Falta um ambiente onde manter os sóis de reserva para quando chover e quisermos passear; e os astros noturnos, se o céu estiver encoberto e nossos hóspedes desejarem a luz da lua." (Sentia-se tremendamente ofendida por aquilo que deveria ver, tinha vontade de morder as mãos do marido, botar abaixo aquelas paredes, estrangular os cães, imolar os trapos da garotinha. Um cansaço envolvente, estranho a ela, agarrava-a por fora e a sacudia. Temia muito começar a gritar, e o pensamento dentro dela gemia: "Como eu gostaria, neste momento, de imediato, voltar ao nascimento, voltar ao ventre da mãe, como uma caverna, percorrê-lo, reencontrar o sêmen do pai, misturar-me novamente a ele e, como sêmen, reabsorver-me no sangue do homem que me expressou, refeita homem, voltar para a mãe dele e assim de homem em mulher, de mulher em homem voltar ao primeiro nascimento, espontâneo; procurar para mim mesma uma matéria diferente, estável, sem mutações, poder existir como folha ou como mar, descobrir se o pecado era de fato necessário para nós".)

"Não é de bom-tom", interrompeu com violência o marido, "ser irônica sobre a casa herdada. A casa é a família: uma instituição sagrada que deve ser respeitada e defendida; quanto mais aumenta, mais aumenta o bem do país. É dever da boa esposa fazer com que a família prospere".

"Desculpe (e para si mesma: 'Vamos lá. Chega de pensar. Eu disse que traria felicidade a eles, que sairia de mim mesma, deixaria o pequeno pedestal construído por mim com migalhas de pão, poeira e detritos humanos. De agora em diante, usarei aqueles detritos para outras finalidades, com avareza e sem desperdiçar inteligência, que, para esses daqui, parece um abuso de forças. Adeus, casal que amei, eu e você, homem moreno de quem nem sei o nome')." Novamente em voz alta: "Estou pronta, tio". Corrigiu-se imediatamente: "Querido esposo".

"Minha esposa, querida."

Terminada a lua de mel, que a garota sofreu numa exaltação da dor (e foi seu último sofrimento iluminado), atormentou-se imediatamente e teve seu primeiro sonho de mulher. De novo, as teias de aranha, mas rasgadas, pequenas e empoeiradas. "São tantas", pensava a mulher, "e sujas. Teias de aranha a serem lavadas como roupa. Há em todas as casas, mas ainda menores, nos cantos". E para elas, em voz alta, pois já empalideciam e se retraíam: "Vocês vão voltar?". Não houve resposta, e acordou com o cérebro ainda dolorido pelo rasgo sofrido pouco antes, a carne inchada e abatida. Começou a olhar ao redor do quarto, a alvorada chegava clareando. Viu os objetos, o ar, a si mesma, como nunca havia visto. Sentia a dor das coisas nas pontas dos dedos; caiu da cama sem dó dos quadris martirizados, mais grave do que a sua tortura, parecia-lhe aquela que a circundava. Aproximava-se e dobrava-se para tocar os parapeitos das janelas, as beiras das soleiras, os vidros, embaçava as maçanetas das portas com seus suspiros, apoiava o rosto nas paredes para sentir o movimento do cimento na dificuldade de se manter firme. Por todas as partes, parecia-lhe sensível o corte que a matéria tinha sofrido para que aqueles objetos fossem extraídos: ela sentiu a fenda no mármore e lhe sorria com piedade materna; a tortura do metal no fogo, ela a abrandava com seu sopro jovem; a composição satânica do vidro, ela agora tentava amaciar com o calor das mãos. A essa altura, já havia aprendido o que quer dizer ser rasgado, adulterado, revelado; havia aprendido a dor da criação. De agora em diante, respeitaria sempre as coisas e os indivíduos, todos, porque todos sofreram ou sofreriam aquele martírio. As coisas não contaminadas não servem, a vida não pode ser outra coisa senão contaminação e decadência; sentia viva a condenação do pecado original.

O marido, ao acordar depois dela, a surpreendeu assim ajoelhada no chão a acariciar com um pedaço da camisa de organza o umbral de mármore, como uma mãe diante de uma criança. Ficou com vergonha dele, disse rapidamente: "Caiu minha aliança, não consigo encontrá-la".

Os primeiros dias do casal pareciam normais.

Ninguém duvidou do que a mulher ia fantasiando. Todas as manhãs, depois de uma hora exata dando ordens minuciosas aos serviçais enfileirados, e outra de inspeção surpresa, exausta e atordoada, sentava-se num canto à espera dos acontecimentos.

Os acontecimentos eram poucos na cidade. Depois de algum tempo, as damas que gozavam de alguma autoridade já pensavam que a jovem esposa estivesse saturada das alegrias nupciais e começaram a enviar convites ao novo casal. O marido dizia: "É oportuno aceitar", e a esposa aceitava. Ele era atencioso; ela, afetuosa. Em pouco tempo, tornaram-se o casal preferido da sociedade, e as famílias disputavam para recebê-los. A mulher continuava a ter um cuidado excessivo com a própria pessoa: o corpo se fazia sempre mais diáfano, como um tubo de ensaio no qual se estendiam os bacilos a serem estudados no microscópio. Agora quase não lia mais e logo percebeu que aquele pensamento para o qual, até então, ela se sentia tragada tinha a abandonado por completo. Mas não sofria com isso, pelo contrário, tinha encontrado um jeito para ocupar o tempo que então havia se tornado livre. A cautela não havia sido, até aquele momento, um atributo seu, e recém-casada, ao descobrir a função do mundo externo e entender que a contrariedade humana não é nada mais do que o desejo por maior exterioridade, jogou-se inteiramente naquela fórmula e silenciou com qualquer um sobre o reino que havia abandonado. Proibiu até a si mesma de dizer: "Eu respiro, eu sonho, eu amadureço", assim para se testar, para se colocar novamente em relação com o mundo íntimo. Dias desertos e parados, então, aqueles vividos pela esposa; dias em que qualquer um teria de se perguntar como era possível viver ali e não adormecer, como permanecer sentada sem pedir explicações ou instruções a tantas outras mulheres mais velhas do que ela. Do que se nutria? Seu olhar não estava apagado, sob as pálpebras baixas via-se seu movimento, girando como um farol, repousando sobre um objeto ou outro. Os objetos, desde que a mulher havia entrado na casa, haviam adquirido aos olhos de todos um outro significado. Eram sempre os mesmos, mas nem os serviçais, nem o marido ousavam tocá-los ou mudar de lugar por capricho, como faziam antes. A mulher permanecia em silêncio, não chamava a atenção nem corrigia ninguém, permanecia na sua poltrona como antes dentro do baú e, com cada poro da pele, observava e cuidava da casa. Assim até anoitecer. De noite, sem que nenhum dos dois expressasse desejo, os cônjuges moviam-se juntos para se deitar. Cada um se trancava no próprio banheiro, depois em algum momento entravam no quarto nupcial já vestidos com os roupões. Só lhes restava tirá-los, então ele, de um lado da cama, ficava de pijama, ela, do lado oposto, aparecia de camisola de organza, e então cada um levantava o lado dobrado das cobertas e escorregava entre os lençóis, virando ao mesmo tempo a cabeça um para a outro para se dar um beijo nos lábios e desejar boa-noite. Depois, viravam-se sobre o lado direito (porque dormir do lado esquerdo faz mal para o coração) e, esticando o braço em direção ao outro lado da cama, cada um desligava a luz do seu lado; ela, emitindo um breve suspiro, e ele, com um bocejo, fechavam os olhos e não se sentiam infelizes. O tio maduro caía quase imediatamente num sono imóvel, enquanto a mulher entrava em seu modo de conspiradora, se jogava numa fúria gozosa, digna da maior suspeita por parte do marido, se tivesse descoberto.

Por algum tempo, ela permanecia parada, com os olhos arregalados e o corpo petrificado, quase como se toda vez superasse um horror antes de se conceder ao impulso que a puxava com tanta violência. Naquela época, enquanto os desejos e frêmitos que normalmente despertam a carne corriam enlouquecidos por seu corpo e ela resistia à inundação, sentindo realmente como se estivesse com a água até o pescoço, e ao desejo perigoso de tatear por aqui e por lá com os braços e as pernas, talvez até na direção do marido, em busca de ajuda, o sono do homem era cada vez mais estável e seguro. Terminada a luta, organizado o sono do outro, a mulher, por um ou dois minutos cochilava, depois, desperta e descansada, descia da cama devagar.

Ainda que o quarto estivesse completamente no breu, a mulher via muito bem os móveis ao redor.

Eram móveis desvitalizados, obstinadamente móveis: não queriam saber de já terem sido árvores vivas, não se lembravam mais do ventre do céu e da terra. Agora sentiam que haviam subido um nível, serviam aos homens. Cada um tinha sua função e a ela se apegava. A poltrona mantinha distância do banquinho, a cama de casal da cama de armar, a jarra tem sob seu comando uma centena de copos, a panela grande roça a pequena, as velas estão atentas diante da candeia difusora. A hierarquia é um fato cósmico, começa pelos querubins e vai até os porteiros, mas crer é gratuito: a esposa não acreditava ou, para dizer melhor, até agora, tinha a ignorado. Somente durante os primeiros dias da sua nova vida foi que percebeu a importância da burocracia, social e doméstica. Por isso, podia, por muitas horas ao dia, esperar a noite sem fazer movimento algum. "De noite", dizia, "todos dormem: cada um no seu grau, mas dorme e não sabe mais. Então estou livre para desfrutar da minha casa, como quiser, sem responsabilidade, sem ser a patroa. Posso, se quiser, ser o cão de caça ou a panela no fogão, posso ser um nascituro ou um ancestral".

Com essas intenções, que desaprovamos tanto por achá-las interessantes, levantou-se uma primeira vez e foi perambular pela casa, testando aquelas possibilidades de livre-arbítrio em que ela acreditava, segundo os ensinamentos escolares, que pertenciam indiscutivelmente a todos os homens. Cedo lhe foi demonstrado que não era bem assim. Avançando pelos cômodos no escuro, não sentia acolhimento de nenhuma parede, nenhum sussurro. Às vezes, é verdade, um móvel se mostrava com um estalo tão violento que parecia um espirro dado só para assustá-la. A esposa colocava-se, inutilmente, num círculo entre as poltronas mantendo-se num prodigioso e cansativo equilíbrio com as pernas dobradas e os braços estendidos como apoios de braço: nenhuma sugestão para tal metamorfose vinha a ela das companheiras de madeira que permaneciam rígidas com o peito de fora, como as mulheres dos generais. Ou então a mulher se jogava no chão perto de uma pele de urso, ficava lá parada com as pernas e os braços abertos e a cabeça virada para o focinho do animal. Não falava com ele, mas o observava com tamanha súplica que qualquer um teria dito: "Fique tranquila, querida, estou aqui contigo. Você é uma verdadeira ursa, a minha, e te amo". Não conseguindo emitir uma súplica muda, tinha tentado com a sugestão de palavras. Acendia o fogo na lareira e, amarrotando-se no chão iluminado, repetia sem pose: "Sou fogo. O fogo nasce de mim, sou luz e calor". Mas não servia: nem seus membros ardentes se levantavam no ar, nem as chamas viravam faixas de músculos.

Talvez a culpa fosse sua; talvez, ainda que não pudesse se dar conta, permanecia na escuta de si, sentia sua anulação, que é o modo mais certo de se afirmar.

Depois de algum tempo, sentiu compaixão por aqueles seres que não só não ajudavam, mas também não aceitavam ajuda. Não guardava rancor em relação a eles por essa traição: era uma deserção da infantaria da qual, desde que nasceu, todos os homens, de um jeito ou de outro, tinham tentado convencê-la. O próprio casamento havia sido outra prova da impossibilidade de um fenômeno novo na humanidade, já que a expressão do amor deve, para todos, terminar do mesmo jeito; seja amor ou conveniência, cálculo ou curiosidade. Mas se a mulher perdoava a deserção dos outros, não sabia conceder esse perdão a si mesma. Levantava-se então de noite para ver se, sozinha, a covardia geral a obrigava a depor as armas. Ao estabelecer que se desmaterializar só era possível pagando o preço do corpo, do qual porém era devedora a Deus, não havia outra escolha que não fosse tirar proveito dele, mas sem desperdiçá-lo nem humilhá-lo. Só se apresentava a ela uma possibilidade externa e envolvente: fazer do seu espírito cúpula, abraço, álveo a essas coisas diferentemente materializadas; receber o sêmen, carregá-lo, parir o fruto, depois ao fruto amar, criar; então deixá-lo livre assim que fosse adulto e talvez perdê-lo para sempre, como acontece com os filhos. Uma mulher nasce com um corpo semelhante ao campo que deve ser semeado e procriar; se permanece estéril, procurará justificar sua existência distribuindo compaixão a tudo que o mundo vai parindo de hora em hora. Ensinará a fé aos animais e disso será então nutrida a família, aleitará os troncos e as pedras dos quais a casa será construída, será umbral dos homens que partirão de casa para dispersar a família nos países do mundo, como o vento faz com as sementes, para criar novas populações.

Foi esse o ponto, mais irreal do que geométrico, que impulsionou a mulher a traçar a linha da própria vida.

Eis que nascia nela uma espécie de afeto materno deslocado; impulsos de ternura ao tocar as partes de sua casa quase como se fossem partes do corpo de um filho. Um arranhão na mesa era um arranhão num rosto infantil imaginário; flores murchas nos vasos, cabelos despenteados.

Num primeiro momento, a incerteza e o pudor do que sentia a seguraram para que não se jogasse inteiramente nessa paixão ofegante. Limitou-se a cuidar das plantas. Tinha um cômodo no centro do qual numerosas azaleias projetavam uma luz rosada e perfumada. A mulher entrava com frequência no meio das flores e as abraçava, tentando se transformar nelas. Muitas das flores estavam abertas, poucas ainda em botão, outras já caídas, mas todos os pistilos vibravam como antenas em busca de um caminho: deles, levantaram-se um zumbido fraco, uma poeira e uma energia como a de um povo numeroso caminhando em direção à pátria. Nas primeiras vezes, ela se desvencilhava apenas com um pequeno rasgo nas extremidades, exatamente na mesma medida em que se desacopla uma pequena folha seca do pedúnculo; mas a ruptura ficou mais intensa, juntou-se a ela uma pressão no coração, uma respiração truncada dentro da garganta, até que, uma noite, com um craquelar de ossos, os braços se levantaram, as mãos escancaradas feito os ramos de uma fronde, os joelhos bateram com força um no outro e se dobraram. O tronco se contorceu quase como obrigado por um nó na medula. Enquanto isso, uma resina descia pelos cabelos e sobre os olhos e as orelhas, recolhia-se ao redor do nariz e sobre a boca, gotejava dos dedos e colava suas mãos. A resina a revestiu inteira, tendo escondido o olhar, o tato, o olfato e a audição, e permitiu que ela se relacionasse com as flores.

"As flores", contou a mulher, alguns anos mais tarde, para uma amiga extraordinária, "cantam o tempo todo". Não soube repetir os versos daquele canto, mas disse que eram simples, que havia entendido tão logo começou a ouvir, voltavam sempre com insistência as letras "s" e "l" do nosso alfabeto; não criavam conforme nossa perspectiva, mas umas próximas das outras, sem relações, evocavam um pensamento em que as imagens coexistiam todas no mesmo ponto. Ao pensar novamente nisso, sentia-se tomada pelo pânico: não aquela noite. Aquela noite, persuadida por sua nova natureza, soubera cantar com elas sem usar lábios e respiração, e de manhã, quando os serviçais, escandalizados, conseguiram acordá-la, depois de tanto sacudi-la, ela se abriu e se dissolveu com uma luz no coração, nos dedos uma missão, uma graça na respiração.

Depois, caminhava pela casa indo de planta em moita, de flor em flor, e se observava alguma contraída pelo esforço de germinar ou desabrochar, com as mãos leves para não pesar sobre as pétalas dolentes, compunha-lhes as corolas. Se encontrasse outras muito velhas para se fechar e se defender do escuro até a alvorada seguinte, ela sustentava seus pistilos, amparava as folhas, atava-as com um fio de cabelo e, assim, mantinha as flores vivas por mais um dia. E havia alguns botões brancos, nodosos, com uma pelagem dura como a barriga dos zangões. A mulher, com sua respiração cálida, os fazia amadurecer, depois com pequenos sopros os pressionava e os fazia brotar. Podia até suspeitar de que o sopro de Deus sobre o homem havia sido algo semelhante ao seu sobre os botões; e, porque ajudava a vida, quis também auxiliar suas criaturas na morte. Quando uma plantinha estava em agonia, ela se sentava ao lado e, com a melodia das flores que então voltava a se expressar nela espontaneamente, a acompanhava pender, encolher-se, desacoplar-se. Finalmente a apoiava no chão que a havia nutrido e, num círculo, a reunia ao redor de todas as outras plantas e as flores nos vasos da casa, escancarava a janela para que entrassem o ar vagante e as vozes das árvores a fim de se despedirem dos restos mortais. Deixava-a disposta assim, numa vigília fúnebre subentendida, no cômodo que se desfazia nos tons da noite.

Na manhã seguinte, tinha o cuidado de destruir qualquer vestígio do ritual, levava a planta morta para o jardim, escondia-a num lugar que não fosse encontrado pelo jardineiro para que não virasse adubo.

Atrás dela, passavam os serviçais a desinfetar a casa.

A dona de casa passava aquele dia com um lenço embebido em vinagre sobre a boca.

É um exemplo para mostrar por meio de quais peças pregadas por sua inteligência essa mulher, rapidamente, partiu da imaginação mais desinteressada para as obsessões reais, que, disfarçadas de especulações sentimentais, conseguiram levá-la, mais do que qualquer limite dado pelo bom senso, ao escrúpulo das pessoas normais.

Ocorreu que a dona de casa, por sustentar com o dedo a beira da folha que estava por cair, se viu, por herança feminina, é claro, a tirar o pó daquela folha e dela passou para os buquês de flores, para os troncos das árvores, numa obsessão por limpeza que deixava os outros boquiabertos, e ela, exausta. Então, aos poucos, só viu ao seu redor coisas que precisavam de cuidados: através dos homens, via as paredes que os protegem; na voz das mulheres, reconhecia os utensílios domésticos que administram.

Em primeiro lugar, essas necessidades se apresentaram a ela, da mesma forma como ocorreu com as flores, disfarçadas de fantasias que lhe davam prazer. Estava diante dos próprios pensamentos como num cinema, perpetuando a solidão da infância.

Eis outro exemplo: ela foi ao chá de uma senhora, ofereceram-lhe torradas com manteiga. Pegou uma, a inspecionou. Ah, não está com manteiga dos dois lados, como as do Pinocchio. Desde que se casou, não lanchou mais café com leite e pão com manteiga espalhada dos dois lados; ela se sentiu envergonhada em pedir ao cozinheiro que preparasse para que o garçom lhe servisse. E, além disso, o verdadeiro sabor do café com leite vespertino das crianças é que você não o pediu, talvez nem o queira, nem sabe como é feito, quem o traz, quanto custa, quantas colheres de açúcar usaram, você não pensa que na cozinha devem ter bebido um café bom e deixaram o seu aguado ou que podem ter derrubado o leite no fogo, quebrado o açucareiro da marca Saxe, por isso não o trouxeram à mesa. À criança chegam, sim, de vez em quando, fragmentos de discussões relacionadas a esses assuntos, porque ouve com frequência saltar pelo ar as palavras: negligência, desperdício, desonestidade; ou percebe que a voz da mãe tornou-se, de repente, antipática, que a empregada tem a boca suja e se a abre diz: "Procure outra", mas não se sabe outra o quê; depois, quando o papai volta para casa e encontra a mamãe na cozinha gritando, reclama: "Quando casei contigo, você não era assim". A mamãe empalidece, pisca rapidamente: o papai é muito feio. Para o almoço, há sopa de verduras, e as crianças não gostam: "Eu não gosto". Então a mãe tenta dar a comida na boca, mas o garotinho tranca os lábios e sacode a cabeça, mancha a toalha da mesa, eis que o papai grita; mas a mãe coloca a mão na cabeça do filho, que é seu, para defendê-la daquela voz forte e, ao mesmo tempo, faz com que retirem rapidamente a sopa, que não se fale mais sobre isso, tragam, em vez da sopa, um bifinho para o filho; para ela e para o marido, um pouco de bacalhau e muitas batatas. Após algumas garfadas, o homem afasta o prato, afasta o pão, derruba o guardanapo, bebe e murmura: "Minha mãe cozinhava o bacalhau no leite". Enquanto isso, a mulher observa que ele olha para baixo em direção ao bife do menino; então se sente invadida por um desprezo maldoso com relação ao pai que sente fome da comida do filho. Ela também tem fome de carne, ela também sente desgosto pelo bacalhau, mas o salário "é o que é", como ele repete todas as vezes que ela gostaria de comprar uma rosa e colocar no meio da mesa ou duas balinhas para o menino. Contudo, esforça-se para cortar na metade o bife no prato do filho e diz com uma voz que parece a de sempre: "Dê um pouco também ao papai". O garotinho fica em silêncio, o pai fica vermelho, a mãe corta lentamente onde já cortou, e finalmente o homem diz aquilo que todos esperavam: "Não, não, ele precisa disso mais do que eu". Esse marido e essa mulher se amam de verdade, de verdade amam o garotinho, por isso facilmente se machucam, um ao outro, sentem vergonha por isso, imaginam sacrifícios impossíveis, se iludem e pioram a situação cada vez mais.

Onde é que a dona de casa aprendeu essas coisas, ela que passou a infância num baú e que de sua mãe não ouviu nada que não fossem súplicas, do pai não viu outra coisa senão a mão larga prestes a pousar na testa da filha como gesto de bênção?

Estava sentada diante dela, naquele chá, uma mulher melancólica que conversava com outra que tinha um furinho no queixo. A mulher melancólica certamente tinha comido bacalhau no almoço, a outra usava um vestido de tecido preto muito puído e, no chapéu, tinha uma pequena rosa-mosqueta com folhas de ouro. A dona de casa se levantou e caminhou em direção a elas, que lhe abriram um espaço, o quanto necessário, de maneira cuidadosa. A dona de casa tinha uma ruga entre os olhos diáfanos porque aquilo que estava prestes a fazer era um teste, aliás, um segundo teste. Mas as rugas entre os olhos não ornam com os salões gentis; as duas olharam para ela espantadas. Disse à melancólica: "Vou lhe ensinar um jeito excelente de preparar o bacalhau; seu marido se tornará um glutão". O espanto da melancólica cresceu de forma desmedida. A dona de casa se virou para a outra: "Cada um tem uma flor que lhe relembra a infância, não é?". A outra sorriu, e a covinha no queixo se fez mais funda. Era toda casta e recolhida em si mesma; mãos um pouco gordinhas e avermelhadas pelo trabalho, tocou a flor no chapéu: "Era um broche da vovó". Por um momento, de seus olhos emergiram pradarias leves, as copas densas das árvores e um telhado longo que fazia uma mancha escura entre aquele verde e um ponto preto que fluía do centro da mancha e avançava, quase uma figura humana numa avenida, mas, aproximando-se, viu que era uma lágrima que se alargou rapidamente dentro do olho da senhora e a afogou em lembranças. "Essa mulher está com saudade de sua mãe", pensou a dona de casa, "teve um casamento pobre e se cansa o dia inteiro para manter pelo menos a aparência de uma vida digna. É corajosa, não chora, mas pensa nas rosas almiscaradas dos primeiros meses de maio em sua vida, quanto desejo pelo aconchego na axila materna, cheirosa como uma pluma. Quando criança, com certeza, brincava no jardim e, numa certa hora, uma voz do outro lado a chamava: 'Lulli, querida, o lanche está pronto, venha com a mamãe'".

Naquela altura, a senhora havia se levantado: "Preciso ir. Meu filho não come se eu não estiver em casa. Não ficaria nunca sem mim", enquanto falava se tornava cada vez mais tímida e apressada, pensava que fossem coisas que só interessavam a ela, mas não conseguia silenciar; a dona de casa, contudo, olhando-a, a incitava a confirmar aquilo que já havia dito sobre ela. A outra explicou: "Até o meu nome também ele quis; dizia 'O sobrenome é o do papai, mas quero que o nome seja o seu: Lulli'. E assim eu me tornei Lulina, mais nova do que ele, que tem cinco anos".

Como deve ser feliz essa mulher se seus olhos marejam quando ela fala do filhinho. A dona de casa lhe dá a mão e diz: "Tenho muitas árvores e um telhado comprido sobre a casa e flores de baunilha azuis e lilases nos vasos. Serviremos o lanche juntas para Lulli, nos prados. Deve até existir rosa-mosqueta plantada ali, vamos encontrá-la". Enquanto isso, pensava: "Só você é realmente dona daquilo que me pertence, porque foi feliz quando criança; depois, quando teria de ter aguentado e se cansado por essas coisas, você as perdeu. Mas, subitamente, foram entregues a mim em consignação, assim, antes de ser feliz, eu soube quanto custa a semente das rosas, a manutenção do gramado verde. Para mim, todo o meu parque, nessa altura, não é nada mais do que cifras e riscos, nuvens e sol quente demais, é justo que você sozinha, Lulli, desfrute, você que carrega desde a infância aquela imagem de flor, que fez um filho com seu mesmo nome para reencontrar um jardim sem leis ou necessidades".

A dona de casa não estava orgulhosa de ter adivinhado o nome de uma mãe, a biografia da outra: essas coisas acontecem com frequência, ela sabia. Mas o que ela não sabia e lhe estava ocorrendo era que, desde que havia se casado, tinha começado a procurar, primeiro nos vestígios das flores, agora nas mães dos outros, uma justificativa para aquela sua mãe amorfa que a havia construído e, portanto, destruído, e só ao ser destruída a reconhecia, e a puxava de lado incitando-a a se reproduzir, ao mesmo tempo que tramava encontrar noivos para as duas filhas solteiras e recomendação de trabalho para os filhos. Tudo isso, claro, está incluso na carreira de mãe, entendida socialmente; começa porque é empurrada, e resistir é incômodo, continua por inércia ou medo. Se houvesse pelo menos uma mãe no mundo inteiro — preocupava-se a dona de casa — que soubesse apenas ser um berço e um caixão, sem precauções, sem objetivos, sem providências: um ponto fixo ao qual nos dirigíssemos quando a alma embarcasse em viagens desconhecidas. Que o nascimento não dependa da concepção entre homem e mulher é algo intraduzível para as criaturas, sem memória do lugar onde flutuavam antes de encarnar e para o qual, ao nascer, morreram. Então, ao desencarnarmos, ao passarmos da vida à outra existência, nos assusta não saber o que nos fará vivos outra vez. Não creio naqueles que pensam morrer eternamente (por que não, então, viver eternamente, já que a vida para eles é um fim em si mesmo em vez de um breve episódio de uma história interminável?), penso naqueles que, nesse ponto, invocam a mãe ou Deus, e vejo que a mãe ou Deus nesse ponto são uma coisa só. Porque se sentimos então a mãe como um alvo desejado, a única que saberia nos proteger até o próximo nascimento, nos trazer vivos e sofrer por nós o destino mortal, como não imaginar também que a mãe esteja, por sua vez, já contida na mãe dela, e esta na própria e aquela numa outra? E então o que é esse morrer senão voltar a um só ventre que tudo contém e tudo expressa, o morto e o vivo num só tempo, o nascituro e o falecido? E qual será, então, sua forma de se expressar se não algo incorpóreo? Uma respiração? Um som? Uma palavra, o Verbo? "Eu também tinha um grande jardim quando era pequena, e o meu Lulli quer sempre que eu lhe conte isso'", disse aquela mãe toda berço.

"Exatamente", disse a dona de casa.

"Uma fruta cristalizada, querida, um doce?", a senhora que as recebia, com o jeito inoportuno das pessoas ativas, irrompeu entre elas bem na hora que estavam prestes a alcançar uma à outra.

A dona de casa se apressou em dizer:

"Cornélia, mãe dos Gracchi, é a maior desventura do amor materno", mas, pelo sorriso conveniente da senhora Lulli, viu que já não se entendiam mais. "Idiota", disse então para si mesma, "me pôr a pensar em voz alta e no exercício das minhas funções".

Tentou se interessar pela vida dos salões; mas era mesmo inexperiente, falou pouco e, quando falou, teve o péssimo gosto de dizer coisas pessoais. Duas ou três tentativas para imitar aqueles senhores que mobilizavam o salão foram acolhidas com risadas, aplausos, exclamações como "engraçada", "única", "simpática" e coisas semelhantes; então, sem se despedir, que foi a única coisa valorizada por todos, foi embora.

Ao chegar em casa, permaneceu no jardim. Queria ver seu parque com os olhos do menino Lulli, mas não conseguiu. As estações em seu jardim lhe pareciam apagadas e cobertas por detritos: via cada folha seca nas plantas, cada falha nas pétalas, os grumos de lama nas vias. Os céus estavam recortados, cheios de insetos incômodos, a água das fontes falava com o nariz ou em jatos, como um bêbado. "Tudo para arrumar", a dona de casa lamentava. Onde, em poucas floreiras de goivos e em arbustos de espinheiros brancos, os jardins foram sempre felizes? Quando ela desaprendeu a encontrar parques com trilhas sem céu, em meio à hera selvagem? Desde quando sabia que transplantar uma azinheira custa mil liras e uma semente de goivo, dois e cinquenta. Desde quando sabia que um jardim quer dizer um jardineiro que rouba plantas raras, que parque quer dizer um item a mais na subdivisão impostos, desde quando ela começou a possuir tantas coisas além de si mesma, a tal ponto que, para administrar essas coisas da melhor forma possível e investigar a mente e as ações de outras pessoas, ela agora se esquecia de proteger a própria mente.

("Se são ladrões, estou na cadeia com eles. Criminosos e carcereiros vivem na mesma prisão. Pelo menos eles lucram ou, ao menos, têm o prazer de roubar, mentir, sujar, mas eu não, tenho só a desvantagem e o asco. Por que, então, sigo nesse trabalho? Por que não divido tudo entre eles, que, uma vez ricos, podem não mais pecar, e não volto então para o meu baú, segura de mim mesma? É possível que haja gente que, pelo próprio deleite, eleja governar os povos, visto que os povos são também todos formados por delinquentes e irresponsáveis? Será possível que as pessoas não percebam a iniquidade da riqueza que aumenta em nada a dignidade do homem e, em muito, suas preocupações, seus instintos mais ansiosos, a suspeita, a cilada, a autodefesa? Onde então haverá espaço para os pensamentos fecundos? Onde, hoje que tenho sofás de plumas e flores nas estufas, onde vou deixar que se sentem os elfos que, quando eu era pequena, sorriam entre os mofos do meu corpo? Em qual planta, se o jardineiro as roubou?"

"Sempre resta uma folha, ou pode ser imaginada."

"E, no meio-tempo, deixarei que o jardineiro vá embora sem avisá-lo do mal que faz?"

"Ele não está fazendo mais mal do que cada um de nós, humanos, faz quando alguns comem caviar, e outros, lixo, quando uma mulher tira de outra o homem amado, ou um ministro tira do outro a pasta, você também ao esconder de seu marido sua verdadeira consciência."

"Isso é bom senso, minha querida, que é a mais mesquinha das paixões."

"Aliás, não é uma paixão, é um vício. Como tal, é muito procurado pela espécie humana, e quem o tem conta vantagem e goza dele imensamente."

"Você ainda acredita que os vícios dão prazer?"

"*Eu não: e você ainda acredita que as virtudes dão prazer?*"

"Claro que não. Mas talvez seja possível pensar que o prazer é uma relação artificial criada pelo homem, enquanto Deus não criou coisa nenhuma para dar prazer ou dor, mas só para despertar energias que convirjam num único propósito."

"*O que é isso de encontrar um assento para os elfos?*"

"Não zombe: muito menos, claro, de não deixar que um jardineiro roube.")

"Aqui estou, senhora", gritou, ofegante, este último, correndo do fundo da ruela. "A senhora estava me procurando? Eu tinha ido... tinha ido... hoje há o mercado das flores... a senhora não vai acreditar... eu estava na portaria... eu..."

A senhora cobriu o rosto com as mãos e disse:

"Não tenha medo, volte para o trabalho. Não o chamei", deu alguns passos em direção à casa, depois: "Nunca o chamo quando há o mercado das flores na cidade, lembre-se disso, Leonardo".

Em casa, seu marido lia. Interrompeu ao vê-la entrar, porém ela insistiu: "Continue lendo, querido. Leia em voz alta, também para mim, do ponto em que parou, eu gosto".

"'... o tio Luigi estava muito velho, mas não queria empregados domésticos, porque dizia que são inimigos com salário em casa, uns encostados e a maldição da vida.'"

Sem que o marido percebesse, a mulher saiu de fininho do cômodo; entrou em seu quarto, deitou-se na cama e pegou o jornal. Abriu ao acaso, leu:

UM ANO DE TRABALHO

PARA UMA MULHER DO LAR

nos números de uma estatística curiosa

(*reportagem especial*)

Nova York, II. (*Da redação*). Uma estatística curiosa levantada nos Estados Unidos. Calculou-se que, em média, uma mulher do lar lava, num ano, uma superfície de um hectare de vasilhas, doze quilômetros de tecido e limpa vinte quilômetros de chão!

Então, foi tomada por uma espécie de furor sagrado, abriu ao acaso o jornal em outra página, um pedaço ficou entre suas mãos, começou a leitura, maligna. Mas teve uma decepção: falava-se sobre demonstrações de novos produtos das indústrias nacionais que ocorreriam semanalmente dali a alguns meses, para que se adequassem às necessidades e ao gosto do público. Semana dos perfumes, dos casacos de pele, da confeitaria, dos produtos agrícolas. A dona de casa estava parando de ler quando o egoísmo mais ingênuo lhe sugeriu: "Você nasceu no dia 21 de maio, veja o que será exposto nesse dia". Ela procurou a última semana de abril, a primeira de maio, a segunda de maio, aqui está:

> Na semana do dia 15 ao dia 22 de maio, serão expostos objetos de casa, de cozinha, de limpeza, para serem usados pelas donas de casa e por toda boa patroa.

Esperava talvez que expusessem palmeiras para o martírio? Fechou os olhos, se esforçou para dormir, uma lágrima escapou por entre os cílios, não obstante sua interdição, estava chegando até os cabelos através das têmporas, contudo ela a esmagou com o pulso e esfregou para apagar qualquer vestígio. O anjo que a olhava balançou a cabeça, pesaroso.

Queria dormir, mas, num certo momento, pensou que a empregada poderia entrar e vê-la assim, repousando num horário em que todos ainda estavam trabalhando. Tinha muita vergonha de ser vista desocupada pelos empregados domésticos, evitava o quanto podia ser servida, assim como ser surpreendida não trabalhando em alguma coisa; pelo menos lendo, pelo menos escrevendo uma carta, arrumando os cabelos ou estudando um pouco de música.

"Então vamos tocar." O quarto de música era amplo, com muitas partituras nas prateleiras; numa mesa grande, pacotes ainda fechados e outros abertos de publicações sobre todas as novidades que algumas casas musicais, por ordem do marido, enviavam. A mulher se dirigiu à mesona, pegou uma partitura. Nunca antes havia se movido assim, ao acaso. A partitura era de *Mavra*, ópera bufa de um ato de Igor Stravinsky. A dona de casa amava muito Igor Stravinsky, o texto da partitura era tirado do Pushkin, outro amor da dona de casa. Acomodou-se numa poltrona, encolheu as pernas como se imitasse a posição da sua infância, fechou os olhos, bocejou e abriu o opúsculo. Depois do frontispício, estava a reprodução de um esboço da cena para a primeira execução, a seguir uma página com o nome dos intérpretes e, finalmente, as palavras: "Meu bem-amado, meu querido amigo/ Tu, meu sol, minha pequena águia".

Com qual cautela a dona de casa chegou até aqui, com que violência escorregou nos bastidores dentro da cena pintada, com qual hesitação assumiu o papel de Parasha, com quanto pudor soube que seria a primeira a dizer aquelas palavras: "Meu bem-amado, meu querido amigo"; como gostaria de dizê-las a alguém que não ousasse lembrar, mas já o hussardo responde, e infelizmente ela não vê nele o marido, pelo contrário, vê quem ela não ousa lembrar; o homem moreno que, no dia do baile, a beijou. É a segunda vez, hoje, que a dona de casa divaga e, dessa vez, divaga com um companheiro de viagem que a honra e a lei lhe proíbem. Jardineiro, o que era seu furto diante disso? Mas como é bom amar, como é bom dizer, com o hussardo e Parasha: "A mente foge perdidamente". É belo porque se cantarola: "Descendo a via dos carvalhos amanhã de manhã", e nem por um momento lhe roçou o pensamento de que os carvalhos do seu parque devem ser podados, é belo porque... O que está acontecendo? Isso é um gemido. Quem geme assim? Por que, Parasha, por que, dona de casa, geme e reclina a cabeça sobre o peito? O que você viu? Por que você se curva e envelhece numa desolação suprema, e, com os olhos arregalados, como se diante de um fantasma, lê com uma voz diferente: "Como é ruim ficar sem uma serva?".

Dali em diante, a dona de casa passou a ler rapidamente com uma obstinação maldosa no rosto, sem mais langores ou pausas, sem indulgência por aquele hussardo transformado em cozinheira, sem piedade nem de si mesma, nem de Parasha. Ao terminar o libreto no qual se discute sobre contratar uma cozinheira e as travessuras da cozinheira contratada, que é o hussardo disfarçado, a dona de casa o fechou e atirou-o sobre a mesona. Com o mesmo gesto, jogou para longe de si Pushkin e Stravinsky, reduzidos por ela a duas panelas furadas nas mãos daquela cozinheira cômica, Mavra. A cozinheira, mesmo dentro do cérebro deles, era a cárie dos serviçais. Cérebros masculinos, cérebros excepcionais. Mas não se sentia agradecida por esse consolo do destino, pelo contrário, estava raivosa como se a última saída houvesse sido retirada, como se o sofrimento não fosse mais só o seu, não somente defeito do seu espírito, como se lhe houvesse sido revelada a mais terrível das duas ou três necessidades físicas vergonhosas do homem. E, dessa forma, também pensar nelas, mesmo reconhecê-las e falar a respeito, a deixava sem jeito. Por isso, queria se vingar e foi então à biblioteca. Pegou um volume ao acaso e o abriu. *Fausto* de Goethe, fala Margarida: "Não temos uma mulher; preciso fazer a cozinha, varrer, remendar e costurar, correr de manhã até a noite". Shakespeare, *Rei Lear*: "... grita-lhe como a cozinheira gritava às enguias...". *Zibaldone* de Leopardi: "Uma outra razão pela qual eu amo a μονοφαγία* é por não ter (como necessariamente eu teria, se comesse em companhia), ao redor da minha mesa, assistentes ao meu pasto, *d'importuns laquais épiant nos discours, critiquant tout bas nos maintiens comptant nos morceaux d'un oeil avide, s'amusant a nous faire attendre à boire, et murmurant d'un trop long dîner* (Rousseau, *Emilio*)"**. Tolstói, *Guerra e paz*, parte IV: "... à porta sempre a mesma maçaneta, portanto por pouca limpeza se zangava a condessa!". Cervantes, *Dom Quixote*: "O servo dorme enquanto o patrão resta em vigília pensando em como irá nutri-lo...".

---

* Nesse trecho a autora cita o livro *Zibaldone di pensieri*, um diário pessoal do poeta e pensador italiano Giacomo Leopardi. Leopardi fala da monofagia, ou seja, a prática de comer só. Essa questão surge em trechos escritos em julho de 1826 e fevereiro de 1827. [N. T.]

** "lacaios irritantes, bisbilhotando nossos discursos, criticando nossas maneiras, contando nossas porções com olhos ávidos, divertindo-se ao nos fazer esperar pelas bebidas e resmungando durante um longo jantar" [tradução livre].

"Chega", gritou a dona de casa. "Chega", sentia desgosto por aquilo que estava fazendo. Mas caiu entre suas mãos um último livro. Pensava realmente que com esse último livro teria bastado? Teria encontrado um panorama completamente diferente? Os cadernos de Beethoven. "31 de janeiro. Me desfiz da doméstica pelo seu jeito atrevido de falar." A dona de casa engoliu e fechou os olhos, num entorpecimento. Mas foi só um momento. "15 de fevereiro. Entrou no serviço uma nova cozinheira. A equipe está completa." Que ano é? É 1819, Beethoven compunha a *Missa solemnis*. Continuando. "18 de março. A cozinheira pediu demissão com quinze dias de aviso prévio. Dia 22 entrou para trabalhar uma nova empregada. É de se esperar que a essa altura as coisas estejam arrumadas." "19 de abril. Foi um dia ruim: não me deram comida." Estamos em Mödling. "14 de maio. Apresentação da nova servente." "16 de maio. Mandei-a embora porque estragou toda a comida." "27 de julho. A mulher fugiu."

A dona de casa pegou um pedaço de papel de pergaminho e tinta vermelha e, com a melhor letra de forma que pôde fazer, copiou as frases dos cadernos; ao terminar, foi direto para seu quarto, para a escrivaninha, sobre a qual, num porta-retrato de prata, havia a foto de sua mãe. Tirou a fotografia do porta-retrato e a substituiu pelo papel transcrito, depois se sentou, cruzou os braços, o observou. "Eis aqui seu verdadeiro rosto", pensava, "comida, trabalho forçado, eterno colóquio com a ignorância, a enganação e as necessidades cotidianas. Mãe". Mecanicamente, escrevia no papel absorvente mamãe mamãe mamãe, em todas as caligrafias, em todas as línguas que conhecia.

Alguém bateu à porta.

"Senhora, está servido."

A senhora repousou a testa sobre a palavra mãe e chorou.

Passou mais um tempo assim, entre aventuras mentais esquálidas, durante as dezesseis interrupções que compunham seu dia: a hora de fazer as contas, a hora de contabilizá-las, a hora da caridade, a hora do controle, a hora da inspeção surpresa, a dos colóquios conjugais, a dos deveres de representação, das queixas da equipe. Até o sono se tornava uma viagem de oito horas, em pé, num trem em que todos os lugares estavam ocupados por preocupações domésticas (quem convidar para o almoço com o misantropo sr. Bartolo? Lembrar-se de pedir um novo uniforme para Egisto, avisar o cozinheiro para que não coloque páprica no arroz à turca, precisamos de almofadas de pluma para o quarto azul, o sótão deve ser arrumado? Verificar se a dama-do-bosque foi semeada na grama). As preocupações não diminuíam nunca nem deixavam um espaço vazio, e, quando a dona de casa, com muito sono, caía de joelhos roncando, elas a derrubavam no chão com um empurrão na lombar para que acordasse. As preocupações, indiferentes, olhavam para o alvorecer através da janela. O alvorecer é a hora das execuções capitais. A dona de casa que se sentia sendo carregada pelo dia como se fosse para o abatedouro não conseguia se proteger da imagem dos lugares sombrios onde tanta tirania era perpetrada, pátios de prisões, muros de cemitérios, praças ou celas. E, até o momento da chegada, tais preocupações eram uma distração para não pensar nesses companheiros de viagem.

Ao raiar do dia, o primeiro dever da dona de casa é colocar no beijo ao marido a intenção de infinitos agradecimentos pelo bem-estar que ele lhe proporciona. A dona de casa tinha em si muita capacidade de ódio, mas sabia dissimular. Contudo, aos poucos, lhe pareceu possível suportar a monotonia dos próprios deveres; aliás, se a monotonia antes havia provocado terror, agora lhe facilitava o trabalho. Nos dias desbotados, a vida fluía com um ritmo que a mulher, para se sentir menos humilhada, comparava ao ritmo das ondas do mar, do vento nos redemoinhos, da terra cujo sopro inesgotável atrai ao seu lugar perpetuamente, ainda que a voz da natureza implore a Deus: "Não mais, não mais".

A voz secreta da dona de casa eram nove páginas de caderno, escritas numa grafia alucinada, palavra por palavra, uma palavra talvez a cada dois dias, sem nunca reler a anterior, ignorando a seguinte. Escrevia-as quando sentia que seu corpo todo estava alarmado por aquelas sílabas, os joelhos saltavam, a pele se abria e se levantava crepitando, pelos e cabelos espetavam como se estivessem cristalizados, o hálito entre os lábios duros era amargo. Páginas sem referência à vida presente, mas foram seu jeito de dizer a Deus: "Não mais".

A mulher não sabia, acreditava que fossem tentativas para reencontrar os pensamentos da infância, estimava que fossem amostras de suas evasões como quando à noite, antes de fechar os olhos, implorava por sonhos. Os sonhos, por muito tempo, não vinham, e fazia muito tempo que ela havia abandonado o caderno de memórias quando chegou no final do ano solar (o primeiro do seu casamento).

Na noite daquele 31 de dezembro, ela observou longamente o céu, entre uma constelação e outra, como se estivesse lendo a testa de um amigo. Imaginou o signo de capricórnio traçado em neon através da cúpula escura entre suas estrelas prediletas: Fomalhaut e Betelgeuse, e os destinos dos homens apareciam e desapareciam em letreiros luminosos. A distância glacial do céu não a assustava, havia naquela imobilidade das estrelas tenacidade suficiente para salvar todos os destinos humanos; sentia-se perturbada com o arrogo dos homens que rompiam a eternidade para uso próprio, o pertencimento às coisas limitadas numa noite em que as ilimitadas se submetiam a um limite humano. O tempo também, por um momento, fazia-se servo do homem e aceitava badalar a hora do ano-novo. Se florescesse, de súbito, virgem lá onde se enrosca capricórnio, ou se leão, rugindo, avançasse no meio de agosto? O que diria meu marido que já havia arranjado a gorjeta para os domésticos? E as damas da congregação que tinham prontas as cestas de beneficência para os pobres da cidade? E os trabalhadores que se preparavam para as férias? Oh, escândalo, anarquia, abuso.

"Céu", continuou a dona de casa em voz baixa, "se submeta à prova. Me mostre que pelo menos você, se quiser, pode desobedecer. Me mostre que a prudência do meu marido está errada às vezes, queime seus envelopes com as gorjetas dentro, mande um vento e faça tombar os cestos de mendicância. Quantas vezes, céu, você provoca tempestades; você tem à disposição engenhos diversos, raios, nuvens, estrondos, tem espaços imensos onde cair e se esconder de nós. Tente abandonar a terra, por favor, tente deixar esses homens sociais pelo menos uma vez sem seu auxílio, os rebeldes sem seu presságio. Vamos ver o que fazem sozinhos, vamos ver quem deles carrega a lei em si, o céu em seu destino". Falou um pouco mais baixo, cobriu a boca com as mãos. "Todos, todos esses são ávidos, interessados, sedentos por poder. Eles o suportam porque ainda não o conheceram, mas deixe-os chegar à conclusão de que as horas podem ser obtidas sem luz, e os espaços, sem vazio, ou o movimento da Terra, fora de qualquer órbita, e você ficará desempregado, mas sua beleza parecerá um desperdício, ruído, descaramento. Nos abandone, meu céu, ciência ilusória dos homens, não seja bom. Demonstre que os nossos cálculos são falaciosos, arbitrários os nossos olhos, esconda-nos os anos, céu prodigioso."

Silêncio.

"Tudo bem", continuou a dona de casa, "entendi. Você acha que eu sou como eles, que para mim também você serve, de um jeito ou de outro, como pretexto de rebelião, como trapézio para os saltos mortais? Que também estou treinando, sem que você saiba, um falso desinteresse, um orgulho ácido? Mas creio que o desejo pela morte e pelo nada seja meu atributo desde o nascimento. Então, adeus. Essas conversas, quando não têm resultado, se tornam ridículas".

Fez uma reverência e fechou a janela.

Creio que o céu ouviu suas palavras e ficou ofendido. Quem é que pode me dizer que não? Uma dona de casa qualquer que conversa com intimidade com o magnata do universo, e lhe dá conselhos, e denuncia coisas, só pode ser considerada uma presunçosa que deve ser punida. Por muito menos, homens e mulheres quaisquer são punidos pelo arbítrio dos magnatas da Terra. Não é de se surpreender, portanto, se a dona de casa, naquela noite, finalmente sonhou, e foram os sonhos que a obrigaram a mudar de vida e natureza. Mas vamos continuar na ordem. Após ter pregado ao céu, a mulher voltou inteiramente ao seu dever, sem amaciar e sem concessões.

Fechou a janela e, já que badalava a hora dos colóquios conjugais, ficou por bons sessenta minutos com o marido, arrumando um jeito de perguntar-lhe se isso ou aquilo havia sido feito. "Sim." E isso foi comprado? "Também." E tal coisa foi providenciada? "Claro." E foram feitos os reparos para a questão X? "Sem dúvida." E talvez não seria oportuno mandar embora Y? "Se você acha que sim." Também tenho minhas dúvidas em relação a Z. "Está certo." E você gosta de mim? "Que pergunta!" Mas você também é uma mulher perfeita. "Muito honrada!" Etc. etc., até que o relógio tocou onze horas. Então o marido se levantou e colocou uma das mãos sobre o ombro dela, a outra atrás da cabeça, e a olhou com ternura; depois, apertou-a contra o peito e, ao mesmo tempo, semeou pequenos beijos no cimo da cabeça. A dona de casa fechou os olhos, esperando. Não se pode dizer que sofria de tédio ou mal-estar; só esperando, já um pouco desfeita naquele sono vertical que já havia se tornado um hábito. Mas, de súbito, lhe pareceu que o marido tinha lhe dado um soco na nuca. Enrijeceu-se e ficou à espreita. O marido estava dizendo: "Há quase um ano você é a minha senhora; a cidade inteira fez tributos, almoços, festas de gala, presentes, como se convém; ocorre agora que sejamos nós a cumprir nosso dever, restituir as graças recebidas. Com essa finalidade, imaginei que a minha senhora e eu ficaríamos felizes em oferecer um almoço seguido de um baile e de uma recepção para as autoridades do vilarejo e para os amigos".

Satisfeito com o sim e com a bela eloquência, premiou-se levantando-lhe o rosto e depondo um beijo na parte superior do osso do nariz.

A dona de casa perguntou: "E para quando?". Frase que ela ouvira num filme em que anunciavam a um condenado à morte que a graça havia sido recusada. "Pensei no Dia de Reis, caríssima. Daqui a seis dias. Há todo o tempo para fazermos os convites. Você quer?"

"Quero. Agora posso ir dormir?"

"Querida, está esquecendo que é o nosso fim de ano? Nosso primeiro fim de ano? É tradição passá-lo juntos."

Esperaram juntos: à meia-noite, o marido pediu que o mordomo levasse uma cesta de panelas quebradas e lâmpadas queimadas e começou, com certo método, a lançá-las pela janela no jardim e, com método, se alegrou pelas pancadas e estouros. Beberam espumante, se congratularam; ele se dignou a receber presentes dos empregados e, com a euforia das grandes festas, acompanhou a esposa ao tálamo, com quem, porém, já não o dividia por questões de decoro e higiene.

Finalmente em sua cama, a dona de casa concedeu a si mesma alguns momentos de imaginações devastadoras, depois apertou os punhos, abriu a boca e adormeceu.

O céu, então, com pouco cavalheirismo, começou a se vingar. Pela primeira vez após o casamento, despejou-se sobre ela o tão desejado sonhar, mas foram sonhos de servos e servos e servos, com os quais ela não parava de discutir. Ré confessa de um furto, uma doméstica saltava em cima da costureira para rasgar os lençóis, e, antes que a dona de casa a convencesse a se acalmar, eis que chega o faxineiro chorando, dizendo que vai embora porque o cozinheiro bateu nele; então o cozinheiro, do fundo, grita dizendo que não é verdade e que a patroa não acredite nisso. A patroa está exausta, quer o mordomo. Onde está o mordomo? Nos braços da governanta. Não há mais ninguém nessa casa? Nem uma pessoa que obedeça? Eis o velho garçom que acompanhara o crescimento de seus patrões. A dona de casa corre até ele. "Senhora", diz ele, "lhe dou oito dias" e lhe dá as costas. A dona de casa se senta, coloca as mãos no colo. Se pudesse pelo menos se iludir de estar sonhando, repousaria na esperança de acordar. Mas o que está ocorrendo, infelizmente, é verdade: vinte domésticos num só dia deixam, por um motivo ou outro, a família.

Um caso extraordinário, mas possível: a dona de casa não sabe mais o que fazer. E, em seis dias, o almoço com baile e recepção. Vai até o telefone. Procura, na casa da mãe, a cuidadora que lhe tirava o pó e a ungia quando, durante a Páscoa, a retiravam do baú. "Alô? Ferminia, querida, venha logo para cá, estou sozinha. Não sei fazer o café, e meu marido vai acordar logo mais, vai chamar para o café." Ferminia é um anjo aposentado; trabalha no chão com suas mãos doloridas para levantar os corpos dos homens e ajudá-los na ascensão ao Empíreo.

Mas o que está respondendo hoje, esse anjo, que a dona de casa pensava que fosse imutável? O anjo dá uma risadinha de escárnio através do fone e bate o telefone. (E damos graças a Deus que pelo menos deixou à dona de casa a certeza de um contato.) Então a mulher liga para uma agência de trabalho. Respondem-lhe que perto dos dias de festa não há material, há só uma mãe com cinco filhos, faminta, que cumpriria meio expediente. Venha. Eis uma mulher grande, peluda, com olhos e boca tortos e voz de homem. Segurava pela mão uma garota descolorida, atônita. Um dos cinco filhos? Era a primeira vez que a dona de casa tinha de contratar um empregado doméstico; estava com as mãos suadas, não sabia o que dizer, tinha em mente a azáfama do baile próximo. Secou as mãos na saia, engoliu.

"Preciso de uma mulher que tenha a força para se jogar no chão e deixá-lo brilhando..."

"Limpo-o com a língua se for preciso", enfatizou a criatura grandalhona com um tom de ameaça em direção ao desconhecido Deus da preguiça.

A dona de casa desejou que a outra fosse embora e tentou assustá-la: "Preciso de alguém que cozinhe, prepare as camas e os ninhos para nós, para os cães, os cavalos, os pássaros, os gatos. Fiquei sozinha de repente. E não discuta comigo as coisas que eu arrumo".

"Silêncio de tumba", ecoou a outra para a dona de casa.

A dona de casa olhou por trás das costas para ver se ninguém viria protegê-la: "Desejo que essa pessoa, antes de limpar a casa, se ocupe com a própria limpeza de forma minuciosa".

"Honra e limpeza são as riquezas dos pobres", falou pausadamente a mulher taciturna chacoalhando a garota que decorava seu braço.

"Pontualidade."

"Aliás, escrúpulo."

"Dizem, e depois..."

"E depois, cara senhora, nós fazemos mais do que dizemos. E cuidado com as palavras."

"Claro, se tivermos que, de agora em diante, viver na mesma casa. Colaborar com o bem-estar das pessoas é uma divisão de trabalho: eu mando, e a outra obedece; quem tem o destino melhor entre nós duas só Deus sabe. Então, amanhã de manhã, das nove horas até às seis. Até logo."

"Senhora, eu não vou. Não sou eu quem deve ir. Se fosse eu, com todas as coisas que dissemos, eu já teria fugido. Porque eu me vanglorio de ser desleixada, desarrumada, não pontual, encostada, mentirosa e ladra quando posso. Eu, senhora, sempre fiz o papel do homem na minha casa: nem me casei, para ser mais livre, e quem se adapta a viver comigo tem de limpar o quarto e fazer o macarrão. Se dependesse de mim, o mundo seria uma pocilga. Essa pobre coitada", e sacudia a garota, "é essa a mãe com cinco filhos e o marido desempregado: culpa de todos. Vamos remediar. Eu procuro trabalho para ela; você lhe dá trabalho. Estamos quites. Ela, sozinha, não tem coragem de se apresentar, diz que é pequena demais para ser vista, morta de fome, não é uma pessoa que parece confiável, as pessoas não querem nem tentar. Mas eu garanto; é um mindinho, senhora, mas um mindinho da Nossa Senhora".

O mindinho de Nossa Senhora, no meio-tempo, ia ficando corada e tentava, envergonhada, se esconder atrás daqueles oitenta quilos de vício que a governavam. Antes mesmo que a dona de casa lhe dirigisse a palavra, ela se ajoelhou e suplicou para ser mandada, maltratada, punida e não ser olhada, pois, se era tão lívida, não era pelos sentimentos ruins, mas pela fome, que tinha os ombros delicados não por má vontade, mas por dificuldade. Mas, acima de tudo, por caridade, que lhe desse logo um trabalho impossível, de mula, de formiga, que visse do que ela é capaz, por força, por minúcia, antes de se arrepender de tê-la contratada. A dona de casa concordou: que fosse imediatamente lavar os estábulos — fatiga ilustre — e que então remendasse essa meia de chiffon de seda.

"Será feito, senhora", trovejaram os oitenta quilos de vício e foram embora pelo jardim, carregando consigo os trinta quilos de virtude que lacrimejavam por apreço.

Aqui a dona de casa, exausta, abriu os olhos.

Já era o fim da manhã, ela o sentia, mas não chamou, não olhou a hora, não se moveu da posição incômoda que a acordou, pôs-se, cuidadosamente, a chorar de vergonha, a chorar de desolação, a chorar de medo daquele sonho em que havia se metido. E em nenhum momento suspeitou que fosse um sonho. Com qual cuidado, pelo contrário, interpretou seu papel de patroa, com qual cansaço superou as angústias da alma que voltavam continuamente para Deus, ainda que ela o forçasse a se ocupar de coisas mais mesquinhas, dessas coisas mínimas criadas por Deus. Depois de ter chorado um pouco, sentiu que até o choro, um choro desse tipo, era uma revolta em sua nova vida e com uma crueldade toda mística imediatamente o inibiu. Os olhos se secaram, aliás se fizeram áridos num instante, os lábios se recompuseram, o nariz voltou a ser branco. Ela ajeitou os cabelos com uma das mãos, arrumou a camisa nos ombros, deitou e enrijeceu numa posição digna entre as almofadas e, finalmente, chamou a funcionária.

Em vez de ser a funcionária, oh, surpresa do primeiro de ano, eis que o marido abre a porta e se aproxima aos poucos pousando sobre a cama um estojo.

"Bom ano, caríssima", e cobriu suas mãos de beijos, "bom ano, mulher amada. Eis uma alegria para minha alegria", abriu o estojo e tirou dele uma esmeralda. "Bom ano, bom ano, bom ano", gritou mais uma vez.

A infeliz não respondeu.

V

Há seis dias, a dona de casa fermenta e cria, não dorme, come e emagrece, conhece a ansiedade da espera, o terror do acontecimento. Tentou até rezar, mas acha que é um sacrilégio rezar para se livrar de pesos materiais. Então tentou se distrair, como lhe foi aconselhado pelo médico dos nervos. Foi à ópera. Estava em cartaz *La serva padrona*[*]; tentou se esquecer do título, mas, após algum tempo, se deu conta de que não estava ouvindo a música; com o binóculo, estudava cada dobra da roupa de Serpina e pensava: "Tem uma boa empregada: é um vestido difícil de passar". Outra vez o marido a carregou para o cinema, mas tratava-se de um grão-duque e uma grã-duquesa que tinham acabado como domésticos numa família de ricos cafonas aos quais ensinavam boas maneiras. Numa terceira vez, seu pai chegou do nada e fez com que ela deixasse pela metade os planos que fazia sobre a ordem dos lugares dos convidados e a levou ao Museu Cívico. Parecia tranquila. Amava muito o pai e se sentia feliz em ser conduzida por ele; ouvi-lo falar, mesmo não prestando atenção, a fazia se sentir descansada, era a primeira voz de homem que a havia acalmado desde o nascimento, era a parte nobre de si mesma, quanto são etéreos em nós o

---

[*] Peça cômica de Giovanni Battista Pergolesi, que mudou para sempre o mundo da ópera e deu o tom para o futuro da ópera bufa. Socialmente irreverente, a obra lança um mote pela igualdade social e entre os sexos. Tal como a Susana das *Bodas de Fígaro*, de Mozart, a "Serva" não vê nenhuma razão para que o seu gênero ou condição social a impeçam de comandar os acontecimentos. [N. T.]

espírito e os sentimentos. "Querido papai, obrigada por ter me aceitado", pensava, "por ter me recebido quando eu batia nos corações humanos pedindo para ser acolhida. Você não discutiu e me chamou de filha, de sua menina, quase como se você tivesse me desejado assim, malnascida, inadequada." O papai falava de outras coisas, ainda que percebesse os pensamentos da filha, porque os homens que amam têm muito pudor e suspeitam da própria bondade, caso sejam boas pessoas. Pararam diante de um quadro escuro e abarrotado de assombrações. O museu ao redor deles era frio, deserto e reluzente. O pai falava das relações entre as cores, indicava aqui ou ali partes da pintura à filha, a filha olhava o chão tão lustroso e dizia: "Como se consegue deixá-lo assim?". Num certo momento, sem nem perceber, começou a pressionar a lateral do pai e a empurrá-lo em direção à porta, portanto a puxá-lo, e então pediu para que ele a esperasse por lá se não quisesse segui-la.

"Mas por quê?"

"Não está ouvindo? Não? Você, papai, não consegue ouvir: são passos, ouve?" Com os olhos e uma das mãos, mostrava-lhe o teto e junto, na ponta dos pés, aproximava-se da saída e diminuía o tom de voz.

"Sim, passos. E daí?"

"E barulho, muito barulho, não está ouvindo? Estão arrastando alguma coisa", um sorriso de triunfo apareceu em seu rosto.

"Sim, estão arrastando. E daí? Devem estar arrastando quadros, mudando as estátuas de lugar."

A filha sacudiu a cabeça: "O senhor não quer acreditar. Eu sei que a camareira rouba. Arrasta sempre desse jeito caixas e baús dentro do pequeno gabinete, as preenche com roupas velhas, cobertores, roupas de cama, e, de noite, os comparsas levam embora. Eu não posso cuidar de tudo. Mas agora vou surpreendê-los, se for agora, ela não poderá negar", tinha dois círculos inchados ao redor dos olhos. O pai ficou pálido, pegou-a pelo ombro e a sacudiu: "Minha menina, filha, fique atenta, lembre-se, estamos num museu, eu e você; e aqui não há quarto de vestir nem comparsas, ninguém que você tenha de controlar senão você mesma. Está me ouvindo?".

"Sim, sim." Ela concordou para que ele ficasse quieto e para se sentir sozinha e começar a pensar: "Será que quando Rafael pintava, de noite, alguém batia à sua porta para lhe perguntar o que queria jantar?".

Enfim, tudo estava feito. E, naquele dia, a poucas horas da chegada dos hóspedes, a dona de casa, laboriosa, teve um momento de longa e inerte felicidade. Encontrou a coragem de se dizer cansada, deitar-se num sofá e pedir para que lhe trouxessem café com leite e pão com manteiga espalhada dos dois lados, e não sentiu vergonha dos empregados ao ser vista comendo, colocou açúcar em excesso no café, achou ótimo e quis mais; então, no silêncio da casa, depois de toda a agitação da semana, baixou os cílios e, murmurando palavras distantes, adormeceu.

Eis que o grande dia chegou, domingo, 6 de janeiro, Dia de Reis no signo de capricórnio; às 3h, Vênus em conjunção com a Lua. O sol nasce às 7h39 e se põe às 18h35. A Ave-Maria é às 17h15. Perigeu da Lua às 13h.

Uma grande sala iluminada. Dispersas aqui e acolá mesinhas de cristal, postas para quatro pessoas, com serviço de mesa e castiçais também de cristal; sobre cada um, quatro velas acesas, quatro maços de flores bem frágeis sobre quatro pratos, quatro cadeiras douradas diante dos quatro lugares. A sala inteira é branca, e delicada, e florida, e embaçada por tanta luz. As chamas das velas são as únicas manchas consistentes e seguras naqueles ares de Empíreo.

Num canto, no sofá de cetim branco, descalça, dorme a DONA DE CASA. *Sonha e nos sonhos ri. Acorda de sobressalto.*

"Meu Deus, que sonho! Tão prazeroso que me deu medo. A quem não está acostumado, o prazer dá mais angústia do que o sofrimento." (*Levanta-se e faz uma reverência.*) "À filosofia." (*Dá voltas entre as mesinhas. No seu lugar, no sofá, vai se concretizando, na imaginação da mulher, o* JOVEM MORENO, *que boceja.*)

JOVEM MORENO "Sei."

DONA DE CASA (*não se vira, o vê no sofá, na mente dela. Encanta-se olhando-o, antes de falar*) "Por que está tão zangado comigo? Tento viver como posso; não me divirto, não."

JOVEM MORENO "Só falta isso."

DONA DE CASA "Todos respiram neste mundo: até você, fora dessa máquina. Você não quer nem que, aqui dentro, eu tenha alguma ilusão?"

JOVEM MORENO "Você consegue imaginar uma turbina apaixonada? Um trem que queira descer ao reino das Mães[*], uma geladeira que especula sobre o prazer? Você é assim. Uma máquina que faz contas, controla, repreende, toma providências, economiza, e às vezes você se ilude no sofrimento, no raciocínio, no amor, como agora. Vamos ver, porém, se você sabe vir aqui comigo, nesse sofá admirável, para..."

MARIDO DE FRAQUE (*entra e corre em direção à mulher*) "Caríssima, tudo é admirável..."

JOVEM MORENO (*sempre invisível aos outros*) "Oh, a engrenagem usa as minhas palavras."

DONA DE CASA (*ao* JOVEM MORENO) "Mas deixe-o falar. Divirta-se você também."

MARIDO DE FRAQUE "Você está me ouvindo? Tudo está admirável, mas você não está adequada."

JOVEM MORENO "Ha, ha, ha!"

DONA DE CASA "Vou ficar assim esta noite. Estou adequada, querido, não tenha medo. Não estou de grinalda e coroa, mas vou me empenhar no meu papel de qualquer jeito. Será uma noite memorável, como o marido comanda" (*lhe faz uma reverência*).

---

[*] O "reino das Mães", mencionado no *Fausto*, de Goethe, refere-se à descida no coração das trevas do mundo, no que há de desconhecido do feminino materno; segundo a pesquisadora Camille Paglia, trata-se de uma representação da natureza pagã reprimida. [N. T.]

MARIDO "Essas neurastenias não são do meu agrado e..."

MORDOMO (*entrando*) "A senhora me dá licença? As garçonetes estão prontas, caso a senhora queira inspecioná-las."

DONA DE CASA "Com o novo uniforme?"

MORDOMO "Com o novo uniforme."

MARIDO "O que quer dizer?"

DONA DE CASA "Que entrem."

MORDOMO (*para dentro*) "Entrem."

(*Entram, enfileiradas, doze garçonetes, todas com vestidos brancos longos, pequenos aventais, rede nos cabelos, luvas e laços dourados.*)

JOVEM MORENO (*levanta-se e vai até elas para tocá-las*) "Nossa Senhora! São de verdade."

MARIDO (*indignado*) "O que é isso, uma festa à fantasia? E você com essa roupa de casa?"

UM GARÇOM (*entra correndo*) "O cozinheiro, senhora, teme, aliás espera, não ter entendido os pedidos. Está chorando, arrancando os cabelos dos ajudantes, batendo a cabeça deles na parede."

MARIDO (*indignadíssimo*) "O que é essa revolta? E você vestida com essa roupa de ficar em casa."

DONA DE CASA "Deixem-me ver o cozinheiro."

O GARÇOM, *auxiliado pelo* MORDOMO, *corre para puxar as cortinas brancas que servem de fundo e aparece uma divisória de vidro; atrás dela, vê-se a cozinha. Serviçais e ajudantes correm por todos os lados com panelas e travessas nas mãos. Panelas ferventes, as cozinheiras misturando a farinha, os confeiteiros batem ovos, o* COZINHEIRO *está quebrando as colheres de pau nas costas dos moços que descascam as pilhas de batatas, colinas de ervilha. Os verdureiros escolhem as folhas da salada, as campesinas pelam as galinhas. As penas voam em círculos sobre a fumaça densa, o vidro se embaça pelos vapores, tudo fica opaco, e da neblina leitosa chegam vozes confusas:* "Me dá essa panela. Passa aqui a concha, escorre, espuma, mistura, frita, mói, amassa", *e os soluços do* COZINHEIRO "Eu? Levar minhas panelas para as pessoas! Eu? Fazer esse espetáculo! Eu, mago, mostrar os truques da minha arte!".

DONA DE CASA (*com a barra do vestido, limpa um pedaço da divisória de vidro e bate nela com a mão para que o* COZINHEIRO *vá até lá para falar*) "Cozinheiro, se me ouvir, prometo seu triunfo. Leve os gamos no espeto, a polenta no caldeirão e as cotovias numa revoada como se ainda voassem no céu. Confie em mim. Precisa se atualizar. Os tempos são grandiosos? E nós também somos. A época é memorável? E então também seu jantar. A hora é histórica? Que seja histórica nossa polenta. A história se faz com grandes massacres? Então mate e coloque todos os animais da propriedade enfileirados e se elevará à glória."

COZINHEIRO (*do outro lado do vidro*) "Se a senhora me coloca ao mesmo passo do que o tempo, que é precário, preciso pedir minha demissão. Se a senhora fala de evento histórico, me degrada: a cozinha, senhora, não é precária, mas eterna; a cozinha, senhora, é uma necessidade, não um evento; um evento, por quanto seja histórico, pode ser evitado, a cozinha não se pode evitar. No que me diz respeito, não quero glórias, não sou um líder[*] ambicioso, sou um sacerdote. Me obrigar a mostrar meu modo de cozinhar é obrigar o sacerdote a revelar os mistérios do ritual. Mas a cozinha não quer ser revelada, os próprios vapores a protegem, mesmo se a senhora retirar as paredes que nos defendem." (*Levantando a voz.*) "Senhora, seus convidados são dignos de serem iniciados?"

MARIDO (*indignadíssimo*) "Como se permite levantar a voz e fazer perguntas à senhora?"

DONA DE CASA "Cozinheiro, meus convidados não são dignos. E por isso será feito. Não seja soberbo, seja

---

[*] Paola Masino usa o termo *condottiero*. Historicamente, era a figura mercenária que controlava uma milícia sobre a qual tinha comando ilimitado e estabelecia contratos com qualquer Estado interessado em seus serviços. Entre os séculos XV e XVI, as Companhias livres formaram verdadeiras escolas de guerra. Há claramente uma referência à palavra *Duce*, com a qual Mussolini se fazia chamar, que deriva do latim *dux*, cuja tradução seria "líder", ou, em italiano, "*condottiero*". [N. T.]

misericordioso. Muitos serão chamados, mas poucos serão escolhidos..." (*Num gesto, o* GARÇOM *e o* MORDOMO *abaixam novamente a cortina branca, e a parede volta ao lugar.*)

MARIDO (*mais indignado, impossível*) "O que é esse cristianismo com roupa de ficar em casa?"

JOVEM MORENO "Opa, tome cuidado. Se a engrenagem sai do trilho, o trem pula pelo ar."

DONA DE CASA "Não, não. Indignar-se e indagar faz parte da lubrificação de tais maquinários."

JOVEM MORENO "E quanto a você?"

DONA DE CASA (*sempre sem olhar para ele*) "Eu..." (*mas se detém com desolação e pudor, depois diz rapidamente ao* MORDOMO) "Agora quero ouvir a música." (*O* MORDOMO *faz uma reverência e sai.*) (*Ao* GARÇOM) "Seus companheiros estão prontos? Todos de barba recém-feita?" (*O* GARÇOM *faz uma referência dizendo que sim.*) "As luzes estão acesas?"

JOVEM MORENO (*fala muito lentamente, torpe*) "Agora chega. Venha cá. Você, comigo. É isso que você queria dizer? Quando o outro fica indignado?"

DONA DE CASA (*corada*) "Contigo. Mas agora não, agora vou me vestir para lhe agradar" (*mostra o* MARIDO, *faz uma pausa, depois diz bem baixo*) "e para agradar a você."

(*Música que vem do alto*)

MARIDO "O que é essa música inconveniente? E você ainda com roupa de ficar em casa?"

DONA DE CASA (*vai até o sofá e se acomoda entre os braços do* JOVEM MORENO. *Diz com raiva ao* MARIDO) "Um momento atrás eu queria me trocar e agora estou cansada por ter escutado. Vou descansar, enquanto ensaiam a música. Caríssimo, quer me deixar apagar a luz?"

(*Um relógio no cômodo ao lado toca as horas.*)

MARIDO "Oito e meia e você com as roupas de ficar em casa." (*Apaga a luz e sai. As velas estão acesas.*)

DONA DE CASA (*beijou longamente o* JOVEM MORENO, *agora o encara segurando o rosto dele entre suas mãos. Ele está parado*) "Você me odeia muito? Não me olhe assim. Feche os olhos, senão me assusto, são tão nus e impiedosos." (*Fecha os olhos dele.*) "Agora me acaricie." (*Toma-lhe as mãos e passa em seu corpo, mas, ao vê-lo inerte, para.*) "Nunca serei sua mulher?"

JOVEM MORENO "Por que você veio neste sofá?"

DONA DE CASA (*com a boca sobre o coração dele*) "Quero um filho seu."

JOVEM MORENO "Esse é um motivo mais adequado para um marido."

DONA DE CASA "Não, não, só para o homem que se ama."

MORDOMO (*à porta*) "A música está boa, senhora?"

DONA DE CASA "Boa." (*Para o* JOVEM MORENO) "Desculpe." (*Ao* MORDOMO) "Que continuem a tocar, e coloque os garçons dispostos na escadaria." (*Ao* JOVEM MORENO, *abraçando-o novamente*) "Aqui estou."

MORDOMO (*que estava saindo, volta e vai para perto de uma mesinha*) "Oh, esta vela está torta." (*Apaga com os dedos o estopim e tenta ajustá-la.*)

JOVEM MORENO (*acariciando a* DONA DE CASA) "Um filho? Até os filhos seriam uma aposta para você, um atributo. Mas fazê-los talvez seria menos divertido para você."

DONA DE CASA "Por isso eu os quero, meu amor desgraçado." (*E enquanto ele continua a acariciá-la, sem querer, ela fareja o ar, se levanta rapidamente, vê o* MORDOMO, *que apagou a vela. O cheiro ruim de fumaça se espalhou por toda a sala. Afasta com violência o* JOVEM, *fica em pé sobre o sofá. Diz ao* MORDOMO, *lá de cima, como um líder a cavalo.*) "Mas não, o que está fazendo? Tome cuidado. A sala está toda impregnada com esse cheiro nauseabundo. Reacenda a vela imediatamente. E abra as janelas enquanto vou me vestir." (*Desce do sofá e sai do cômodo, sem nem se lembrar mais do* JOVEM MORENO *que, aos poucos, se esvai.*)

(*O relógio bate quarenta e cinco minutos.*)

O MORDOMO *executa o que lhe foi ordenado.*

Entra o MARIDO *e procura a* DONA DE CASA *no sofá, não a vê e então se senta no lugar que antes fora ocupado por ela e pelo* JOVEM MORENO. *Com um gesto, dá ordens ao*

MORDOMO *para que acenda as luzes. Pensamentos tristes o ocupam* "Minha mulher é jovem. Pequenos caprichos."

MORDOMO (*acendendo*) "Eu diria grandes, se o senhor permitir."

MARIDO "Não, não diria nada, eu não o permito."

(*Um espírito inoportuno deve residir naquele canto do sofá onde se sentou o* MARIDO. *Ele então se agita. Procura, por trás dos ombros, o* MORDOMO.) "Onde está? Venha aqui" (*coça o ombro que estava apoiado no braço do sofá*), "vocês não supervisionaram a limpeza deste cômodo. Tem pulgas aqui" (*se coça*), "percevejos" (*se coça com força*), "piolhos, por Deus!"

VOZ DA DONA DE CASA (*muito distante, do seu quarto no andar de cima*) "Oh, amor travesso, deixe em paz meu marido, não belisque, já é tão composto, que suspeito de que já tenha morrido há algum tempo."

VOZ DO JOVEM MORENO (*feito um cupim, dentro do sofá*) "Quero que caia pó sobre sua cabeça, distinta senhora das artes do lar. A senhora se arrumou, madame, para perturbações domésticas?"

MARIDO (*coçando-se sempre com mais força, diz ao* MORDOMO) "Mas a senhora, onde ela está? Não terá sido devorada por esses *Cimicomorphas*, vulgo 'percevejos'?"

(*Fanfarra tocando no jardim.*) "Os convidados! Mordomo, recomponha a senhora, arrume-a e coloque-a no primeiro salão!"

(*O* MORDOMO *se apressa para sair. Golpes por trás do vidro e da cortina.*) "O cozinheiro está apelando, assegurem as necessidades dele, vamos lá!" (*O* MORDOMO *corre até o vidro, mas o percevejo do sofá começa a roer tão forte que o* MARIDO *pula.*) "Socorro, me ajudem, me ajudem, os *Cimicomorphas* estão escavando o sofá, estão me escavando. Exterminem-nos!" (*O* MORDOMO *corre até o patrão.*)

VOZ DO COZINHEIRO (*por trás da parede do fundo*) "Que os convidados não atrasem! Lembrem-se! Todos vocês precisam comer!"

CORO DOS AJUDANTES "Amém."

GARÇOM (*entra rapidamente nas pontas dos pés*) "Senhor, os senhores estão aí, mas não a senhora, se o senhor..."

VOZ DO COZINHEIRO "Daqui a catorze minutos! Lembrem-se! Todos vocês precisam comer!"

CORO DOS AJUDANTES "Amém."

(*Fanfarra no jardim.*)

OUTRO GARÇOM (*como o primeiro*) "Senhoras, senhores, senhor e a senhora..."

MARIDO (*levantando-se*) "A senhora sou eu!" (*sai e vai até os convidados.*)

VOZ DO COZINHEIRO "Treze minutos, lembrem-se! E todos vocês precisam comer!"

CORO DOS AJUDANTES "Amém."

O MORDOMO *afofa as almofadas do sofá.*

VOZ DO JOVEM MORENO (*ainda como um percevejo*) "Diga: o seu patrão é sábio, seu patrão é correto, exato, justo e culto. Como é o seu patrão?"

MORDOMO (*falando sozinho*) "Deletério."

(*O relógio marca nove horas. Os últimos acordes da fanfarra no jardim. Música do alto. As portas são escancaradas, o zumbido da multidão se aproxima, o zumbido aumenta, torna-se um barulho; da porta do fundo, entram dois lacaios que afastam a cortina e deslizam metade do painel de vidro sobre a outra; e, enquanto isso, dos salões, em pares, entram os convidados em fila indiana, avançam os degraus; de um lado das portas laterais, há uma fileira de garçons vestidos com fulgurantes uniformes, e imediatamente cada um toma conta de uma cadeira e do destino de cada convidado; do outro lado, entram doze servas levantando doze taças preenchidas por uma transparência misteriosa e, finalmente, quando toda a sala está ocupada, é abaixado até o chão, abrindo-se como uma flor, o grande lustre central, e, entre seus cristais, surge e avança a DONA DE CASA. Os convidados aplaudem, o lustre sobe, a DONA DE CASA distribui reverências e sorrisos, acenos e saudações, depois vai rapidamente para a frente do sofá, fica parada para que o JOVEM MORENO possa admirá-la em seu traje, que já conhece, da outra festa.*)

DONA DE CASA (*após ter acariciado o encosto do sofá, vai até o seu lugar em uma das mesinhas, tendo à direita um* CARDEAL, *à esquerda um* MARECHAL *e, diante dela, uma altíssima* DAMA E CORTESÃ NACIONAL. *Na mesinha do seu marido, o lugar de honra é de uma* RAINHA DEPOSTA, *que confere brilho ao ambiente*) "Que Deus nos abençoe."

CARDEAL "Oh, se fala de antigos conhecidos."

DAMA NACIONAL "Antigos conhecidos? Que sejam jogados ao mar! Renovar, é tempo de renovar!"

RAINHA DEPOSTA (*do outro lado com tom sisudo*) "Como são monótonos esses inovadores! Jogam ao mar e pescam de novo, jogam ao mar e pescam de novo."

CARDEAL (*sorrindo*) "É um jeito para poder devolver a César o que César tomou para si."

RAINHA DEPOSTA (*condescendente*) "Mas não, Vossa Eminência, meu marido se chama Arrigo. Arrigo XII."

DAMA NACIONAL (*com voz de comício*) "E aquilo que não vamos jogar ao mar, pegamos para nós, que somos a Pátria!"

. MARECHAL (*pondo-se em pé num pulo*) "Estou pronto, Vossa Excelência! Viva a Pátria!"

CARDEAL (*aplaude como num espetáculo, melífluo*) "E viva também a justiça. Viva, viva."

(*Brindam.*)

(*Os garçons; os trinchadores, as servas, todos percorrem entre as mesinhas servindo. Os convidados comem, a música toca, o relógio marca as horas.*)

MARECHAL (*à* DONA DE CASA, *grave e convencido*) "Sua chegada foi brilhantíssima e coroada por uma vitória arrebatadora."

DONA DE CASA (*imitando-o*) "Sinto-me honrada e orgulhosa."

CARDEAL (*como acima*) "Esplêndida. Você sabe os textos de cor."

DAMA NACIONAL "E dava para ver suas belas pernas, minha querida. Aquela ideia estava cheia de boas intenções."

CARDEAL "De boas intenções o inferno está cheio."

DAMA NACIONAL "Como eu gosto do caminho para o inferno."

CARDEAL "Ah, a quem o diz!"

DONA DE CASA "Mas para que servem as pernas bonitas de uma mulher? Antes do casamento, não pode usá-las, nem depois."

CARDEAL "Antes e depois não existem em relação à eternidade: ignorá-los na vida é, portanto, uma regra de sabedoria."

DAMA NACIONAL "A sabedoria é ignorar todas as regras."

CARDEAL "Aliás, é regra ignorar toda sabedoria."

MARECHAL (*levantando o bastão para comandar*) "Parem!" (*A* DONA DE CASA, *o* CARDEAL *e a* DAMA NACIONAL *paralisam em silêncio.*) "Sou a favor dos avanços rápidos. Esses parlamentarismos me irritam. Repouso!" (*Os três relaxam.*) "Em frente, marche!"

CARDEAL "Mas não tenho armas, meu filho querido, não posso ir ao ataque."

DAMA NACIONAL "Ao ataque se vai com o coração, Vossa Eminência!"

CARDEAL "Cuidado, madame, com as palavras cujo significado desconhece. O coração é uma víscera musculosa que está no peito e não lhe é concedido sair, pena de morte. Ocorreu algumas vezes que esse músculo, mesmo parado em seu lugar, confortou o homem em seus grandes empreendimentos. Eles foram a tolerância, o sacrifício e a humildade. Mas talvez você estivesse falando 'desses' ataques?" (*Mostra, sem malícia, casais que tentam se afastar, olhares lânguidos, mãos que se entrelaçam.*)

DAMA NACIONAL (*irritada*) "E cuidado o senhor também, então! Essas são escaramuças, e o coração não tem nada a ver com elas."

CARDEAL "Lamento."

MARECHAL (*à* DONA DE CASA, *medindo o tamanho do braço dela com seu bigode*) "Bela fortaleza inexpugnável, o desdobramento das suas asas é perfeito!"

DONA DE CASA "Vamos recolhê-las na retaguarda?" (*Esconde os braços atrás das costas e, logo depois, em sua mente, corre até o sofá, até o* JOVEM MORENO.) "Peço perdão, mas o que podem dizer para mim ou o que eu possa dizer esta noite não deve lhe importar. Você sabe: é como se eu estivesse usando uma fantasia."

(*De repente, da porta do jardim, entra* o JARDINEIRO *com um vaso florido nos braços e, sem olhar para ninguém, vai direto até a* DONA DE CASA.)

JARDINEIRO (*se colocando diante da* DONA DE CASA) "Aqui está o vaso que roubei hoje. Chame o patrão. Onde ele está? Que venha. Eu apoio meu furto aqui" (*coloca o vaso numa mesinha*), "e você coloque o seu. Todos esses" (*indica os convidados*), "sábios ou bobos que sejam, julgarão. Quem, entre Leonardo, o jardineiro, e sua patroa, é mais ladrão?"

DONA DE CASA (*mostrando-lhe aqui e ali os casais furtivos*) "Você não entende de código penal: ninguém é processado só por ter a intenção; eu apenas contemplo o furto, você rouba, e rouba sem nem ter gosto, rouba por dever. Porque o servo tem de roubar seu patrão. E como é que você gostaria de ser julgado com clemência por pessoas que, todas, cometem seu mesmo furto? Um furto esquálido, por dever, por costume, por falta de fantasia?"

JARDINEIRO LEONARDO "Mas o que você acha? Que alguém me ensinou a roubar? Sou autodidata. Eu via meu pai, como ele fazia, e depois, por brio, sozinho, eu praticava sozinho até conseguir fazer bem-feito, então parecia que tinha nascido com aquele desejo dentro das mãos; que fosse um direito meu, desejar as coisas dos outros."

DONA DE CASA "Exato. Como eles; cada um deles é autodidata, como você. Também para eles é como se tivessem nascido com essa vontade dentro das mãos, com o desejo de ser outra pessoa. Quer ver?" (*Para o* MORDOMO) "Peça para que todos fiquem em silêncio, exceto as senhoras de uma certa idade."

MORDOMO (*sobe num pódio e toca um gongo*) "Silêncio! Música, relógio, garçons, pessoas na cozinha, animais domésticos que estão andando pela casa, vento, percevejos, rangidos sinistros, homens, mulheres: ordens da senhora: façam silêncio. A palavra é concedida às senhoras de uma certa idade." (*Toca novamente o gongo.*)

(*Sussurros e ruídos, palavras, sons que vão se enfraquecendo. Silêncio. Ouve-se somente o tique-taque do relógio, mas sempre mais fraco e lento, até ficar em silêncio. Silêncio pelas grandes salas, onde, sozinhos, a essa altura, estão o* MARIDO, *a* DONA DE CASA, *o* MORDOMO *e o* JARDINEIRO LEONARDO. *Mas percebe-se a presença, sob as mesinhas, atrás das cortinas, das portas, os casais furtivos. Eis que, após a pausa de completo silêncio, se levanta dos cantos mais escondidos do jardim, dos salões distantes, de todos os esconderijos o* CORO DAS SENHORAS DE UMA CERTA IDADE.)

CORO DAS SENHORAS DE UMA CERTA IDADE (*antes lento e soluçante, pudico, depois mais violento, até se tornar sombrio e obsessivo*) "Finalmente, finalmente te encontrei. Quanto te esperei. E agora te encontro, mas é tarde demais. Sou uma mulher pobre, quase velha. Meu filho tem tua idade, mas és tu, agora eu sei, eu te sinto; casar-me foi um engano, meu marido nunca me entendeu. Por que eu não soube esperar? Mas agora tu chegaste, tudo está abolido. Quanto eu sofri, aquele homem é egoísta, um bruto. Toma-me, sou tua, sou nova. De mim, ele não teve nada mais do que meu corpo, minha alma é virgem." (*Pausa*) "Há anos, esperando-te, me recusei a atender as vontades dele. Seu amor deve me salvar, não conheço outra coisa senão esse amor..."

(*Num sinal feito pela* DONA DE CASA, *o* MORDOMO *toca o gongo, e o* CORO *fica em silêncio.*)

DONA DE CASA (*para o* JARDINEIRO LEONARDO) "Você ouviu? Cada uma delas tem certeza de que está inventando aquelas palavras e aquele sentimento."

MARIDO "Mas não. Se sabe que as mulheres aprendem os sentimentos por meio das leituras. Essa não é uma prova suficiente."

DONA DE CASA "Então vamos tentar os homens." (*Ao* MORDOMO) "Dê a palavra aos senhores maridos."

MORDOMO (*repete as ações acima*) "Com a palavra, os senhores maridos!"

CORO DOS SENHORES MARIDOS (*segue-se um ritmo apressado e sussurrante, depois mais nítido*) "Oh tu, senhora, tu, sim, reúnes em ti toda virtude escolhida. Tu, única, tu, preciosa, tu que espalhas poesia e amor com teus passos. Oh, acredite em mim; não me julgues, não me perguntes como pude me casar com aquela mulher. Ela me enganou. Parecia tão delicada, cheia de ideais quando jovem, depois, logo em seguida, recém-casada, uma megera, uma serva."

(*O* MARIDO *faz um grande esforço para não se juntar ao coro.*)

CORO DOS SENHORES MARIDOS (*mais incisivo e mais claro*) "Mas tu, minha divina criatura, não poderás nunca descer tão baixo. Colocar-te no mesmo nível dos domésticos, ter a cabeça cheia de fofocas, de jogos de baralho, de intrigas..."

MARIDO (*que, não obstante os esforços, é arrastado pela cantoria*) E CORO "... de receitas, de pedidos, lhe dizes 'amor', e ela responde 'o preço da manteiga subiu', tu propões a ela um passeio sob o luar, e ela se opõe dizendo que precisa remendar as meias: tem até ciúmes, agora que perdeu a alma, está acabando com o corpo. Porque é fraca, não é a mulher que me fez acreditar que fosse, matou minha mãe do coração, não era válida, como tu, perfeita, adorada, tu, sublime, tu, bela. És bela, gosto de ti, te quero."

MARIDO (*sozinho, levantando a voz a fim de cobrir o* CORO *que ainda continua murmurando*) "Mas, não, que história é essa! O que é que vocês estão me fazendo dizer? Eu sou um cavalheiro, eu! Respeito minha mulher; no mínimo porque leva o meu nome. Quem ousa dizer que minha mulher perdeu a alma? Que tem o corpo em pedaços? E minha mãe morreu muito antes que ela nascesse."

DONA DE CASA (*faz um gesto ao* MORDOMO *para que bata no gongo. Ele o faz. Silêncio*) "Não diz outra coisa senão a verdade, marido. Mas a verdade é sua condenação." (*Sem querer, levanta a voz e assume uma atitude pregadora. Aqui e ali surgem cabeças de homens que a escutam atentamente. Um rosto com um cavanhaque sob a mesinha, outro com bigodes atrás do biombo, um cacho de cabeças calvas surge da porta da escada, um rosto com óculos aparece de dentro de um vaso chinês. A* DONA DE CASA *está falando e aponta o indicador ora na direção de um, ora na direção de outro rosto, daqueles que imediatamente se retraem amedrontados para reaparecer com cautela, como os caracóis após serem tocados.*) "Quando vocês se casaram" (*grande gesto circular*), "sua esposa era um serzinho frágil e também, digamos, um espírito livre, como você quiser" (*indica uma cabeça que logo desaparece*), "ou você" (*indicando outra cabeça que também desaparece*), "ou, talvez, você não a quisesse, foi forçado a se casar" (*apontando para um terceiro rosto*); "escolha qualquer dessas, mas a conclusão é uma só. A conclusão é que, após poucos anos de casamento, ou muitos, isso também escolha como quiser, todo homem acha sua mulher um amontoado de vulgaridade e começa a insidiar outra que, por sua vez, pelo próprio marido, não é nada mais do que uma serva ou, grande honra, 'a mãe dos meus filhos'." (*Agora também muitos rostos femininos surgem aqui e acolá.*) "Catalogadas, os homens continuarão a nos considerar boas por uma hora e depois em casa para cuidar dos filhos, da cozinha, da sala, dá na mesma. Mas fora do caminho, fora da cabeça, se não fora do coração."

CORO DAS MULHERES DE PRAZER (*improvisação*) "Mas eles pagam, pagam, e em compensação vocês os presenteiam com tantos incômodos, nós, tão belas doenças, tantos desgostos graciosos, e certas palavrinhas, certos pequenos movimentos que eles não esquecem nem mesmo quando se aproximam da intangível 'mãe de seus filhos', as intangíveis 'filhas', as supostas intangíveis irmãs. Porque o sexo é igual para todas, ainda que os homens não queiram ouvi-lo. Não é verdade? Não é verdade?" (*Riem.*)

DONA DE CASA (*gritando*) "E a que isso serve? Com isso, vocês salvam as mulheres, as filhas e as irmãs? São todas destinadas a terminar como símbolos para o público e lugar--comum para seus homens? Vocês as libertam da obsessão com a materialidade do viver cotidiano? Do atrito entre as necessidades mínimas e o espírito, de constringir a trote o corpo que galopa, o coração que sabe voar e a alma que se diverte dando cambalhotas? Quanto mais o homem se permite tais provações, maior ele é; quanto mais ele a pressiona, mais parece generoso; quanto mais ele escava precipícios em seu cérebro, mais conquista. Mas a mulher já carrega em seu corpo as cadências, as regras e as necessidades de ser precavida. Ao fazer com que elas se cobrem, como vocês as defendem? Vocês não fazem outra coisa que não seja impor outro limite, até um valor comercial; à mulher nada resta além do que o tangível e o controlável."

CARDEAL "Minha filha, mas a condenação bíblica à maternidade não é senão a condenação à materialidade da vida. Há de se aceitarem as punições divinas com reconhecimento e, portanto, se fazer da vida a coisa mais material possível."

JOVENS GAROTAS (*irrompendo na sala por todos os cantos, carregando consigo, cada uma, um cavalheiro*) "Queremos ser punidas imediatamente. O que espera para nos punir?"

JOVEM MORENO (*de repente, do sofá*) "Está vendo? Você as ouve? Por que você falou? Vaidade, mulher, vaidade."

DONA DE CASA (*para si mesma*) "Porque eu também gostaria de ter sido punida por você, dar os meus sentidos aos seus filhos e permanecer obtusa nos trabalhos forçados de casa, com a imagem das minhas criaturas amarradas diante dos olhos para me fazer prosseguir, como o burro que tem um punhado de feno pendente diante da fuça para fazer com que continue adiante. Mas essa clarividência estéril me serve para quê? Nem homens, nem mulheres podem me aceitar. Nem mesmo você que me ama."

JOVEM MORENO "Aliás, só eu, porque a amo. E a deixei livre para que pudesse ser inteira. Integre-se sozinha, se faça completa em si mesma."

(*Enquanto eles falam, o cômodo se preenche novamente, mas todas as mães seguram as filhas e os filhos pelas mãos, em longas correntes; os pais estão recolhidos num grupo no fundo, desbotados.*)

CORO DAS MÃES (*gritando e empurrando à frente os* FILHOS) "O que se está insinuando? Nós somos sagradas. Sagradas, não criminosas a serem castigadas. Os filhos são nosso orgulho, nossa bandeira. Viva os filhos!"

JOVEM MORENO (*divertido*) "Mas como é boa a vida em sociedade. Tudo se torna uma celebração, demonstração, aclamação: heroísmo. Bravo! Bis!"

CORO DAS MÃES (*com bazófia*) "Certíssimo. Viva os filhos!"

VOZ MÚLTIPLA E SOM (*do lado externo, no céu e embaixo da terra*) "Shhh! Silêncio!" (*Consternação.*)

CORO DAS MÃES (*pávido*) "O que foi? Quem nos domina? Onde estão os filhos?"

FILHOS (*afastados das* MÃES) "Estamos aqui, aqui no alto. Nós subimos, e vocês descem. Quem nos empurra à superfície, quem as arrasta até o fundo?" (*Prantos, gemidos.*)

MARECHAL (*adianta-se*) "Que pânico é esse?" (*À* DONA DE CASA) "Seus exércitos de convidados e domésticos se retraem em fuga sob os ataques desconcertantes da sua hospitalidade premente. Permita-me assumir o comando da retirada e que eu restabeleça a ordem entre a população."

(*Enquanto ele fala, dois dos* FILHOS, *um menino e uma menina, se beijam num canto.*)

ELA "Amor, é para sempre?"

ELE "Para sempre."

ELA "Você vai me trair?"

ELE "Nunca." (*Se abraçam.*)

UMA MÃE (*afasta-se do* CORO *e corre em direção aos dois, os separa, esbofeteia a filha, agride o jovem*) "Malandro!

Assassinos! A honra de uma família! Provocadora! Sedutor!"

OUTRA MÃE (*acudindo e intervindo na briga*) "Sedutor você! Malandro você!" (*Arranca seu filho.*)

(*Agora os respectivos pais e maridos dos quatro contendentes acodem e tomam lado na disputa. Outros casais de* FILHOS, *no meio-tempo, fazem juras de amor e se abraçam, outros pais trocam ofensas.*)

DONA DE CASA (*triste*) "Eis que o pânico acabou."

MARECHAL "Agora precisamos conduzir os exércitos à vitória!"

DONA DE CASA (*sempre mais triste*) "Por quê? Na angústia, todos ouvimos uma voz de advertência, mas no barulho da vitória todos fingem ser surdos."

MARECHAL "Humpf! Você é uma traidora?"

CARDEAL (*benze-o, sorrindo*) "... porque deles será o Reino dos Céus." (*À* DONA DE CASA, *sério.*) "Para bom entendedor, meia palavra basta. Mas querem eles mesmos, sempre, se fazer de surdos? Com quantos pontos de exclamação não se enche de fragrância e presunção a vida de gente qualquer? Mas você os avisou, filhinha."

DONA DE CASA (*esperançosa*) "Será, pai, que aprenderão a sorrir e a falar em voz baixa? Será, pai, que ainda são jovens e fazem isso de brincadeira? Não sabem nem que estão brincando?"

CARDEAL "Infelizmente, não o sabem. E nunca o saberão por serem incapazes de qualquer outra forma de vida."

DONA DE CASA (*chorando*) "Quem nos ajuda?"

VOZES MÚLTIPLAS E SOM (*sempre do exterior, no céu e sob o chão*) (*como antes*) "Shhh. Silêncio."

(*A* DONA DE CASA *entendeu a palavra, o* CARDEAL *ouviu somente o som, mas os dois permanecem parados num ato de devoção. Longa pausa.*)

MARECHAL (*que, no meio-tempo, dispôs em filas, alinhados e em grupos, os convidados, irrompe na contemplação dos dois, com tom sempre mais militar*) "Terminou a conferência entre potências adversárias? Terminou a linguagem cifrada, a missão secreta, plenipotenciários? E enquanto vocês se perdiam em divagações inúteis, o vosso marechal, sempre vigilante, dispunha os ânimos e a força da população ao ataque. Olhem!" (*Obriga-os a se virar e, com um gesto circular, mostra a sala com os grupos de convidados graciosamente distribuídos no espaço onde antes estavam as mesinhas que, enquanto isso, foram retiradas pelos garçons: a cortina no fundo foi fechada novamente para se passar por parede. Assim que a* DONA DE CASA *e o* CARDEAL *se viram para olhar, todos os convidados fazem uma reverência.*)

CARDEAL (*sorrindo, diz em voz baixa à* DONA DE CASA) "Quando Deus, no sétimo dia, antes de descansar, se virou para trás para observar o mundo recém-tirado do forno, deve ter tido essa mesma sensação de ordem e graça. Lá, para acalmá-lo, ocorreram algumas palavras, aqui, você vai ver, será suficiente um gesto."

DONA DE CASA (*sempre mais triste*) "Então não há esperança?"

(*O* MARECHAL *faz um gesto e a orquestra começa a tocar lá do alto; imediatamente, todos os grupos de convidados se movem e começam a dançar, alguns um minueto, outros uma quadrilha, alguns um foxtrote, outros tango ou rumba, outras danças rituais votivas de guerra, e todos fora do tom da música que, por si só, se efunde distraída e sem ritmo. O movimento vai aumentando em intensidade e barulho, pouco a pouco o marechal também será conduzido pelas dançarinas píricas a pular num círculo com elas, o* CARDEAL *se prostra num ritual de devoção. Ora meninos, ora meninas, não se sabe de que forma foram recolhidos, entram em cena, uns de camisola, outros nus, também aqueles cobertos com algum pano, e todos rasgados e ensanguentados por ter pulado as grades do parque, dos terraços no jardim. O jardim vai se iluminando, pessoas correm e chamam outras pessoas, começam a dançar; pássaros acordam das árvores e voam, amedrontados, em cena, cães correm latindo entre as pernas dos convidados caídos no chão. Um arrasta o outro, nasce uma confusão ainda maior, agora estão quase todos no chão. A* DONA DE CASA *vai até o sofá e se senta. Perto do sofá ainda está o* JARDINEIRO LEONARDO, *com seu vaso de flores. Parecia uma coluna com porta-vaso; na luz do alvorecer que entra pelo terraço, ele retoma seus contornos normais. A luz das velas na sala é sempre fortíssima, mas enevoada pelo vapor da respiração das pessoas, por pedaços de flores, laços de tecido, plumas, por objetos que os convidados jogaram, lenços, facas, copos, doces, dependendo da necessidade da dança.*)

DONA DE CASA (*tampando com os braços cruzados as orelhas e os olhos e, como pode, com as mãos, o nariz e a boca*) "Shhhh. Silêncio."

VOZES MÚLTIPLAS E SOM (*como antes, mas agora mais distante*) "Ha, ha, ha." (*gaguejando, como se estivessem rindo.*)

(*Os convidados, caídos pelo chão, uns sobre os outros, dormem, roncando.*)

DONA DE CASA (*deixada no sofá, abraçando as almofadas, com a boca apoiada no braço do sofá, exausta, diz para si mesma*) "Oh, meu amor, meu homem."

VOZ DO JOVEM MORENO (*remota, áspera*) "Você não me comove, é falsa. Toda mulher honesta, para suportar a fidelidade, finge ter deixado para trás um grande amor. Toda dona de casa, ao terminar sua jornada, reencontra um jovem moreno que lhe dê luz. Você é vaidosa, fraca, se precisa de bruxaria para não sucumbir." (*Sempre mais distante.*)

DONA DE CASA (*levantando-se um pouco do sofá*) "Não vá embora, fique, querida sombra que consola, mesmo me ferindo. Onde você está respirando?"

VOZ DO JOVEM MORENO (*quase imperceptível*) "Não tenha medo. É destino nos reencontrarmos. Até então, adeus."

(*A* DONA DE CASA *permanece sentada com a cabeça entre as mãos. O* JARDINEIRO LEONARDO *dá um passo adiante. A* DONA DE CASA *levanta a cabeça, olha-o.*)

JARDINEIRO LEONARDO (*que voltou a ser respeitoso*) "Desculpe, senhora, como aprenderam a ganhar dinheiro, esses senhores?" (*Indica os que estão dormindo.*) "Fiquei atento, mas não entendi."

DONA DE CASA "Não importa mais, Leonardo. Mas varra-os daqui, por favor." (*O relógio na antecâmara bate oito vezes.*) "Agora vai descer o senhor. Já está na hora do café da manhã."

(*O* JARDINEIRO LEONARDO *volta do depósito onde foi pegar uma vassoura e começa a varrer os hóspedes. Entra o* MORDOMO *com uma pequena mesa posta para o café da manhã e a leva até o terraço, depois abaixa o toldo para proteger do sol. Volta para dentro, se dá conta que o grande lustre ainda está aceso, corre para apagá-lo. Arruma aqui e acolá, sem ver a* DONA DE CASA.)

MORDOMO "Aquela meticulosa da patroa não terá a coragem de resmungar esta manhã porque a casa ainda não foi limpa. Devemos ter dormido, se muito, meia hora."

MARIDO (*vindo de roupão do quarto*) "Não avisaram a senhora que eu gostaria de tomar café da manhã com ela no terraço esta manhã? Tenho algumas urgências para comunicar-lhe."

MORDOMO "Sim, senhor." (*Sai.*)

MARIDO DE ROUPÃO (*vai até o terraço e se senta à mesinha, cheira a geleia, toca a fruta, dá sinais de impaciência*) "Sempre atrasada!"

DONA DE CASA (*levanta-se do sofá e senta-se ao lado dele*) "Bom dia." (*Come.*)

MARIDO DE ROUPÃO "Ainda está com a roupa de gala?"

DONA DE CASA "Ora, não era ontem que eu ainda 'estava vestida com a roupa de ficar em casa'?" (*Imitando-o.*)

MARIDO DE ROUPÃO (*chateado*) "Caríssima, por favor."

DONA DE CASA "Eu também digo, caríssimo, por favor."

MARIDO DE ROUPÃO (*levantando-se*) "O que é isso, mulher?"

DONA DE CASA (*levantando-se*) "O que é isso, marido?"

MARIDO DE ROUPÃO "Não vamos perder a cabeça. Se você está cansada, não é motivo para se apresentar nesse estado nem para a geleia ter sabor de latão." (*Estica o pote para que ela o cheire.*)

DONA DE CASA (*segura o pote e vira o conteúdo sobre si, furiosamente; desolada, pega o bule e joga o leite na própria cabeça, quebra a xícara nos ombros, se corta com a faquinha de manteiga, marca o rosto com a gema do ovo e, cada vez mais obcecada, soluça e começa a uivar*) "Como me salvo? Onde me salvo? Quem me salva? Sem pausas, quando respiro?" (*Não consegue ficar calada nem parar de se bater.*)

MORDOMO (*voltando pela porta*) "Senhor, a senhora não está no quarto."

DONA DE CASA (*de repente calmíssima, sem se virar*) "A senhora está aqui. Me traga um roupão."

VI

Aquele baile deixou todos suspeitando da mulher. A província inteira começou a cochichar. A Rainha Deposta, que amava ainda ser considerada rainha, conspirou com as autoridades e persuadiu as concidadãs a não frequentar mais aquela casa, dizia que deviam ser muito hábeis em retomar a supremacia dos salões que era só direito delas. Foi mais fácil persuadi-las, pois, enquanto damas daquela província que havia sido Estado independente até o século anterior, elas ainda eram protegidas pelos antepassados e pela verdadeira aristocracia, ainda que uma aristocracia caindo em desuso.

Conduzidas por essas razões e pela autoridade da Rainha, estabeleceram que preparariam recepções mais grandiosas do que a da Dona de Casa, semear o máximo possível de fofocas que pudessem inventar sobre ela e estabelecer paz e amizade com o maior número de damas das regiões limítrofes. Pensaram que duas semanas não seriam suficientes para conquistar esse objetivo, portanto, para a terceira semana, sancionaram, feito lei, uma conduta de imensa cortesia em relação ao inimigo. Para pôr em prática essas deliberações, foi escolhida a Rainha. Ela aceitou essa embaixada e, no trajeto até a Mansão Dolaresca[*], persuadiu a governadora Blamblan, a dama do palácio Catamantalède e a irmã do Cardeal a

---

[*] Em italiano, "*villa massaiesca*", que brinca com a palavra *massaia*, "dona de casa", por isso optamos por manter o jogo e falar de mansão da "do lar", portanto, "dolaresca". [N. T.]

prepararem uma extraordinária apresentação no Gran Teatro. Demonstra que, para elas, é muito fácil colocar em prática a tentativa, com os respectivos maridos e o irmão soberano, e assegura-lhes o triunfo pessoal sobre a Dona de Casa, além de indício de fantasia e riqueza que extinguiria para sempre a lembrança da recepção da Dona de Casa.

Movidas por esse discurso, juraram fidelidade e ajuda umas às outras e esperavam, depois de ter conquistado a supremacia entre as damas do local, ser as primas-donas da pátria com a ajuda de três autoridades: burocracia, trono e Igreja.

Esse acordo se revelou inútil em relação à resposta que o serviçal, reclinado pela reverência, deu, no umbral da antecâmara, à embaixadora: a senhora, desde ontem, havia se estabelecido na capital, não tinha intenção de voltar à mansão por alguns anos.

Na capital, onde foi viver sozinha, a Dona de Casa encontrou quatro cômodos e uma doméstica que lhe fizeram crer ter recuperado a paz. O marido, por questões ligadas aos negócios — e, talvez, por inteligência —, não a seguiu. Os quatro cômodos eram o quarto, com um pequeno quarto de vestir, a sala, dois pequenos banheiros e um pequeno fogão com coifa que funcionava como cozinha, além de uma área de serviço. A Dona de Casa pensou: "Sem mais ter de dirigir um exército da limpeza, sem reuniões para organizar, assaltos para prevenir, vou ser feliz. Da minha serva, quero ser companheira, como se lê nos livros cômicos do século XVII. Como se chama?", perguntou à garota que se apresentou para trabalhar. Ela hesitou: "Zefirina", respondeu, e depois tudo parecia correr da melhor forma possível para a Dona de Casa.

"Zefirina", continuou, "me ouça atentamente. Vou assumi-la para trabalhar para mim, mas isso não quer dizer que você é a serva, e eu, a patroa; quer dizer, antes de mais nada, que somos duas criaturas que vivem na mesma casa e dividem os trabalhos: a senhora lava os pratos e a cozinha, porque não sei fazê-lo, eu providencio dinheiro para comprar comida, com um outro trabalho que talvez a senhora não saiba fazer". (Tinha, de fato, estabelecido tornar-se funcionária na empresa do marido, para descansar de comandar, até então, sentindo-se, por sua vez, também comandada.) "A senhora não deve comprar briga comigo, Zefirina, desconfiar, tentar se aproveitar daquilo que eu lhe entregarei, mas, pelo contrário, se a senhora me ajudar a economizar, se não quebrar muitos pratos por pura diversão, se cuidar bem dos lençóis e dos meus vestidos, a senhora também ficará mais feliz quando eu lhe presentear, a senhora desfrutará de um maior bem-estar em casa, será o meu apoio, talvez até meus conselhos em tantas coisas práticas, em vez de ser alguém que eu deva controlar, repreender, iniciar. Entendeu, Zefirina?"

Zefirina respondeu: "Bom, me chame de Rina, porque não gosto de Zefirina, senão vou embora. Depois, ao terminar meu serviço, quero minhas horas de liberdade e que ninguém se interesse por minhas questões. Não estamos mais na época dos escravos. Nós também somos feitas de carne humana. Valemos o nosso peso".

Dessa vez foi a senhora quem hesitou: "Mas por isso mesmo, Rina, não quero impor-lhe deveres nem lhe dar direitos...".

Foi interrompida: "E não me chame de senhora, que me sinto constrangida. Se me fala desse jeito, serei sempre uma serva".

"Mas não é assim", queria lhe explicar a Dona de Casa, "é isso que eu não quero: não quero uma serva, quero uma operária como eu, mesmo que empregada em funções distintas, com a mesma finalidade", mas se segurou e ficou em silêncio, humilhada.

"Se quero respeito, eu dou", retomou a serva. "Temos de entender imediatamente que é a senhora quem tem dinheiro, portanto, quem comanda. O que é justo é justo."

Foi assim que a Dona de Casa entendeu que, pequena ou grande, a casa era sempre uma moenda à qual ela havia sido atada no dia do casamento. Algumas esposas, ao girar a moenda, sentem prazer, outras, um benefício escondido, outras, ainda, um dever, mas todas, desde a criação do mundo, com naturalidade, giram a moenda. Por que somente para ela parecia um martírio arbitrário? Quis procurar novamente, com toda a vontade, uma razão que fizesse aquele martírio, como para as outras mulheres, aceitável ou plausível. Muito atenta, começou a nova vida. Para ter maior certeza sobre sua atenção, retomou o caderno em que havia escrito nove páginas de confissões e, sem as rever, no meio da página dez, escreveu em letra de forma SEGUNDAS MEMÓRIAS; pouco a pouco, desde então, narrou o que lhe acontecia: e não foi muita coisa, como pode perceber qualquer um que queira ler o diário fielmente copiado abaixo.

PRIMEIRAS MEMÓRIAS

Olá a mim, mulher; escute a si mesma. A partir de hoje, quero esquecer o nascimento e a morte, por serem somente uma gota de matéria que encontra sua razão de existir no afinco com que se constrói e se mantém. Afinal, não é a obstinação que me faz respirar e me arrasta a me repensar e a me narrar por inteiro todos os dias, de mim para mim mesma, se não aos outros, por falta de um vocabulário compartilhado? Do contrário, por que eu reviveria, todos os dias, cada ato da minha inteira existência como quem está prestes a morrer? Por que não conheço o abandono, a distração, a indulgência? Se os vivos chegam à morte por distração, por qual via a encontrarei? Ou esse gesto de me narrar e me representar sempre para mim mesma significa que minha vida não é outra coisa senão agonia? Ou em mim vive um pensamento único que desde a infância vou envolvendo e desenvolvendo sem nunca o despedaçar nem enriquecer? Talvez tenha sido concedido a mim, como destino, viver num mesmo ponto as três idades do homem? Pois não me lembro de ter pensado de modo diferente do que penso agora, nem acredito que uma criança possa se sentir diferente de como me sinto hoje, ou ter indícios de ideias e curiosidades de raciocínios além daqueles que ainda descubro em mim, mesmo a respeito de coisas já vividas.

Dito isso, é possível aceitar que, para mim, lembrança é vida, e não no mundo do pensamento, como ocorre, mas no mundo das ações: ou seja, relembrando, crio o acontecimento. Poderia dizer também prevendo, se, como expliquei antes, já não tivesse previsto ou talvez até planejado tudo quando criança. O que então foi estabelecido entre mim e o destino ocorreu mais tarde, e inutilmente, algumas vezes, eu quis romper aqueles pactos absurdos feitos na infância com uma potência imóvel. Esses pactos permaneceram como necessidades fatais, e a essa altura reconheço que minha vida dentro de mim está completa. Ainda que não tenha nem trinta anos, eu já poderia narrá-la por inteiro, como poderia tê-la narrado há dez anos, se eu ainda não tivesse nutrido alguma esperança de revolta, ou teria podido fazê-lo nos primeiros anos, se não tivesse sido vencida pela preguiça de ter de superar as formas comuns daquilo que me ocorria de excepcional.

Quem sabe isso seja inútil para quem espera a velhice como uma época para repensar e concluir ou antecipar a morte para encontrá-la com ilusões germinantes. Quem está ciente disso pode falar da própria vida tomando-a em qualquer ponto do tempo, foz ou fonte, sem que a densidade mude, sem que mude a dimensão.

Vamos conversar novamente: mas hoje eu escuto e você fala.

A primeira angústia constante da minha vida é a morte do pai e da mãe: o único medo inaceitável que conheço. Não posso vencê-lo, não sei me persuadir. Não posso senão desejar, por um motivo qualquer em qualquer momento, me dedicar a esquecer essas duas criaturas essenciais. E talvez nem mesmo o ódio conseguiria, contudo, me fazer aceitar o arbítrio de tal necessidade, a injustiça de uma certeza que pode, com sua iminência, subverter todos os outros interesses. Não basta que eu diga a mim mesma ser parte de uma lei natural, nem basta não pensar a respeito como numa instintiva sabedoria que é comum entre crianças e adultos. Basta que uma só criatura, e que tenha sido eu essa criatura, se dê conta, a cada dia, do quanto daqui a uma hora, um mês, um ano, um século deverá ocorrer, para que todo o gênero humano pague nela o castigo do pecado original.

Meu senso comum, quando lhe digo essas coisas, me responde assim:

"Porque, para ti, pai e mãe não foram outra coisa senão papai e mamãe; como amantes, membros da sociedade, soldado, fêmea, você não os conheceu nem agora sabe vê-los; você quase ignora seus nomes e, claro, o local e o ano de nascimento. Eles a precedem, e você gostaria que estivessem ao seu lado e por trás de ti como o tempo e o espaço."

"É verdade, não souberam fazer de mim mais do que uma filha do jeito mais complacente e egoísta; de tal modo que, no rosto da mãe, busco reencontrar a primeira paisagem, no corpo do pai, a primeira árvore na qual nos penduramos, no sono, saber se descem suas pálpebras e se suas testas nos cobrem como o teto da casa. Comer é sentir nos alimentos o sabor que eles nos ensinaram; e ver, agora que estou distante deles, é apenas a lembrança ou a reconstrução de como eles viam a mesma coisa e me mostravam-na."

"Contudo, ficava sozinha em seu baú e, frequentemente, os ignorava. Você se aventurava sem ajuda no sono e no despertar e, quando a chamaram, os seguiu sem reconhecê-los."

"Mas eu não podia não os seguir. Me salvaram do nascimento, deixando-me amadurecer, sem ciúmes, naquele segundo ventre por meio de outras sementes. Do jeito deles, pobres criaturas limitadas para a tarefa cotidiana da vida, nos conduzem e nos ajudam dentro de suas possibilidades. Cada um dos pais deve nos mutilar ao primeiro vagido, caso contrário faríamos excursões em regiões árduas, a eles já interditas; eles precisam rapidamente fazer com que esqueçamos de ter nascido, jogar fora os instrumentos de tortura que tínhamos conosco para massacrar e chantagear o mundo mais tarde. Amam-nos sob a condição de que sejamos pessoas da sua estirpe, marcam ao nosso redor as delimitações para saber como nos salvaguardarmos.

"Acreditam, de boa-fé, poder cuidar da alma mais tarde. Depois, no caminho, com frequência, se esquecem. Uma mãe é quem pergunta: 'Você comeu o suficiente? Sente frio nos pés?'. E o pai: 'Seu trabalho vai bem? Conte-me das suas esperanças, conduza-me através de seus desejos'. E porque ainda estamos neste planeta, quando se dá conta de que sobre eles, os pais, você apoia os pés e os usa como raízes para se levantar em direção ao céu, esses dois pontos limitam o lugar do infinito e do eterno, os dois se consomem e morrem, e lhe parece que a corrente dos homens se desfaz, que os dias não transcorrem mais em sequência, mas ao acaso, que o mundo não tem ganchos e a alma é arbitrária."

Vamos pensar juntas. E se eles foram nos esperar? Para nos ajudar na outra chegada como nos ajudaram na aventura humana? Talvez seja por isso que, quando um filho morre antes dos pais, a consternação envolva até os alheios; não basta mais pensar que a morte está sempre ao nosso lado e não é a idade que a determina. O que vem a faltar ao pai e à mãe no ato em que se encaram, o olho imóvel e a boca pendente, não parece ser sua razão vital, mas o sopro comum da existência, o Deus. O qual se anuncia, então, no alento muito cruel de que a vida continua mesmo sem mais entendimentos humanos ou razões físicas. Bebem-no, mastigam-no, tentam extrair dele um sabor que lhes diga onde se esconde essa razão, aquela para a qual se apressaram desde o nascimento, os dois, aquela razão que lhes permitia tolerar a ideia da própria morte ou da dos outros, mas não a do filho, e, ao contrário, foi por meio do filho, de fato, que essa razão lhes foi tirada. Assim, nos homens, a morte passa de conquista a esperança desolada.

SEGUNDAS MEMÓRIAS

Capital, quarta-feira, 1º de fevereiro — Tomei posse (de novo, de novo posse) do meu escritório.

Mais tarde, conheci Muriel Lale e o marido barão.

Quinta-feira, 2 — Grande desejo de divagar: mas até domingo, que é feriado, não se deve. Paciência, meu coração, e vontade.

Sexta-feira, 3 — Domingo, domingo vai chegar.

Sábado, 4 — O que vou escrever? No entanto, um diário deve ser escrito todos os dias. E se Deus quiser, boa ou má, hoje também escrevo uma linha. Blefar faz parte das regras do jogo. (Mero consolo.)

Domingo, 5 de fevereiro — Bom dia, domingo, eis você aqui. Mas vou embora, oh dia esvaziado de sentido cotidiano, vou finalmente perambular fora de mim mesma, e do escritório, e dos comprometimentos, e das tarefas. Deixo-o sozinho e nu; e nua e só, como Silvia na fonte, deixo à espera esta página sedenta de confidências inúteis. Agora e para sempre, adeus, santas memórias, com aquilo que segue.

Domingo, 5 de março —Você ainda está aqui, domingo, depois de um mês? Contudo, eu lhe dei um longo adeus. Convém, então, falar um pouco consigo, uma vez que soube tão bem me esperar. Mas o que lhe dizer? Em trinta dias, não me ocorreu nada além de escritório e casa, casa e escritório, por isso eu pensava já ter perdido o jogo, quando há pouco tempo o destino colocou novamente entre as minhas mãos uma bela carta. Veja: nesta noite sonhei que ia ao matadouro, feliz. O cortejo fúnebre atravessava lindos campos de trigo alto e, pela primeira vez após o casamento, eu os via em sua essência verdadeira que é a de colher luz e calor e levá-los através da haste para a terra profunda e dar vida às sementes. Por isso, cada espiga não amadurecida me parecia o olhar disperso e terno das mulheres que esperam o primeiro filho; um sentido de compreensão laboriosa, de confiança maliciosa. Com o mesmo sentimento, eu me conduzia à passagem que é o

NASCIMENTO E MORTE DA DONA DE CASA | **109**

primeiro calor com o qual meu corpo se fortaleceu e amadureceu nutrindo minha raiz. Mas ninguém pode penetrar, ainda que a penetre, outra coisa senão a própria morte; assim, mesmo que eu estivesse completamente imersa numa serenidade fervorosa indo ao encontro dela, como se vai ao encontro de outra estação, minha mãe, que me acompanhava, não podia, não deveria aceitar que eu me fosse ditosa. Se torturava, chorava, tocava meus ombros. Eu podia entendê-la e lhe disse, para ajudar: "Pense, mamãe, que talvez, quando estivermos mortos, não haverá mais serviçais para ninguém". Balançou a cabeça; as pradarias e a estrada ficaram manchadas de poças de sombra, e o céu, de nuvens. Insisti: "Você acha que até lá teremos de dar ordens?". Beijou minhas mãos, a cabeça estava coberta em luto, eu estava em pedaços, e os vermes me corroíam o pescoço, no fim da rua havia um tronco preto que marcava meu limite vivo; mas o susto só me pegou quando vi que, nas moitas de mirto, nos lados da estrada, estavam dispostos os móveis da minha casa, empoeirados, consumidos e desmontados. Camas, cadeiras, estantes eram testemunhas da minha desordem sobre a paisagem.

Supliquei à minha mãe para que, assim que eu morresse, ela cuidasse de tudo, no entanto ela estava ocupada com a própria dor e não entendia, não sabia fazer outra coisa que não fosse colocar seus dedos sobre meus lábios e sobre os olhos e me olhar. Então decidi adiar minha morte, me lembro bem, "para a semana que vem".

Agora me pergunto: é legítimo? Se quero morrer, pode um pensamento com função doméstica me distrair da soberania das ações? E por que pode fazê-lo? Qual Deus deu às ninharias um peso tão grande para mantê-la aqui ou lá, onde você não quer estar, como as palavras que em si não existem e carregam consigo forças tenazes? Em que lugar desejo e morte se equivalem, amor e cozinha se enfrentam?

Segunda-feira, 6 — Estive numa recepção ontem. Num canto, uma criatura conversava e chorava. Chorava sem lágrimas, sem soluços, sem alívio, os cabelos se soltavam, as mãos tremiam, a garganta pulsava. Enquanto me aproximava para confortá-la, vi que seu vestido era muito feio, e o meu, muito bonito, e minha ternura se alastrou: "Não tema, senhorita, assoe o nariz, ajeite os cabelos, suspire, ninguém a viu, e agora estou aqui para protegê-la". Me olhava. Ela também viu de imediato que meu vestido era muito bonito, e o seu, muito feio, e se tornou agressiva: "Eu", sussurrou, "sou paupérrima". É difícil responder a uma afirmação desse tipo, ainda que a resposta seja difícil, então falei do meu jeito. "Quem sabe chorar numa festa não é pobre."

Ela entendeu.

"Pois é", respondeu, "se tivesse algum motivo. Mas é por outra razão. Me casei há três meses, estou apaixonada pelo meu marido, meu marido está apaixonado por mim; eu deveria estar feliz. Não estou, aliás, estou infeliz, desgraçada, abandonada".

"O que você fazia antes?"

"Antes eu dava aulas de matemática. Pontos inimagináveis, números indeterminados, as relações aracnoides dos planos rotatórios; imensa incógnita, por que a abandonei?"

"Dessas coisas", respondi citando um dos meus autores prediletos, "nunca se sabe direito".

Entendeu novamente: "Infelizmente", retomou o solilóquio, como uma heroína antiga, "por amor abandonei os números, mas eu amava o um, o homem, um homem. Por que não me disseram que a matéria não é como a abstração, que um mais um não são dois, mas três? Mulher, marido e empregada doméstica?".

E começou a se lamentar que...

Quarta-feira, 8— Há algum tempo me ocorre, ao olhar as pessoas que passam sorrindo, os jovens que cantam, as crianças que desobedecem a babá, o desejo de pará-los e lhes dizer: "Não cresçam, não voltem para casa. A idade adulta e as casas criam a sociedade, a convivência, a servidão".

Quinta-feira, 9 — Nos declararam guerra. São muitas as causas, nossas esperanças são grandes, as razões, numerosas, as repercussões, imprevisíveis, os efeitos, discutidos. Certamente, não haverá nada mais que mortos. Para mim, espero que as bombas caiam sobre as fábricas civis, caiam sobre nossa mansão e me livrem, a um só tempo, da riqueza e da responsabilidade. Mas que ninguém morra, ou só eu. Não quero ser salva sob a condição da morte dos outros. Se distribuírem os cupons para os alimentos, Zefirina teria uma margem tão exígua para me roubar a despensa que não valeria mais a pena controlá-la.

Quinta-feira, 23 — Passaram-se duas semanas da declaração de guerra. Reli o que escrevi no dia 5 de março. Em cada acontecimento terrestre, cada um coloca, antes de qualquer coisa, a própria aventura particular, seja de espírito, seja de matéria: o industrial coloca o possível enriquecimento, a mãe, a morte dos filhos, o político, o aumento ou declínio da sua porção de poder, e assim se segue com desejos, esperanças e atividades contingentes. Ademais, nesses momentos, todos se sentem muito nobres, desinteressados, magnânimos e memoráveis; cada um que já contou até o último centavo para ver o quanto a guerra lhes renderá ou subtrairá, se lesse o quanto escrevi do que desejo para mim, me desprezaria muito. Contudo, não desejei a morte de ninguém, só desejei a destruição de certos muros em vez de outros mais amados pelos proprietários ou mais úteis à sociedade. Se esse desejo tivesse sido manifestado por um prisioneiro, a propósito da prisão que o encerra, todos teriam achado correto.

Sábado, 25 — A guerra floresce, minha alma se desloca de mim e sai vagando pela história humana, se pergunta por que não é possível dar um único valor às palavras e um único modo de usá-las ou que as ideias sejam como água e se adaptem a quem alcançarem. Prefiro o primeiro sistema, mas os homens preferem o segundo, que encontra conforto em muitas religiões e em algum mito.

Terça-feira, 28 — Eis que a guerra me sugeriu um sonho, mas até esse terminou mal, como sempre.

Eu estava no terraço e olhava os paraquedistas se jogarem de aviões invisíveis. Por todo o céu, choviam homenzinhos e guarda-sóis brancos, parecia a praia no verão quando migram as águas-vivas. Descendo e navegando ao meu redor, os paraquedistas ficavam presos nos varais onde estava estendida a roupa, então todos juntos, dando chutes no ar, gritavam contra mim, enquanto eu, correndo de um lado a outro, ora para um, ora para outro, mostrava as roupas e dizia: "Não reconhecem suas camisas? Aqui estão seus lenços. Quem cuida do seu repouso senão eu, quem deixa sempre os lençóis limpos na cama? Do que vocês reclamam, contra quem estão gritando? Os terraços são das donas de casa para que elas estendam as roupas feitas para os homens. Já passou o tempo em que os amantes mal lavados olhavam as estrelas à beira dos torreões, o tempo em que as jovenzinhas fechadas por semanas dentro da mesma camisa tinham a chance de suspirar sobre uma muda de manjericão. Esse tempo já passou, toda a poesia do mundo já passou para a mulher, desde que vocês, homens, colocaram a casa sobre os ombros dela. Comer é saber, um dia antes, o quanto você mastigará no dia seguinte, saber quanto custa, saber como foi preparado, prevenir o desperdício, duvidar do furto; dormir é sentir, a cada respiração, o cheiro de amônia; ler é estar de orelha em pé para que a empregada não venha lhe dizer que chegou a conta do gás e que a torneira do banheiro quebrou; olhar da janela e ver os empregados domésticos da casa da frente batendo os tapetes. A primavera é naftalina, o verão, inseticida na bomba Flit, o outono, cânfora, o inverno, serragem. E o ano todo Radio Sidol Vim Lux Persin Ata[*] e tantos outros produtos fornecidos por tantas outras nações. Vocês voam, nós ficamos na terra. Dos seus voos, vocês só nos trazem os paraquedas estragados, para que sejam remendados, retiradas as manchas, dobrados, recompostos. Contudo, sorrimos. Mas eis que vocês reclamam porque nossos varais (para as vossas,

---

[*] Radio, Sidol, Vim, Lux, Persin e Ata eram marcas de produtos populares para cuidados com a casa. [N. E.]

vossas roupas) atrapalham, e vocês partem de novo e procuram no céu alguma pequena anja".

Então, após de fato se pendurarem por um tempo nas cordas, os aviadores deram um pulo macio, se levantaram e se dispersaram. Pareciam bocejos redondos no ar.

"Mas aquela pequena anja, pobre alma, se vocês realmente a amam, não se casem com ela, não a joguem entre nós, mulheres. Até ela, em pouco tempo, teria suas asas estragadas e manchadas de óleo, e com os próprios meios deverá lavá-las e pendurá-las para secar no terraço. Vocês, na volta, ficariam presos e achariam que talvez fosse a camisola da vizinha, e sua mulher, sem tal atributo importante que, quando criança, a segurava no céu, ao seu lado, lhe parecerá opaca e culpada."

Os aviadores estavam bem distantes e, claro, não podiam me ouvir, mas eu sabia que, mesmo que estivessem em meus braços, não teriam me ouvido. Há discursos que os homens não ouvem.

Sexta-feira, 31 — Quando estou no escritório, o pensamento da casa me abandona, e, assim que chego em casa, até esqueço que existe o escritório. Então será minha natureza, minha função, minha verdade a de dona de casa? Tenho medo de que se trate de um pesadelo. Esses porquês aceitos massivamente pela humanidade ao longo da imensa sequência dos anos, sendo os mais fúteis e esquecidos, tornaram-se inextricáveis.

Sábado, 1º de abril — A guerra é toda ao redor das margens da nossa pátria, e dentro da pátria, contudo, nossa alma pode tirar um cochilo com seus míseros hábitos ou contornar os fogos e pousar no sono dos tempos passados ou do porvir, sonhar com os rumos da humanidade, paz ou guerra, diante dos olhos do Senhor, e que Ele nivele todos os caminhos.

Domingo, 2 — Gostaria de não estar mais em casa. Minha casa, para o meu coração, que se faz cada dia mais vão e agressivo contra a mente, tornou-se a estrada para o inferno, porque é verdade que quem caminha duas ruas a certa altura cairá. Mas os loucos *deverão* ser salvos.

Segunda-feira, 3 — Daqui a pouco será Páscoa e, contudo, ainda haverá guerra. A Páscoa já não pode deixar de acontecer e talvez, nessa altura, a guerra seja apagada até Caim, para quem todos os homens podem, então, olhar com piedade e respeito. Mas penso nas guerras nunca surpreendidas pela Páscoa, quando Caim ainda estava amaldiçoado, mas sem saída.

Terça-feira, 4 ... não... Não... NÃO!

Quarta-feira, 5 — Se tivesse escrito ontem, teria falado somente dos tormentos, dos tormentos, dos tormentos da casa. Não, não e não.

Quarta-feira, 12 — Por uma semana, não escrevi para não me submeter ao demônio da humilhação. Mas hoje Zefirina me mostrou a vileza da megalomania, e isso é bom. Me traz o jantar e diz:

"Senhora, me permita que lhe diga uma coisa? Foi eleita rainha do condomínio!", repete em voz alta, aplaudindo: "Rainha, rainha do condomínio! Desculpe", depois diz, apressada, "vamos ao que interessa. Neste edifício, há vinte apartamentos com dezenove donas de casa, porque no número 5 mora um solteiro. Entre as dezenove senhoras, a senhora foi eleita rainha, por nós, serviçais, porteiros e lixeiro. Fizemos um concurso. Por uma semana, levamos os caixotes de lixo na portaria e esperávamos o lixeiro. Ele, por sua vez, tendo os porteiros como testemunhas, abria cada caixote, calculava a quantidade de lixo e, conforme a quantidade de pessoas naquela família, estabelecia quem tinha mais coisas. A senhora ganhou, foi aclamada rainha por unanimidade. Eu sempre disse que a senhora é uma grande dama, que da verdura só come as folhinhas do meio, não come os nervos, a gordura da carne; achavam que eu estivesse enganada, mas agora viram, agora sabem. Pode andar pelas escadas do prédio de cabeça erguida, e, sim, há famílias com dez pessoas. Me sinto altiva e orgulhosa de servi-la, senhora Majestade!".

Quinta-feira, 13 — Ontem anotei o que Zefirina me disse e me parecia divertido, mas hoje releio e sinto a miséria.

Jactância, competição, ganância e guerra, é um rio que não para de correr para sua foz, ainda que ela desemboque nos lugares mais escondidos da morte.

Sexta-feira, 14 — Meu marido quer que eu volte para casa para a Páscoa, e os ancestrais querem vir passá-la aqui comigo. Mas irei com Muriel para sua casa de campo celestial. Quero vê-la, quero ver como se comporta a dona de casa.

Sábado, 15 — Me arrependo pela última frase de ontem.

Quinta-feira, 20 — Quinta-feira Santa. A Páscoa está bem próxima, e não consigo mudar.

Sábado, 22 — Enquanto eu saía essa manhã, desfizeram as campainhas, e a porteira se levantou, se ajoelhou numa pequena cadeira na calçada e chorou. Perguntei a ela o porquê, respondeu que estava aflita de ter dentro de si uma quinta criança e, claro, Jesus ressurgindo lê nela sua dor e sente-se entristecido. Não quer a criança pela pobreza; não sabe como vai nutri-la, cobri-la, cuidar dela, até o tempo é escasso com o trabalho na portaria e os outros quatro filhos pequenos; mesmo assim, se Deus a mandou, quer dizer que deve ser assim e que ela deveria estar feliz como na primeira vez que aconteceu, mas agora realmente não consegue, não consegue ter nada mais do que pressentimentos amargos. O discurso da porteira estava impregnado de lágrimas, e falta de ar, e rápidos sinais da cruz que ela ia fazendo sobre a testa e a boca; contudo, do pequeno corpo deformado, emanava um calor férvido que me obrigou a abraçá-la, e ela, a sorrir para mim.

Na igreja, na missa solene, estava, no lugar do catafalco no meio da nave, o presidente da República. Ele é bonito, potente, robusto e forte, mas não ilumina.

Lale, Domingo de Páscoa — Muriel veio me buscar com seu carro e me trouxe aqui onde a terra é cinza e a grama, azul. Algumas laranjas secas nos ramos estão brancas. Muriel parece ser de vidro e, quando fala, esganiça. Seu marido, que não admira as mulheres, mas gosta de mulheres, a mantém na preguiça mais rarefeita, e ele mesmo se ocupa de tudo, casa e propriedade, controla todas as noites a lista do cozinheiro para as refeições do dia seguinte. Muriel ainda não entendeu ao certo para que serve um cozinheiro numa casa e como a comida chega até sua cama de manhã, até a mesa ao meio-dia. Diz: "Alguém prepara isso? Achei que caísse das árvores".

Segunda-feira, 1º de maio — Ainda estou em Lale porque aqui o senhor Deus me fortalece com exemplos. Nos últimos dias, o barão de Lale, ainda que fossem dias sagrados, me paquerou descaradamente, diante de sua mulher que não parava de esganiçar. Não sei como se deve fazer quando se é paquerada, e esse desconhecimento parece ter transformado a paquera em amor, pelo menos é o que afirma Lale. E finalmente, ontem à noite, depois do jantar, já que devo partir esta manhã, ele me convenceu a fazer um passeio noturno, repleto de estrelas e de desejos robustos. Muriel, sozinha, ia e vinha do terraço da fazenda sussurrando poemas. Muriel conhece um número imenso de poemas em muitos idiomas, mas nunca os diz a ninguém, murmura-os para si mesma quando precisa recarregar a voz. Lale e eu caminhamos ao redor da casa, e, a cada volta, Lale aumentava o trajeto e me levava mais distante, indicando algum barulho do campo ou a possibilidade de maior contemplação da natureza quando se tem por perto uma criatura etc. Na quarta ou quinta volta, estávamos bem distantes da fazenda, para que ele pudesse procurar, com minúcia, um ponto em que a estrada estava encoberta por um canteiro de flores e por lá jogar-se no chão e me abraçar os joelhos repetindo que me amava. Na primeira vez que lhe acontece algo assim, é divertido observar como tudo acontece exatamente da maneira como você viu em certos livros; agora, porém, precisava afastar das minhas pernas a cabeça dele, e foi o que fiz puxando-o pelos cabelos. Finalmente se levantou e tentou me abraçar, mas eu, seguindo sempre de cor as leituras passadas, me encaminhei apressada em direção à fazenda falando "Vergonha, se a Muriel soubesse", e ele me seguia abraçando-me tão forte que, no final, me obrigou a parar e me deixou seriamente sem graça, porque os textos, naquela altura, dizem que é preciso ceder ao desejo irresistível, abandonar-se trêmula, mas isso não me convencia. Contudo, Lale teve de acreditar que aderi a essa versão, porque me fez agachar daquela forma perigosa e já tinha me dado alguns beijos no pescoço, quando, de repente, senti que seus lábios permaneciam suspensos, sua respiração regular, as mãos gentis, depois educadas e, no final, até indiferentes ao meu corpo que ainda seguravam. Olhei para ele: tudo nele parecia ir adormecendo, talvez já tivesse entrado em outra atmosfera, mas então seus olhos perdidos se tornaram agudos e encaravam um ponto que estava atrás das minhas costas. Então, lentamente, eu me virei dentro do círculo distraído dos seus braços.

Em nossa direção, no final do caminho sob as estrelas brancas, vinha adiante um pequeno homem nas sombras com um grande pacote nas mãos. Aproximava-se cada vez com mais cautela e nos reconhecia; se pudesse, teria certamente se escondido ou fugido, mas parecia estar hipnotizado por ver meu companheiro, e meu companheiro, por sua vez, por vê-lo. Eu nunca o havia visto. Os olhos de Lale se tornavam cada vez mais frios, e agora ele os franzia, o outro parecia perder o equilíbrio, começou a procurar a borda da grama e tentou esmagar sob seu braço o pacote, apressar o passo. Quando chegou diante de nós, tirou, cerimonioso, o chapéu, depois, correndo, chegou até a primeira esquina e desapareceu. Lale apertava os lábios sem se lembrar de mim. Começou a caminhar com passos largos em direção a casa, e eu, me apressando atrás, o ouvi ranger os dentes, em algum momento se virou e me segurou pelo vestido, na gola, e me sacudiu. Claro, pensava em sacudir desse jeito o homem com o pacote e soprava em meu rosto: "Canalha, me rouba tudo. Eis onde acabam minhas galinhas, minhas verduras, a manteiga, o azeite e o arroz agora que estamos em guerra. Deve levá-los a alguma moça sua. Raça para a prisão, os cozinheiros. E porque recheiam bem um faisão, você engole qualquer abuso". Me deu tanta pena.

Coisas muito mais altas do que um desejo amoroso já me distraíram dos cozinheiros, e das empregadas, e dos malditos mordomos.

Em casa, esqueceu de me desejar boa-noite; foi imediatamente para a despensa a fim de controlar os alimentos. Acho que ficou por lá até o alvorecer, porque hoje de manhã se levantou bem tarde, acabado, com olheiras roxas. Olhou-me sem saber que teria de me levar até a cidade, já se esquecendo das solicitações amorosas da noite anterior. Tinha os olhos redondos dos frangos, o nariz parecia uma grande pera, e a boca era igual a de um peixe lúcio. Na lapela, em vez de levar o cravo de sempre, tinha um pequeno maço de cheiro-verde, e tudo fedia a alho.

Muriel, ao contrário, esganiçava docemente esta manhã, após seus gargarejos de versos, e acompanhou-me aqui num sopro.

Lale, adeus.

Capital, terça-feira, 2 de maio — Mandei Zefirina limpar os parapeitos das janelas da frente, no pátio. Mas a locatária daquelas janelas parece ter se ofendido muito com a figura de Zefirina com o pano na mão e a encarregou de me dizer palavras que Zefirina não quis repetir. Zefirina, infelizmente, se afeiçoou a mim, mas não como eu queria que fosse, como criatura humana, mas como um cão, como escrava: por isso, precisarei demiti-la.

Quarta-feira, 3 — Pensei. Vou demitir a mim mesma. Sou eu quem não sabe ser nem companheira, nem patroa.

Sexta-feira, 12 — O que escrever?

Domingo, 21 — Muito tempo atrás, no dia de hoje, nasci. Meus astros foram Júpiter e Saturno.

1º de junho — Ainda não consigo entender como é possível se adaptar, e como posso eu, ainda, seguir meu dever com escrúpulo, sem ter ainda nem mesmo aceitado que seja esse o meu dever.

8 de junho — O que continuo a fazer? Estou até esquecendo qual tentativa estou provando. Movo-me dentro do quê? E para conquistar o quê?

20 de junho — Amanhã são seis meses. E nada feito. Releio.

21 de junho — Caramba.

Com essa palavra, a Dona de Casa terminou suas memórias sobre a vida citadina. Vedou o caderno, chamou Zefirina, lhe entregou as chaves do apartamento e o contrato de locação para um ano, lhe deu de presente tudo o que estava na casa, móveis, roupas de cama, roupas, pratos, prataria e obras de arte e todo o dinheiro que tinha, depois quis ir embora. Mas, ao fechar a porta atrás de si, ainda ouvia Zefirina uivar de terror e pedir a Deus que a senhora voltasse a si, que ninguém nunca acreditaria num presente daqueles, que a colocariam na prisão por chantagem ou esquema. "É verdade", pensou a Dona de Casa, "eu sempre erro". Voltou e pediu que Zefirina a seguisse até um escrivão e, diante dele, fez o ato de doação em lei e, dessa vez, enquanto descia as escadas para ir embora, não sentiu nada além de doces presságios de santidade e eterna glória.

Do lado de fora, encontrou as ruas escuras da guerra; não havia se dado conta de que as burocracias legais tinham tomado toda sua tarde. Não sabia a que horas haveria um trem para chegar a sua cidade, mas não se sentia pressionada a chegar antes ou depois. "Vou devagar até a estação de trem", disse para si mesma, "lá eu me informo".

O ar estava morno e empoeirado, as luzes azuis não revelavam o bairro quase desconhecido. Era uma avenida de plátanos percorrida por ônibus e bondes, ela caminhava sobre certos trilhos onde antes havia passado um vagão em que estava escrito "Estação Leste". Já que ela, de fato, procurava a estação do leste, seguia agora os trilhos placidamente. Não tinha fome, nem sono, nem sede, nem cansaço, nem mesmo pressentimentos, que são os vínculos fortes dos animais, nem remorsos, que são a consistência de muitas mulheres, nem esperança, que é a suprema futilidade da vida. Estava completa dentro dos membros que lhe foram dados, sem nuances nem incertezas, quando muito, consternada, olhava sua alma livre por encanto e plena de descanso. Comeu uma fatia de melancia porque viu crianças comendo, roubou flores numa cancela e as escondeu dentro do vestido, entre os seios nus, e se sentiu plena. Então cantou, mas desafinou. Talvez a natureza perfeita não tenha voz nem movimento. Os homens cantam, e os animais se movem, são esforços mal executados.

Enquanto isso, a avenida de plátanos chegou ao fim. Claro, a Dona de Casa havia errado o rumo, e agora diante dela havia duas estradas que se abriam em direção ao campo. Pegou uma ao acaso que passava entre as construções do século anterior, antigas tabernas, lavanderias com os telhados desmontados, celeiros com arcadas escuras. E não tinha medo nem cansaço; sentiu apenas que o seu calor de sempre, mesmo sendo pouco, ia diminuindo numa vigorosa leveza, num esquecimento primordial, que a tornava uma sombra de si mesma. Ainda encontrou uma fonte em cascata que descia por um muro irregular de conchas e golfinhos, encontrou duas bicicletas, um carro, depois um gato atravessou seu caminho, uma estrela caiu do céu, a Lua se levantou por trás de um monte, ensopada de escuro, e, ao subir, clareava, tornando-se pura.

A Dona de Casa continuava caminhando. Um grilo cantou por algum tempo, uma cobra d'água sibilava numa poça, os pirilampos se acendiam ao redor da sua cabeça, mas logo, como as estrelas na pradaria do céu, se apagavam diante do intenso luar. Quando a estrada pavimentada acabou, o campo foi se recolhendo às margens, as bordas desapareceram, o panorama parecia completamente igual, uma mistura de pedras e relva rala. Era um local sem estrada e sem sombras. A mulher fechou os olhos um momento para protegê-los daquele clarão; quando os abriu, estava novamente numa rua larga e pavimentada entre balizas e marcos militares. A Dona de Casa se deteve. Olhou à direita, à esquerda, diante de si o horizonte, mas não se virou para rever o caminho percorrido. Depois, deu um primeiro passo sobre aquela estrada.

A estrada azul adentrava a noite de lua entre pradarias cinzentas, sem fim. O ar era cortado por correntes frias, em outros pontos estagnava em poças tépidas. A mulher entrava e saía dessas áreas pressionando com os ombros e a cabeça, fazendo gestos amplos como se estivesse nadando, e ora avançava, ora se abandonava por nenhuma outra razão a não ser o peso do ar sobre ela.

A estrada bem linear encontrava as mais variadas paisagens; nesse ponto, abre caminho na porção descoberta do leito do rio, entre filetes de água preta e areia azul, mais adiante parece subir em direção aos nós rochosos que ocultam o horizonte, mas, de repente, está à beira-mar, e as rochas ficaram para trás. Ou contorna a margem direita dos muros de uma cidade, e logo depois a cidade se distancia à esquerda, enquanto em seu lugar se estende um lago; depois, eis que o lago reluz no fundo da estrada e, à direita, se levanta um bosque. O cenário girava ao redor da estrada imóvel e da mulher, porém ela não sentia, porque tudo isso acontecia sem nenhuma estridência, nem o ranger das dobradiças, nem o estalar de molas ou a vibração do solo. O silêncio estava nas coisas como um véu atrás do qual tudo se amalgamava e se fazia de uma única substância. Os passos da mulher não ressoavam no chão, e ela, para ter certeza, começou a bater os saltos com força e a olhar para os pés. Não ouvia mesmo nenhum barulho, contudo apareceu, de trás de uma moita, o rosto de um homem que lhe fez um gesto para que ficasse em silêncio, indicando também a copa de uma árvore onde havia um ninho de pássaros.

"Não os mate!", gritou a Dona de Casa.

"Serei eu, talvez, o guardião da vida deles?", respondeu o homem, saindo completamente de trás da ameixeira frondosa.

Nesse mesmo momento, os estorninhos que estavam quietos entre as folhas da árvore levantaram voo afastando-se e distendendo-se no horizonte, como uma nuvem esfarrapada.

O homem se colocou do lado da mulher. Estava vestido de veludo escuro, botas até as coxas, pluma de falcão no chapéu; tinha uma marcha torta, com passos incertos e, ao mesmo tempo, rápidos, como um pássaro. De repente, deu um salto e, depois de uma breve corrida pela margem da estrada, se escondeu atrás de um punhado de pedras e se pôs a espiar.

Enquanto ele corria adiante, ela notou que o homem, visto de costas, não tinha relevo algum, nem o côncavo dos joelhos, nem o arredondado da parte inferior da lombar, nem as pontas dos calcanhares e dos cotovelos, e suas roupas, as botas e o chapéu não se distinguiam do corpo, era tudo de uma mesma cor pálida entre o cinza e o branco, da mesma textura era a nuca, o pescoço, as mãos, tanto que era impossível estabelecer se ele estava completamente nu ou inteiramente vestido com uma roupa só.

Assim que a Dona de Casa chegou ao monte de pedras, o caçador ilegal chamou-a para lhe mostrar uma figura deitada na borda da grama. Era uma mulher muito velha, vestida de preto, jogada à terra com a cabeça sobre uma pedra; claro, dormia, mas, mesmo com as pálpebras fechadas, vertia um pranto copioso. Os dois se abaixaram perto dela, a sacudiram devagar. A velha abriu imediatamente os olhos.

"Honre o pai e a mãe", cacarejou, "para que seus dias sejam prolongados na Terra, a qual lhe é dada pelo Senhor Deus". Suas lágrimas se tornaram ainda mais abundantes, e ela batia no peito. O homem e a Dona de Casa a ajudaram a se levantar e viram que o lado sobre o qual se deitava tinha a mesma cor e o mesmo aspecto do homem, também a pedra e o pedaço de chão por ela pressionados.

"O que lhe fizeram? E quem?", perguntou-lhe a Dona de Casa tentando sustentá-la, mas, como a velha lhe oferecia o lado não formado, não sabia bem onde apoiar as mãos para segurá-la, e o outro estava caindo de tão decrépito. O caçador ilegal veio ajudar, se ajoelhou e deixou que a velha se sentasse num de seus ombros.

"Quem devo xingar? Minha filha, que, com a morte de seu pai e a partida do marido para guerra, cometeu adultério com seus serviçais e me expulsou de casa porque eu a repreendia diante daqueles serviçais e dos seus bastardos que zombavam de mim. Que ela seja então colocada para fora da face da Terra."

"Você tem facilidade para maldizer", disse o caçador ilegal levantando-se e acomodando-a em seu pescoço com breves movimentos das costas. "É um castigo sempre desproporcional. Ninguém deveria fazer isso, é o que eu lhe digo."

"Então me leve até minha filha e veja se você consegue perdoá-la." A velha indicou luzes distantes.

"Sempre se pode perdoar; alguém deveria", respondeu o caçador ilegal com a mesma intenção de antes. "Mas vamos lá."

Agora a Lua tinha se encaminhado para o leste; o ar ao redor era pálido e vazio, todas as estrelas se agarravam no alto do céu ou migravam para o oeste onde a noite, ainda intacta, as deixava girar.

Caminharam por algum tempo, mas a Dona de Casa, numa certa altura, percebeu que estava muito cansada. Parou e se dirigiu ao caçador: "Você pode me carregar no outro ombro? Não consigo mais andar".

"'Os pés da estrangeira descem para a morte'", advertiu rapidamente a velhota, dobrando-se perto do ouvido do homem.

"'E os nossos se reportam ao inferno'", respondeu o caçador. "Os meus pés ou os dela são uma coisa só, não é esse o caminho a ser traçado." Falando assim, ele parou e ajudou a jovem a subir sobre seus braços. Assim que se sentou, a Dona de Casa sentiu-se descansada, mas logo o aborrecimento que a havia colocado para fora da própria casa e que, no desgaste da caminhada, tinha se aquietado acordou de forma ainda mais aguda. "Há quanto tempo estou fora de casa? Onde vim parar? Quem são essas pessoas? Não é de bom-tom me sentar nas costas de desconhecidos. Talvez ele tenha piolhos e passe para mim." Aos poucos, colocou o chapéu bem firme na cabeça dele, sobre o chapéu dobrou seu braço, no braço apoiou o rosto e adormeceu. No sono, que deve ter sido longo, parecia ter ouvido, de vez em quando, a velha protestar contra ela: "A mulher sábia edifica sua casa, mas com as próprias mãos a insensata derruba a sua", e o caçador ilegal respondeu: "O que o homem ganha com todo o seu trabalho em que tanto se esforça debaixo do sol? Gerações vêm e gerações vão, mas a terra permanece para sempre". "Devem ser *quakers*", ela dizia no sono, "relembram os versos da Bíblia Sagrada. Mas são tão entediantes, se pudessem parar e me deixar dormir". Ao contrário, ela acordou e abriu um pouco a boca para pedir-lhes que ficassem quietos quando sentiu o ar pressionar violentamente suas costas e jogá-la à frente, quase sendo arremessada ao chão. O caçador ilegal mal teve tempo para pular na beira da estrada antes que um automóvel, a toda velocidade, parasse atrás deles sobre os vestígios das últimas pegadas.

"Salve, nova Trindade — mãe, filha e espírito maldito —, está distante a fronteira?"

Era uma voz zombeteira, mas apaixonada, e a Dona de Casa, com medo, reconheceu que era a do jovem moreno, com o rosto azul, que a havia insultado e a beijado no primeiro baile; parecia-lhe que tudo ao redor dela oscilava, que essa chegada era uma emboscada, mas quis ser impávida, arrumou os cabelos com a mão, ajeitou o vestido sobre as pernas e se virou para responder: "Qual fronteira? O que o senhor quer com a fronteira?".

"Acredito que atravessar", disse o jovem com sorriso sardônico, "as fronteiras geralmente ou se defendem, ou se atravessam".

"Quem é covarde", e levantou o queixo para o alto, "atravessa-as para fugir".

"E quem é corajoso?"

"Quem é corajoso vai à fronteira combater."

"E sem se dar conta se vê do outro lado, não é? É isso que você quer me fazer entender? Que não é fuga, que a sua é uma viagem de aventura?"

"Mas nem sei se há fronteiras aqui, perto ou longe. Quem nunca pensou que um lugar tenha fronteiras? Os lugares surgem uns dos outros, como os dias."

"E então", interrompeu-a severamente o jovem, mal a olhando nos olhos, "o que se faz com os lugares terrestres se pode fazer com os dias, certo, excelentíssima senhora? Percorrê-los para frente e para trás, à direita ou à esquerda, e abandonar a mão única obrigatória sem dar atenção à confusão que causa aos outros transeuntes? Mas eu", gritando agora e batendo o punho fechado em direção dela, "eu, como automobilista e como pedestre, me oponho. A senhora precisa manter a mão e o sentido, entende? Senão, é uma privilegiada qualquer, uma...".

"A fronteira", interveio o caçador ilegal, "já passamos há um bom tempo, senhor. Aqui, estamos numa área desabitada, destruída demais pelas batalhas. Área vazia. As fronteiras da guerra estão muito mais para trás, claro, e talvez muito mais para a frente".

"Obrigado. Quer dizer que eu *também* me equivoquei. Eu não queria realmente fugir. Me descartaram na seleção, mas pensei que, vindo para uma área de guerra, poderia igualmente servir para alguma coisa. Eu realmente não sabia que esta parte estivesse abandonada."

"Pare de se desculpar", a Dona de Casa quis se vingar, "saiba que *o senhor também* é culpado".

O jovem apertou os lábios sem responder, duas fossas se escavaram em suas bochechas, abaixou-se rapidamente sobre o porta-luvas e manuseou ao redor.

A Dona de Casa pulou para o chão e apoiou-se na porta, ao lado dele. "Vê aquela luz lá embaixo?", disse ela. "Vê aquela luz lá embaixo? A esta altura, o senhor está fora da estrada, como eu", acrescentou depois de uma pausa, colocando a mão sobre o braço dele. "De carro, para chegar lá, não precisamos de mais de dez minutos e estamos tão cansados, em três, com só duas pernas. Pode nos levar?"

Então, de repente, o jovem ergueu o rosto e encostou-o no da Dona de Casa, e ela viu que seus olhos estavam vermelhos de desespero.

"Mas você, minha criatura", ele implorou em uma voz abafada, "por que está indo? O que tem a ver com essa gente que nem conhece?".

"Você não deve me chamar de criatura, deve me chamar de senhora", apressou-se em corrigir a Dona de Casa, "agora sou casada".

"Sim, claro", a voz dele parecia aborrecida de novo, "claro, madame, se eu a chamar de 'minha criatura', acabo arranhando a face impecável do seu dono. E isso não é certo, não é ordeiro, não é decoroso. E coloque uma placa em sua casa com os dizeres: 'Aqui somos heróis educados, santos elegantes, profetas cautelosos, excrementos decentes'".

A Dona de Casa parecia não ouvir: "Então você pode nos levar?".

"Claro!" O jovem desceu do carro e, com gestos exagerados, reverências, genuflexões, abriu-lhe a porta, a convidou para entrar, convidou os outros dois para imitá-la, empurrou-os para dentro e retomou seu lugar ao volante: "Por favor, Vossa Alteza, às ordens. Quer caminhar sobre meu peito? Quer que eu a carregue sobre meu nariz ao longo de toda a nossa grande e histórica nação? Devo lavar os pés dos seus dois companheiros? Devo apoiar esse jovem incauto que saiu de casa sem forjar o lombo para esse destino unilateral?".

No meio-tempo, ele havia ligado o carro e, finalmente, num soluço, ficou em silêncio. Todos ficaram em silêncio.

Era quase o alvorecer, o tom do céu era de um verde de relva, a estrada, da cor de leite, Vênus já se via abundante sobre os lugares. As árvores abriam as copas, e uma brisa passou suspirando pelos galhos e farfalhou como um riacho entre as rochas.

O automóvel ia em alta velocidade sem fazer barulho, mas deixava para trás, no ar, um rastro escuro visível. Por esses sinais, e não por outra coisa, os passageiros percebiam que estavam se movendo, tanto que o silêncio ficou tenso novamente, as paisagens, aleatórias.

Adentraram um vale cheio de estátuas. Pareciam retratos, ainda que algumas fossem altíssimas e não fosse possível adivinhar suas formas; outras, mais baixas, representavam figuras humanas, sim, mas com raios, asas e auréolas ao redor da cabeça e nas costas; outras eram animais que choravam ou sorriam; na sequência, enfileiravam-se blocos de quartzo como ondas do mar, chapas finíssimas que tentavam reproduzir o céu e o calçamento da rua em pedras com formato de estrela, sol, lua.

O jovem, subitamente inquieto, jogava o carro contra esses simulacros não porque os quisesse derrubar, mas para se fundir a eles numa comunhão sanguinolenta, e a velhota, com advertências catastróficas, incitava os companheiros a cobrir o rosto, como ela já havia feito. Só o caçador ilegal não se interessava pelo que estava acontecendo, aliás, podia-se crer, pensou a Dona de Casa, que eram as estátuas que estavam tentando se retirar e esconder a cabeça quando ele as olhava, ao mesmo tempo os passageiros sentiam os golpes provocados pelo motorista possuído com tal indulgência que, embora se projetando de um bloco de mármore para o outro, o carro não sofreu nenhuma escoriação.

Os quatro viajantes ainda passavam em meio à população petrificada do vale quando o amanhecer amadurecido escorreu vermelho da face do céu sobre as estátuas, que gemiam: naquele mesmo ponto, o jovem parou o carro, levou as mãos às orelhas; abaixou a testa sobre o volante, disse: "Estou com sono" e prontamente já roncava.

A Dona de Casa se virou para os outros dois companheiros. Eles também, apoiados no encosto, dormiam de boca aberta. Devagar, ela abriu a porta e desceu. E agora, para que lado ir? Na grande aurora que o céu paria, a luz que a guiava esmorecia: a mulher, porém, se lembrava da direção e do sentido que a tinham colocado naquele caminho. Percorreu um trajeto curto apinhado de estátuas e se viu num deserto em que a terra estava mais descuidada do que desolada, e desmoronaram as questões supremas que a atormentavam até pouco tempo atrás entre as esculturas. Ali, a viagem voltou a se tornar agradável; ela gostou de fingir que prosseguia de braços dados com o jovem moreno falando de coisas afáveis, como o nome de tal plantinha ou a cor daquela pedra e o primeiro encontro deles, e confessar-lhe que sua voz era como ela sempre havia imaginado, depois, juntos, mirar o alto e dizer: "Como é belo o céu, como é puro".

Mas, ao pensar nisso, levantou de fato o olhar e gritou. O céu não estava bonito, não era puro, não era o alvorecer, aliás, o sol recém-brotado, a partir do mesmo movimento pelo qual havia nascido e se levantado, já estava descendo num pôr do sol sinistro que movimentava chamas pútridas.

Por instantes, a mulher, aterrorizada, se manteve ali, olhando; então, gritou de novo e fugiu cabisbaixa. Não via nada além do chão diante dos próprios pés, e esse chão, que gradualmente se recompunha num caminho pavimentado, poderia tê-la confortado se a luz do pôr do sol, aumentando ao seu redor clarões e profecias sombrias, não a tivesse levado a correr mais rápido, sempre mais rápido, até tropeçar e cair, de cara, no chão.

Levantou-se com dificuldade e vislumbrou, um pouco distante, a mancha densa de uma grande fábrica da qual se originavam muitos daqueles raios que ela acreditava serem do pôr do sol e que iluminavam tudo ao redor de tal modo que a mulher podia, de onde estivesse, identificar cada detalhe da construção.

Parecia o grande hotel de uma cidade de negócios; o vai-vém de pessoas circulando por lá, mecanismos subiam pelos muros, fogos nas varandas, água correndo pela fundação. Aproximando-se um pouco, a mulher percebeu que, diante dela, estava a arquitetura mais extravagante que já havia visto, uma miscelânea de estilos e materiais como se fosse o depósito dos fragmentos que compõem as cidades; aqui se ergue um arranha-céu, mais para lá derrubam uma coluna, à direita uma cúpula se projeta para cima, à esquerda escavam caminhos e as torres de sino balançam; pendurados em um gancho ou como canarinhos nas gaiolas apoiadas num parapeito, os iglus dos esquimós com seus habitantes dentro , um casco de navio corroído projetava-se da lateral, elevava-se em espiral uma torre torta em ruínas. Para cima e para baixo da torre, dentro e fora do navio, pelas calhas e pelos beirais, se movem pessoas de todas as idades e de todas as raças; e um homem não se detinha em retirar as pedras do que o vizinho estava construindo, o outro de destruir o que, apesar dele, vinha sendo construído, e ainda um terceiro recomeçava a obra que tinha acabado de terminar. Nascia um estrondo de vozes, de martelos, de tijolos removidos, um movimento inexato semelhante ao de uma colmeia. E a luz de velas, os feixes de luz dos faróis, fogueiras, chamas de gás e de materiais desconhecidos saltavam de todas as partes para iluminar a cena.

Ao chegar no meio desse povo extraordinário, a Dona de Casa percebeu que cada um, ao realizar seu trabalho, blasfemava e ameaçava os outros, ou os espiava para lhes roubar algo e acusar algum inocente de assalto, chamando Deus como testemunha, e se uma mulher passasse, eles copulavam com ela em público, diante das crianças que ela conduzisse pela mão, e as crianças assistiam àquilo, sem inocência, e até os encorajavam, aplaudiam e assobiavam como se faz nos jogos de futebol. De tudo nascia um rebuliço excessivo e cruel, uma maldade viçosa. A Dona de Casa procurou pelo céu.

O céu havia recuado muito para cima e, de tão branco, já não parecia ser feito de ar. Dele emanava uma luz aguda que feriu os olhos dela, obrigando-a a olhar novamente para a luz colorida da aurora entre as construções. "Como é possível? Estou talvez sonhando? Não foi há um momento o pôr do sol? De onde nasceu este novo dia?" Mas a luz do céu a confortava dizendo coisas modestas. A luz sugeria: "Do lado de lá é domingo".

Do lado de lá do quê? Do lado de lá das construções?

As construções terminaram num trecho e, do lado oposto, surgia uma nuvem sem cor. Escondido sob os andaimes na parte mais baixa e sobre a cintilação dos fogos, havia um espaço confortável e luminoso que o zênite ia anunciando. Era um som e um esquecimento, uma luz vasta sem paisagem para iluminar, e dela vinha um contentamento, na luz, a razão e o perdão da vida humana. A Dona de Casa se sentou na claridade fervilhante e ficou assim por muito tempo, curvada, com os joelhos recolhidos entre as mãos, os olhos voltados para o céu uniforme até o horizonte, e do horizonte até seus pés. Certamente não era uma hora do dia: nada, nem mesmo a morte, poderia ocorrer, só a contemplação.

E esse era o dia de Deus.

Parecia para a Dona de Casa que ela devia correr e avisar aos homens do outro lado que ali era domingo, que ali lhes esperava um tempo sem condenação, uma vida sem prazos. Mas os encontrou ainda mais imersos em suas maquinações, quando gritou muitas vezes nos ouvidos de alguns: "É domingo, celebrem Deus, é domingo, deixem as especulações para amanhã"; e, quando não aguentou mais, pegou outros pelo braço e insistiu: "Venham comigo ao encontro do dia de festa, fiquem felizes que o domingo está atrás de suas casas".

No final, todos que estavam naquela multidão responderam-lhe com barulhos e gritos indecentes: "E, enquanto isso, a casa do vizinho cresce sobre a minha?".

"E a mulher dele tem mais filhos?"

"E os campos dele se enchem de trigo?"

"Vou tomá-los para mim."

"Vou destruí-los."

"Eu, eu vou superá-los!", e a insultavam e xingavam.

"Não blasfemem", tentou dizer a Dona de Casa, mas se sentiu muito imbecil. "E por que querem roubar e danificar as coisas dos outros, por que juram em falso e degradam o amor?"

Então a turba toda, machos e fêmeas, caiu na risada, era um espetáculo mais medonho do que vê-los copulando, porque eles faziam um som sombrio e irremediável.

A mulher procurou saída dentro das fábricas. Perto do porão, havia um posto de gasolina com um funcionário sentado num banquinho; na calçada, entre tantos outros, o automóvel do jovem moreno.

"Com licença, este carro está aqui há muito tempo?"

"Desde ontem, senhora. Chegaram ontem no cair do dia. Eram três pessoas: dois são daqui, eu os conheço. Entraram lá procurando alguém e não voltaram mais. Muitos me pedem para cuidar do carro por alguns minutos, mas nunca mais voltam."

"Desde ontem? Mas que dia é hoje, por favor?"

"E quem é que sabe?"

"Como quem é que sabe?"

"Aqui contamos os crepúsculos. Estamos sempre ou no pôr do sol, ou na alvorada. Deveríamos atravessar a noite para encontrar a volta inteira, mas quem é que tem vontade? Olhe os horizontes, alvorada e pôr do sol têm a mesma cor; você os distingue porque uma se apoia do lado esquerdo e o outro do lado direito do céu. É assim que nos regulamos."

"E quantos crepúsculos se passaram desde a criação do mundo?" (Sentia-se astuta.)

"Por que, querida, você sabe quando o mundo começou? Me conte, linda."

"Que jeito de falar!", a Dona de Casa se ofendeu e, levantando o queixo, entrou pelo portão.

O lado de dentro é todo um labirinto de escadas e pátios, antessalas, corredores e portarias quase esquálidos, sem reboco nem piso, enquanto outros têm revestimentos de mármore e luzes suaves, depois há portas, portões, elevadores. A Dona de Casa atravessou um vestíbulo, um jardim, a ponte apodrecida de uma barqueta e — que jeito de se manter uma frota! — não conseguiu evitar de reclamar, sentiu-se de novo ofendida, depois subiu uma escadaria que percorria um longo pórtico e, enquanto isso, fazia conjecturas: "O cara do posto zombou de mim: estou viajando há uma noite e um dia, porque um alvorecer somado a um pôr do sol perfaz um dia, ainda que aqui não se saiba. Ontem, da capital, escrevi ao estofador que eu estaria na mansão daqui a uns dois dias, então amanhã. É necessário que eu esteja em casa amanhã; preciso logo encontrar um dia inteiro, e não um feito de retalhos de crepúsculos costurados uns aos outros. Economias destrambelhadas. Que confusão nesta empresa, que péssima administração. Para o terraço, por favor!". As últimas três palavras foram ditas com certa contenção ao jovem ascensorista, no final do pórtico.

O jovem fez uma reverência e se fechou com ela na cabine. Enquanto subiam num zumbido de estrela, a Dona de Casa voltou a conjecturar: "Agora vou encontrar a noite e volto para casa, mas quero ver um pouco este vilarejo do alto, descobrir o que há com meu rosto que fez com que o homem do posto de gasolina me tratasse com tanta intimidade". E em voz alta: "É muito alto o terraço?".

"Depende. Estávamos um pouco abaixo do nível do solo quando a senhora entrou, mas já alcançamos e ultrapassamos aquela passagem em vinte andares. Calculando a velocidade com que percorremos, talvez paremos no trigésimo. Se o elevador parar, não posso empurrá-lo mais acima. Mas vou lhe dizer", e abaixou bem a voz, curvando-se sobre ela, "que temos um terraço em cada andar, organizado de modo a dar a sensação de um vértice altíssimo. Assim, os senhores clientes, onde quer que pare a geringonça, sentem-se satisfeitos. Mas, dessa vez, tudo mérito da senhora, aqui estamos, chegamos de verdade".

De fato, o elevador, com um pequeno sobressalto, como um anjo que pula nas pontas dos pés descalços descendo à terra das alturas, parou, e o garoto, com uma nova e mais intensa reverência, abriu a porta entre a Dona de Casa e o terraço cheio de noite.

No terraço, já havia outra pessoa, outra mulher que dava as costas a quem entrava, apoiando-se no parapeito com a cabeça recolhida entre as mãos. Era muito magra; a Dona de Casa, no começo, achou que fosse uma criança. Não se aproximou, ainda que desejasse ver o rosto que imaginava minúsculo e transparente, por educação, aliás, se afastou olhando o panorama do céu estrelado e cumprimentou o Cruzeiro do Sul. Quando estava na extremidade oposta do terraço, também se apoiou no parapeito recolhendo o rosto entre as mãos e ouviu uma voz robusta dizendo: "Senhora, me deixe sozinha, por favor, vá embora".

A senhora não se moveu. Nem a outra deve ter se movido. A Dona de Casa olhou para o chão, para os pés da outra torre e pensou no próprio corpo branco, transparente, de ossos leves. De quem tinha puxado? Não da mãe, com certeza, não do baú e nem mesmo da sua vontade. Não era mais o seu corpo, mas uma representação, uma sugestão, um motivo de atributos necessários. Onde estão seus verdadeiros ossos, os nervos, os pelos, as unhas, as gelatinas que deveriam compô-lo? Alguém deve ter roubado quando ela os depôs, para agradar aos seus, no fundo do baú com os cobertores estragados e as migalhas de pão. Tê-los de volta, recuperá-los, recolocá-los em si, quando quisesse, poder tê-los no armário pendurados com as outras roupas.

"Por favor, senhora, me deixe sozinha. Não me roube esta noite. Esta noite é minha, tenha piedade. Sou tão feia, não tenho nada além das noites para falar com ele sem sentir vergonha. Contento-me em falar comigo mesma, mas preciso de um pouco de Lua, arcana, errante e diáfana, opaca sobre mim. Tome o Sol para você, tome o planeta, tome o lugar à direita do Pai, mas deixe para mim esse clarão de lembrança."

"Lembrar-se de quem? Não precisa ser lembrado agora. Ele está aqui."

"Ele? Como você pode saber?" Finalmente a outra se afastou do parapeito e se colocou ao lado da Dona de Casa. A Dona de Casa se virou como se soubesse o que estava por ver. Eram dois olhos densos, um rosto de guerreiro abatido, largo, enrubescido por um ardor voraz e escondido, e mãos grossas com unhas curtas e visíveis mesmo à noite, como se fossem de papelão. Seu esterno era alto, o seio não se via, as pernas curtas e os pés malformados. Mas era frágil em tamanha armadura de membros e plena de comoção. Não chorava, havia nela muito ódio e muitíssimo medo. Também na Dona de Casa nasceu rapidamente um ódio maligno que a convenceu de falar como quando estava no salão com a senhora do Arconte ou a dama de corte.

"A senhorita está apaixonada. Isso é certo. Mas não é certo monopolizar a Lua por estar nessa condição. A Lua serve à semeadura, às marés, aos fluxos, aos encantos e até aos suspiros de amor. Também para eles, mas não só. Que direito tem de querê-la toda para si?"

"Mas não serve para você."

"Por que não serve para mim? O que a senhorita sabe? Eu também não posso estar apaixonada? Não posso ter terras que devem ser fecundadas e ficar horas a estudar as melhores fases para semeá-las?"

"Oh, você fala bem", murmurou a garota, persuadida. "Como posso lhe dizer o que é para mim um pouco de luz celestial e como, quando estou imersa naquela luz, parece a voz do meu querido amor? Ele tem o rosto pretíssimo, como o céu sem estrelas, mas, assim que começa a falar, uma alvorada se expande ao redor de si, seus cabelos azuis e aquela voz se tornam prateados, seus olhos nublados desanuviam e já não parece que me vê, mas como o céu me contém e, entretanto, me ama, assim sem me conhecer, eu, feia; porque se ele me visse, iria embora."

"Esse homem se veste com uma roupa turquesa e usa palavras nuas quando fala. Me deu uma carona por um trecho. Depois eu desci. Agora seu carro está lá embaixo em frente à entrada."

"Como você sabe que é ele? Como adivinhou? Diga: como se chama?"

"Eu não sei, mas uma vez me beijou e talvez me ame."

"E você? Não o ama?"

"Eu? Sou casada, querida, não posso responder a certas perguntas."

A outra sacudiu os braços, desconsolada.

"Senhora, tenha piedade. Você poderia me ajudar, me explicar, me dizer o que devo fazer, mas se nega. Você tem marido, realizou-se, conseguiu o pagamento por todos os seus méritos e agora não quer me ajudar, eu, pobre coitada. Sou feia, senhora, me diga?"

"Como posso saber? O luar muda a perspectiva."

"Então vamos descer, senhora, vamos descer para a outra luz. Me olhe, me ensine a ser como você, tão límpida, tão completa."

A senhora começou a descer a escadaria; sentia-se poderosa e tinha dentro de si um prazer tempestuoso por aquilo que faria com aquela criatura, a reduziria a uma aparência, assim como tinham feito com ela. Disse ao se virar: "Onde mora?".

"Eu não moro. Sou muito pobre."

A Dona de Casa se deteve. "Essa aí não é tão indefesa como eu pensava. Tem orgulho, vontade, uma exasperação idêntica à minha outrora. Bela guerra." E num certo momento: "Quer vir para a minha casa? Tenho uma casa grande com muitas janelas que deixam entrar o Sol e a Lua. Falaremos dele".

A outra ficou em silêncio longamente, a boca aberta e os olhos fechados, perdida em fantasias abençoadas. A Dona de Casa estudava com nojo os dentes pequenos nas gengivas roxas, a testa peluda, os cabelos em novelos emborrachados e aquelas mãos com unhas quadradas e moles: como reduzi-la, deslindá-la, para que ficasse mais compreensível ao homem?

"Vou", respondeu enfim, "mas não vamos falar dele, por favor".

A partir daquele momento, a Dona de Casa se moveu rapidamente. Entrou na portaria e telefonou para pedir um táxi, ditou um longo telegrama para o marido, perguntou a que horas saía o primeiro trem. Ao chegar o táxi, entrou com sua companheira, e foram imediatamente para a estação. A estação estava deserta. Depois de algum tempo, apareceu um carregador: "Bagagens?".

"Não."

"Para as passagens, deste lado."

Acompanhou-as até um guichê e foi embora. O guichê estava fechado. A Dona de Casa bateu por um bom tempo até que finalmente abriram a janela e surgiu uma mão com dois recibos, e, já que ela hesitava em pegá-los, a própria mão os colocou em sua bolsinha e se retirou enquanto a voz bem-humorada do funcionário dizia: "Aproveite, é um acaso. Nunca passam trens por aqui, só passam na direção oposta à sua".

As duas mulheres se sentaram num banco, com as passagens em mãos, para esperar. Começava a amanhecer, e a planície noturna clareava, viam-se os trilhos se unirem no horizonte, e a Dona de Casa pensou na própria infância. Disse: "*Duas retas que se encontram num determinado plano. Um plano divide o espaço em duas partes*". Mas a campainha das trocas de trem começou a tocar dentro dos seus ouvidos e a interrompeu.

"Como podemos saber se é o nosso trem?", agitou-se a garota. "Não há ninguém."

"Por favor, senhoras, para trás. Essa parada é um erro, querem aproveitar? Se preparem a tempo. Atenção. Opa!"

O chefe da estação apareceu, o trem chegou, elas foram erguidas pelos quadris e jogadas num vagão, depois a porta se fechou, soou o apito, e o trem retomou a velocidade. Quando a Dona de Casa se levantou do sofá no qual havia sido jogada, já havia passado um instante; debruçou-se na janela para olhar para trás e ver o nome da estação, mas a estação já estava distante, solitária no campo vazio, um ponto sob o fogo do amanhecer que se erguia atrás do chapéu do chefe da estação. *"Ponto é tudo aquilo que não tem dimensão"*, relembrou a mulher, depois se retraiu e se virou para a companheira. Estava num canto agachada com os ossos amontoados, com tufos de cabelo sobre o rosto, a boca aberta deixava vislumbrar a língua escura, animalesca, as mãos, os joelhos, os pés pesavam e arrastavam para o chão todo o corpo ereto. Vivos, naquela massa, só os cílios, que vibravam continuamente sobre os olhos escondidos. A Dona de Casa colocou as mãos contra a luz; pareciam um bordado. Levantou a saia e começou a estudar os joelhos: imundos e pálidos, bem esculpidos quase como seixos de um rio. Tudo nela era tenro, vibrante e parecia querer se mover na brisa matutina com novos brotos. Sussurrou: "Logo você deverá se parecer comigo".

"Como?"

"Aprendendo a viver."

"Não vou me perder?"

"Você se sente preciosa?"

A outra mostrou um sorriso desmedido, como uma tola, dizia que sim, que se sentia apaziguada consigo mesma.

Foram interrompidas pelo cobrador. Dessa vez, a Dona de Casa levantou-se e estava para agredi-lo com perguntas quando o homem a deteve e disse de supetão: "Você está viajando de graça e ainda quer fazer perguntas? E nem está viajando sozinha, mas em dupla. Faz o trem desviar, faz como lhe é cômodo e ainda é agressiva!".

A mulher abaixou a cabeça, envergonhada; sentia-se especialmente mal por ter sido humilhada diante da garota.

"Mas que cabelos extraordinários a senhora tem. Eu amo cabelo branco, vermelho, castanho, preto. Mas esse em especial me excita porque é grisalho antes de ser loiro. Se me deixar pegar um tufo dos seus cabelos, eu me entendo com a diretoria, não vou denunciá-la."

O cobrador tinha uma voz que todos conhecemos, persuasiva e sem apelo.

Não tinha outra escolha senão colocar a própria cabeça entre as mãos dele. Ele lhe repartiu os cabelos, passou lentamente os dedos e o olhar entre uma madeixa e outra, soprando uma respiração úmida sobre a pele dela. Para ela, parecia uma aranha percorrendo-lhe as costas com sua baba; a Dona de Casa, então, apertava os punhos e os dentes para suportá-lo e revia as teias noturnas da sua infância.

"Obrigado", disse finalmente o cobrador. Nas mãos, ficou com dois tufos leves que ainda tremiam um pouco, como se o nojo da mulher ainda os agitasse. Suas madeixas pareciam mais ralas e embranquecidas, exangues, e a pele, perto das raízes, doía. Com uma saudação militar, o homem agradeceu e foi embora. A Dona de Casa se sentou, tentou dormir, mas se agitava, retalhos da vida familiar a enrolavam de vez em quando: olhou para o céu e calculou o tempo; ansiosa, via amadurecer o dia, e elas não chegavam à antiga cidade. Quando lhe ocorria pousar o olhar sobre sua companheira sentada à sua frente, além de vergonha, sentia também um cansaço, como se alguma lembrança a atordoasse, não sabia exatamente qual a deixava exasperada. Então saiu no corredor, passeou para cima e para baixo, olhou as madeixas na janela que servia como espelho. Quando voltou ao seu lugar, a garota estava comendo. Esfarelava um pedaço de pão: outros pedaços inchavam seu bolso; passava as migalhas de uma mão para a outra, depois as recolhia na palma da mão direita e as colocava na boca. Mastigava devagar. O assento ao lado ia se enchendo de minúsculos detritos, assim como o chão, e logo também a roupa da Dona de Casa, que então havia se sentado a seu lado.

"Você não come pão?", disse oferecendo uma casca.

"Já comi, obrigada", ouviu sua voz responder, e naquele momento a Dona de Casa viu a si mesma no fundo do baú segurando as migalhas empoeiradas, a boca rodeada de mofo desejosa por sangue. Então se jogou sobre a garota, pegou-a pelos ombros, rosto no rosto, sentia seu cheiro, a sacudia: "Como você se chama? Quem é? O que você sabe?".

A outra abriu a boca cheia no sorriso inerte de sempre e estava para responder quando o trem, num golpe violento, parou e apitou de maneira tão aguda que a Dona de Casa tapou os ouvidos para não ficar surda. Enquanto isso, as portas se abriram com violência, e uma voz se aproximava gritando o nome da cidade. Ao chegar aos assentos das duas viajantes, a voz assumiu um tom de surpresa alegre e se tornou melodiosa colocando o corpo inteiro, que era o do chefe da estação local, às ordens da senhora, que por tanto tempo havia depauperado a cidade da sua presença.

A senhora teve de sorrir para acolher, como é de praxe, a homenagem tão espontânea do funcionário, mas dentro de si sentia golpes duros, quase como se alguém estivesse, com uma pedra, espremendo em seu peito as imagens do passeio noturno e, no lugar delas, enfiasse listas de preços, convites para cerimônias e o manual de precedências e títulos da corte. Em seguida, logo na saída da estação, viu seu mecânico pessoal que estava ali para buscá-la com o carro de gala, seguido pelo mecânico do marido com o carro marital do qual desceu a governanta, que lhe fez uma homenagem presenteando-a com um buquê de flores caseiras, as desculpas do marido, que teve de ficar em casa recuperando-se de um resfriado; tudo isso até lhe provocou náuseas e, portanto, sem mais sorrir, ela se recolheu no fundo do carro, fechou os olhos e tapou as orelhas de novo. Mas ainda permanecia uma sucessão de crepitações por trás das têmporas, quase como se discos riscados girassem em um gramofone e repetissem ora com a voz da empregada, ora com a do mordomo, ou do jardineiro, ou do cozinheiro: "... um pudim estranho... sementes bichadas, acredite... conselhos para a senhora... se a senhora me permite...".

"Chega!", enfim gritou, balançando a cabeça com força, mas naquele ponto se deu conta de que o que lhe estava acontecendo não era apropriado, então engoliu os gritos, já que o carro, tendo percorrido a espiral costumeira na entrada da mansão, parou e ela desceu. Então, cumprimentando os serviçais graciosamente à direita e à esquerda, jardineiros, cães, papagaios, gatos, gamos, pavões, campesinos, cavalos, mendigos vindos de todas as partes do seu domínio para lhe prestar homenagem, começou a subir a escadaria da mansão onde o marido a esperava levantando, na direção dela, os braços num gesto paterno, e sempre de braços abertos, num gesto de perdão e bênção, como é comum aos maridos velhos e previdentes, lhe dirigia palavras também previdentes e velhas.

"Recebi seu telegrama e agradeço, caríssima. Mas por que não especificar a chegada? Corremos o risco de nos deslocar inutilmente até a estação. Contudo, estou feliz porque voltou. A casa sem você..."

"Tinha perdido todo perfume", recitaram em coro as criadas.

"Faltava 'aquele toque'", cantarolou o mordomo.

E os outros empregados: "A graça do comando".

"Como é bonito!", exclamava a garota que estava sempre atrás da senhora. "É uma representação?"

"Antes fosse", queixou-se a mulher. "Tome cuidado. Não há intervalos para que se façam comentários."

No meio-tempo, o marido tomou-lhe uma das mãos e a beijou.

"Mãos caridosas", gritou de repente um mendigo lá de baixo, "deem esmola a um pobre infeliz!".

Então os serviçais começaram a colocar para fora os mendigos, os cães a latir para eles, os cavalos a pisotear, os canarinhos a voar, a Dona de Casa, escandalizada com os pobres sendo maltratados, a lhes jogar moedas, os pobres a recolhê-las, o marido a consolar a mulher, e cada um se movia com desenvoltura subindo e descendo a escadaria, como em um baile, a garota nunca havia visto algo tão harmonioso e também começou a gritar: "Viva os serviçais! Viva os mendigos! Como é boa a vida civilizada. Rápido, me lavem, me alimentem, me deem dinheiro, me ensinem a gritar e arranjem uns escravos para me aplaudir. Quero aplausos. Quero reconhecimento! Quero me sentir importante e caridosa!".

"Espere um dia", disse a Dona de Casa, "e voltaremos a falar a respeito".

Bateu palmas, e todos ficaram em silêncio. Ouvia-se somente, num cantinho escondido, a máquina de escrever do secretário de casa que preparava a sinopse da chegada e da munificência da senhora, para ser enviada ao jornal da cidade. A partir de um gesto da Dona de Casa, cada um retomou seu lugar, abaixou a cabeça e voltou a trabalhar; alguns nos estaleiros, outros nas gaiolas, ainda aqueles nas encruzilhadas das ruas, enquanto o marido a acompanhou atravessando as escadas e os salões até seus aposentos. Chegando lá: "De onde lhe enviei o telegrama?", perguntou, de repente, a mulher ao marido.

"Como de onde? Você não sabe onde estava?"

"Claro que sei. Mas queria vê-lo escrito. Vê-lo impresso, o nome do lugar, às vezes, é como olhar para uma fotografia."

"O engraçado é que", respondeu ele pegando do bolso e mostrando-lhe o telegrama, "esqueceram de escrever a proveniência. É uma coisa curiosa".

"De fato", disse ela enrubescendo; depois, rapidamente: "Você não ficou bravo porque deixei a capital assim de um dia para outro?".

"Fuga!", sentenciou complacente com a própria indulgência. "Pequena fuga da mulher exemplar, e o marido sábio não pode fazer outra coisa senão sorrir."

"Como é bobo", pensou a mulher exemplar.

"Aliás, você tem de me desculpar se acabei não indo até você, como a cada dia prometia, para voltar contigo e lhe exibir a seus velhos amigos" (falando baixinho), "aqueles da época do baú, aqueles que não souberam apreciá-la. A reconheceram agora que você se tornou uma mulher de verdade, uma esposa, uma cidadã e, por que não, uma representante da nossa santa tradição familiar? Uma filha pródiga da sociedade?".

Enquanto isso, o marido acariciava a cabeça da Dona de Casa sem se dar conta do constrangimento que ela sentia quando ele passava suas mãos nas têmporas dela. Duas ou três vezes ela se afastou e tentou se cobrir para que ele não percebesse os tufos de cabelo que faltavam. Teve medo de que a garota falasse a respeito disso. Mas a garota, ao contrário, disse: "Essa é uma cena longa, me entedia, está tudo vazio. Pelo menos antes havia barulho".

Então, a Dona de Casa teve de apresentá-la ao marido, dizendo que se tratava de "uma amiga" sua, mas o marido queria saber o nome, a outra não queria dizê-lo protestando que era um nome ridículo, mas a Dona de Casa, para terminar, inventou um, a garota gritou que aquele não era o seu nome, o marido perdia a paciência e dava sinais claros de desaprovação, ao que a garota fez um gesto como se estivesse indo embora, porque — dizia — esse era um abuso, ninguém nunca a havia obrigado a pronunciar sílabas que lhe desagradavam. Nessa altura, o marido bloqueou seu caminho e, com a mão no coração e um olhar severo, disse assim: "Minha hóspede, não vou permiti-lo. E, no que diz respeito a deixá-la em nossa casa sem um nome, também não vou permitir. É um arbítrio sem precedentes. E, aqui em nossa casa, tudo tem um precedente. O estado civil, além disso, é uma realidade séria para todos e deve sempre ser respeitado. Enquanto a senhora ficar sob esse teto, deverá ser cortês e dividir o nome com minha mulher. Você, pelo que entendi, é uma daminha, minha mulher, uma dama, então não haverá confusão. O nome da minha mulher, ouso esperar, não lhe parecerá ridículo. Não aceito objeções. Agora que tudo está certo, peço-lhes licença, minhas caríssimas, para não me juntar a vocês no almoço, mas me retirar nos meus aposentos para fazer meus vapores, visto que estou tão resfriado".

"Esse personagem é insuportável", disse a garota assim que ficaram sozinhas. "Como se chama?"

"Marido. Aliás, marido exemplar. Homem devoto ao dever. Alguém que se fez sozinho. Íntegro. As definições são muitas. Depende da pantomima que está representando. Por sorte, como todos os instrumentos de precisão, é sensível à atmosfera e, com frequência, fica mal, ou seja, resfriado. Como hoje. E nós aproveitamos para mudar de cenário e ir comer alegremente."

Foram de braços dados, sob o mesmo nome, e se encaminharam para a sala de jantar onde as esperava uma pequena mesa carregada de objetos luminosos e transparentes, de flores, de rendas e de gelo.

Dois garçons se moviam rapidamente e ofereciam travessas repletas de matérias cheirosas e coloridas que a Dona de Casa chamava de macarrão, faisão, vagem, purê, chantili, creme, pêssego, vinho moscato e frutas cristalizadas, mas a garota recusou tudo com tenacidade e constrangimento, tornando-se cada vez mais pálida de fome, sempre mais vermelha de exasperação. A Dona de Casa agora lavava as mãos com água morna e pétalas de rosa; ao saciar sua fome, começou a se preocupar com a outra.

"O que você quiser", disse, "peça. Não vou deixar você se levantar da mesa sem ter comido. Senão, vou chamar o marido, que sabe todos os truques para conduzir qualquer pessoa à normalidade".

Sob essa ameaça, a garota disse: "Pão dormido".

"Em nome de Deus", gritou a Dona de Casa levantando-se rapidamente, "você o faz por querer?".

Olhavam-se e odiavam-se.

"Pão dor-mi-do", falou pausadamente a garota.

A Dona de Casa colocou a cabeça entre as mãos e começou a chorar.

"Pão dormido", ouviu-se uma terceira vez.

"Tragam pedaços de pão dormido seco", gritou a Dona de Casa desesperadamente para os garçons. "Muito pão seco. Todo o pão seco que houver em casa."

Houve uma pausa, cheia de consternação, no cômodo. Depois, o mordomo deu um passo adiante: "A senhora me desculpe, não há pão seco em casa".

"Não há pão seco em casa?" Ninguém nunca havia visto a senhora tão aflita.

"A distribuição do pão é regrada de modo que nunca sobre, que nunca haja desperdício."

"Mas eu quero pão seco. Providenciem imediatamente. Chamem o cozinheiro."

"Não tem como fazer pão seco, senhora."

"E comprá-lo, pode ser comprado? Que alguém vá até a cidade e compre. Bata nas portas de qualquer vizinho e peça de presente, emprestado, a qualquer preço", batia os punhos com força na mesa.

"Talvez", sugeriu a garota, "aqueles pobres que aplaudiam no jardim tenham algum".

"A senhorita me dê licença", e o mordomo fez uma reverência, "aqueles pobres dependem do nosso senhor que os congregou e a eles distribui, duas vezes por dia, refeições racionadas e substanciosas, e pão seco não faz parte delas".

"E no galinheiro? Vocês não dão pão seco às galinhas?"

O mordomo fez um vago gesto com a mão e sorriu: "Nossas galinhas, por vontade do nosso senhor, é claro, recebem, como os pobres, uma comida adequada ao seu desenvolvimento, com a intenção de melhorar a raça. O pão seco, se a senhorita me permitir, não é nada mais do que um romantismo antiquado".

"Então", disse a garota, "vou morrer de fome".

"Isso também é romantismo."

"Porém", retrucou a garota, "me dá prazer e me nutre, e a comida fresca de vocês, que faz um estardalhaço de cores, não tem nenhuma substância".

"Vá", comandou de repente a Dona de Casa, "um verdadeiro mordomo não conhece a palavra impossível quando seu patrão lhe dá ordens. Aguardo o pão seco".

O mordomo e os garçons saíram de lá humilhados, a Dona de Casa se pôs a andar de um lado para o outro do cômodo, a garota encostou na parede e olhava os mínimos movimentos das partículas de cal no reboco.

Pouco depois, eis o mordomo novamente e os garçons que, nas grandes travessas de prata, carregavam, cada um, cascas de pão mofado. Depositaram-nas mesa e desapareceram. A Dona de Casa se aproximou para observá-las e se deu conta de que eram papelão pintado. Deixou-as dançar um pouco na palma da mão, depois colocou-as no bolso. "Pelo meu decoro de patroa, está bom assim", pensava, "me obedeceram. Mas é melhor que ela não as veja, senão pode ser que diga, em voz alta, que são de mentira; ainda não entendeu que só é dito em voz alta o que aumenta o prestígio de um indivíduo, mesmo que não seja verdade, mas o que é verdadeiro e desagradável não só não é dito, como é negado e escondido. Agora vou deixá-la aqui sozinha e tenho certeza de que alguma coisa, entre os restos, ela comerá. Deve estar acostumada às substituições e à fome, mas sem ser vista, como eu quando ainda tinha uma alma verdadeira, pudica".

Sem dirigir palavra alguma à outra que ainda tinha a testa apoiada à parede e ouvia o desmoronamento da matéria, a Dona de Casa saiu e fechou com chave todas as portas da sala de jantar. Disse aos garçons que queriam entrar para arrumar que esperassem em silêncio. "A senhorita tem um momento grave para superar, não a perturbem."

Na mesma noite, à mesa entre a mulher e o marido, a senhorita comeu com gosto o creme de aspargos e pediu para repetir duas vezes o faisão, mas havia lagosta e ficou feliz de aprender seu sabor. Além disso, encheu os bolsos de *grissini* para ter algo de mastigar até o dia seguinte.

VII

No dia seguinte, a dama disse à daminha: "Agora, se você for educada o suficiente para ficar conosco, será necessário providenciar algumas roupas para vesti-la segundo nossos costumes".

"Quais seriam?", e a daminha matou um pernilongo pousado sobre seu rosto.

"Para uma senhorita, um vestido de lã ou de linho claro e sem babados pela manhã, de lã ou de seda escura com alguma decoração sóbria à tarde, de organza ou de tule com alguma flor à noite."

"Quero um só", respondeu a daminha, "mas dourado e com uma capa de arminho. Há tanto tempo que eu espero por isso."

"Não é conveniente para uma jovenzinha. É roupa para uma rainha no trono."

"E eu posso me tornar rainha."

A Dona de Casa se assustou: "Fale mais baixo, por favor. Vão achar que você está planejando um delito ou está louca".

"Ou posso vesti-lo para pensar no querido amor", sussurrou a daminha e, já tomada por sua fantasia barroca, tirou do bolso um *grissino*, esmigalhou-o e encheu a boca.

A Dona de Casa, ciente de que quando a mente da garota devaneava assim ficava impossível manipular sua imaginação ou guiar sua inteligência, agiu como se a outra tivesse aceitado todas as propostas e chamou os sapateiros, as modistas, as costureiras, as bordadeiras e os cabeleireiros, deu ordens para que tomassem suas medidas, que lhe dessem roupas para provar, que estudassem os penteados.

Já havia algum tempo costuravam sobre seu corpo metros de tecido, colocavam em sua cabeça chapéus de feltro e palha, plumas, no pescoço joias, nos pés couros de todas as cores, quando finalmente a garota limpou uma mão na outra tirando as últimas migalhas, parou de mastigar, fechou a boca e até pareceu estar acordada. Olhou para os pés, estava ajoelhado o sapateiro, de cada um dos lados, a apertá-la, as ajudantes da costureira, pendurados em seus braços os peleteiros, e ao redor da testa voavam passarinhos movidos pelo estro mágico da modista; então, se sacudindo, gritou: "Quem empalhou essas criaturas de tantas cores? Quem degolou os animais macios com os quais vocês estão cobrindo os meus braços? Quem matou as camurças espevitadas para revestir meus pés?", e vertia lágrimas.

"Quem", respondeu-lhe a Dona de Casa fazendo um gesto para que os fornecedores se retirassem, "quem então ferveu a lagosta que comemos? Quem matou o pernilongo enquanto, segundo as ordens da natureza, procurava se nutrir do seu sangue? E o taxidermista das vagas aves, onde jogou os vermes, os insetos, as larvas inermes que preenchiam suas vísceras?".

"Então", perguntou a garota secando os olhos, "precisamos matar?".

"Então", respondeu a Dona de Casa, "não devemos temer a morte". E depois de uma pausa: "Por que você tem medo?".

"Tenho medo."

"Onde quer que esteja sua morte, lá estará sempre sua vida."

"Minha vida é ver com os olhos e sentir com os sentidos, e na morte não há mais nada para ver nem sentidos para usar."

"Pode ser", pensou a Dona de Casa em voz alta, "que esse 'nada' possa ser penetrado sem nenhum meio e que seja tudo".

"O que quer dizer?"

"Não sei. Estava tentando juntar os fragmentos de pensamento, palavras que batem em minha testa se penso na morte."

"E você não tem medo delas?"

"Acho que tive muito medo, quando era pequena, e, por não saber como me defender, eu me joguei na convicção de amá-las e, a essa altura, penso nelas a cada respiração, não como um pesadelo, mas como uma ideia fixa de amor."

"Assim o amor poderia ser um medo extremo, uma defesa extrema?"

"O que não pode ser o amor?"

"Tudo aquilo que não é o meu homem moreno de pele azul e voz arcana, louco, errado, peregrino."

"Vamos conversar sobre isso daqui a alguns anos", concluiu a Dona de Casa, sentindo-se subitamente madura e desaforada; mas se arrependeu no mesmo instante e chamou a garota para dar uma volta pela mansão e na propriedade.

Enquanto visitavam os salões antigos e modernos, a Dona de Casa se deu conta de que a hóspede caminhava cabisbaixa sem ver nada.

"Por que você não olha?"

"O que imagino dentro de mim é certamente mais bonito."

Ao ouvir essas palavras, a Dona de Casa sentiu de novo um desaforo e considerou a garota como sua mãe outrora devia considerá-la enquanto lhe jogava palavras frias do alto para dentro do baú. "E você acha que está inventando o que imagina? Se nossa inteligência não é nada mais do que lembrança, quanto mais você vê, mais aprende e mais se torna capaz."

"Não me importa. Eu me basto."

Pela segunda vez naquele breve percurso, a Dona de Casa teve a impressão de ter assumido o papel da própria mãe quando, ao ouvir essa resposta, batia a tampa do baú e ia embora, deixando-a trancada de castigo. Bater a tampa foi equivalente a ficar em silêncio de forma obstinada, mas a garota não percebeu ou talvez nem isso lhe importasse. Então, pouco depois, a mulher se obrigou a voltar a ser educada e compreensiva. Disse: "Eu também fui como você, até pouco tempo atrás".

"Até o meu amado beijá-la?"

"Oh, você ouviu isso?"

"Porque me fez mal."

"Sua imaginação não a preparou para isso?"

"Me fez mal de outro jeito. Tinha de negar esse fato, por piedade. Tenho direito à piedade."

"Nada disso. Você não tem, nem eu, ninguém tem. Por termos piedade, deixamos que o homem se tornasse o animal mais funesto da criação. Além disso, não é comum ter piedade da inteligência."

"Nem dele, se fosse inteligente? E o é?"

"Você não sabe?"

"Nunca falei com ele."

"E por que e como é possível que o ame então?"

"É bonito."

"É peludo", disse a Dona de Casa, que só naquele momento soube que sentia ciúmes. A garota ficou vermelha e abaixou os olhos.

"Não sei", retomou então, "eu só vi o rosto e a mão."

Agora foi a Dona de Casa a enrubescer.

"Eu também", disse rapidamente. "Suas mãos, de fato, são peludas, o rosto é azul pela obstinação precipitada da barba que cresce rapidamente. Mas onde você o encontrou?"

"Eu nunca o encontrei."

"Quem lhe falou dele?"

"Só a senhora, no alto da torre, para me dizer que ele a beijara e a acompanhara até lá."

"Você viu uma fotografia?"

A garota sacudiu a cabeça.

"Você sonhou com ele? Como o inventou?"

"Foi assim: eu pensava com frequência em Amor e no modo como ele me chegaria. Pensava num jovem que estivesse aqui ou ali pronto para me acolher sem se importar com o lugar aonde meu pensamento chegasse. E esse homem tinha belas formas alongadas como certos animais nobres e um rosto com cores de plumas. Eu me lembrava do corvo, com seu dorso preto, azul-marinho, de aço e roxo, e inventava seus cabelos. Depois me vinha à mente o pescoço dos gaios, cuja cor é a do céu da manhã e empalidece no peito até parecer um céu noturno. Então eu disse: 'Assim serão os seus olhos e sua testa opaca'. Por último, vi uma andorinha passar diante da minha janela, enquanto eu estava abandonada no parapeito e suspirava, e me pareceu da cor da noite de Lua e, logo, da mesma tonalidade sombreada moldei as pálpebras e as órbitas oculares dele. E a boca como uma fenda preta."

"Tínhamos vergonha", sussurrou a Dona de Casa ao se lembrar, "vergonha de pensar que a boca de um homem fosse vermelha. Pensávamos uma boca da qual só saía a respiração necessária, como uma trilha de fumaça que preenchia os lábios de trevas. Não é assim?".

"É assim", admitiu a garota. "Por isso, quando vi num daqueles corredores uma mão apoiada num canto, ainda que o corpo ao qual pertencesse estivesse escondido pela quina do muro, soube que era a dele. Eu a olhava, olhava, até que, num certo momento, a mão desencostou da parede e desapareceu. Mais tarde, enquanto eu subia o arranha-céu (ia a pé e foram muitas horas), levantava a cabeça de tempos em tempos para ver o quanto ainda precisava subir, e duas vezes me apareceu o rosto dele, que do alto olhava para baixo. Parecia esperar ou estar à procura de alguém, sofria. Me dei conta de que eu também estava à procura de alguém (dele?), sofria e não conseguia tirar os olhos do lugar onde ele havia aparecido, então, quando ele se inclinou de novo, encontrou logo os meus olhos e, claro, desapontado, não apareceu mais. Eu esperava encontrá-lo no terraço, mas cheguei muito mais tarde, e ele já não estava mais. Talvez tivesse descido de elevador."

"Você quer que o convide para passar alguns dias aqui? Posso fazer isso", a Dona de Casa contou vantagem, ainda que não soubesse nem o nome, nem o endereço dele.

"Senhora", gritou a outra, "que espécie de criatura a senhora é? Feiticeira? Onipotente por suas grandes virtudes? Por escolha divina?", e a abraçava, beijava, tomava suas mãos ainda que a Dona de Casa sentisse um mal-estar e a afastasse. "Mas não", voltou a gritar passando rapidamente da exaltação à ira, "não quero. Depois, você ficaria olhando, vendo quanto eu sofro enquanto vocês se amam, sentiria o meu ódio enquanto vocês me torturam. Não. Você me prometeu que nunca mais falaria dele. Vou embora, agora vou embora!". Desatou num pranto e correu pelas fileiras de salões até sair no pátio diante da mansão. Ficou por lá a soluçar, apoiada no batente da porta.

Pouco depois, escorregando com doçura sobre o piso encerado como um espelho, a Dona de Casa começou a viagem para encontrá-la. Mas, escorregando assim, com belas saias brancas rodadas como velas (era o primeiro dia de julho, e no céu a constelação de câncer, semelhante à mulher na Terra, escorregava sobre a área lúcida entre claras sombras), de vez em quando se ajoelhava e deslizava as pontas dos dedos no mármore frio. E todas as vezes, ao levantar de novo a mão, quase às escondidas, dava uma olhada, mas as pontas dos dedos brilhavam sem mostrar nenhum vestígio de pó. Ela tentou novamente com toda a palma da mão. A palma ficou limpa e rosada, como os calcanhares da Vênus na beira do mar; mas a Dona de Casa, infelizmente, não pensava na Vênus, pensava que os domésticos, quando podem, negligenciam seu dever e, para pegá-los na falha, não teve vergonha de se jogar no chão de joelhos e, duas, três vezes, escrupulosamente, lamber o chão. A língua escorregava de um lado para o outro no mármore polido a chumbo, e um cheiro borbulhante, quase de mosto, subiu da fenda entre as placas do piso; um fermento gelado, uma evaporação de morte mineral, enxame de germes estelares, a anunciação de universos empalhados. A ponta da língua, feita de gelo, tinha grudado no chão, mas a mulher permaneceu assim, com o rosto no chão, cheirando e respirando o hálito da pedra.

A boca aberta, os lábios espremidos sobre as veias pretas do mármore, ela não se deu conta de que os movia e fechava num movimento regular, as narinas estremeciam à medida que a respiração ficava mais urgente, e ela bebia, bebia, bebia os vapores das áreas submarinas que, das mais remotas eras, ainda pairam na umidade do ar através das exalações e fermentações; a mulher os engolia, devorava, mastigava e não percebeu que estava ganindo. Uma certa contração no ventre obrigou-a a deitar-se de bruços no chão e espremer-se, bateu com força os joelhos, as pontas dos seios enrijecidas doeram, notou, com uma náusea mortal, que as gotas de saliva escorriam do queixo e entendeu que estava bêbada. Com esforço virou-se de costas, esperando conseguir se levantar, mas não foi capaz e bateu a nuca com força no chão. Só quando bateu a cabeça pensou que algum serviçal poderia ter ouvido, correr até ela, vê-la, e foi tanta a vergonha que, de imediato, aquela ideia a fez se sentir novamente vigilante, infalível e peremptória em seu papel de patroa da casa. Estava de pé mesmo antes de pensá-lo, passou a mão de cima para baixo no corpo quase como se fosse um cão atiçado que precisa ser acalmado, enxugou a boca, apertou as narinas com os dedos para que parassem de tremer, depois, recomposta, alcançou a garota.

Enquanto isso, a garota havia parado de chorar e voltado a mastigar o pão.

"Vamos ver o parque", disse a Dona de Casa fazendo com que ela subisse numa charrete pronta, estacionada diante das escadas, com o lacaio parado ao lado.

A pequena charrete era feita de vime branco, brancas eram as rédeas decoradas com chocalhos dourados, branco o chicote com borla de seda, branco o cavalo que carregava na cabeça um penacho de plumas alvas e na boca uma embocadura dourada.

"Opa", disse a Dona de Casa ao se sentar ao lado da companheira e, antes que ela tocasse as rédeas, o pequeno cavalo partiu numa trotada ruidosa.

"Tenho medo dos cavalos", disse a garota. "Quando pequena, eu pensava tanto nos cavalos que fiquei doente e sonhava com eles, todos pretos, correndo no alvorecer contra o céu verde; levantavam os focinhos, abriam a boca cor de fogo e me chamavam. Todas as noites eu os via maiores, e cada noite perdiam uma parte do corpo. Inicialmente, apareciam para mim a distância, inteiros, com as patas esbeltas e os cascos prateados. Da segunda vez, se aproximaram tanto que eu via seus ventres pulsando entre as coxas, mas as bordas dos meus olhos os cortavam na altura do jarrete. Na noite seguinte, estavam tão próximos a mim que os via somente dos joelhos para cima, e suas pupilas fixas brilhavam. No quarto, no quinto e no sexto sonho, cada vez mais perdiam as laterais, o dorso, as costas, ou o pescoço, a fuça, e a crina se tornava imensa. Na última vez que vieram, só tinham sobrancelhas e narinas apontadas para o zênite que ressoou com o eco do meu nome enquanto eles gritavam. Depois, os esperei por meses, mas nunca mais voltaram. Nessa ansiedade, eu ficava deitada dia e noite, e emagreci, e caí nas garras de uma terrível doença. Mas sarei e, quase um ano depois, pude finalmente sair para o sol. Certa vez, ao meio-dia, mamãe me levou nas pradarias onde, a curta distância de nós, vi um grupo de animais pouco maiores do que uma ovelha, me parecia, dos quais desconhecia a existência, nunca tinha visto imagens, nem ninguém me havia falado deles. Nunca vi nem um gorila, mas, se o encontrasse, poderia reconhecê-lo. Esses animais, ao contrário, eram completamente desconhecidos, nem mamãe, nem as pessoas que passavam por lá os reconheciam, todos se surpreendiam ao vê-los. Nem os animais se assustavam vendo os humanos, como se os conhecessem; continuavam a comer capim, corriam, montavam um sobre o outro, se mordiam e emitiam longos gritos, espasmodicamente, quase como se estivessem rindo. Aliás, tenho certeza de que estavam rindo de mim e me espiando de soslaio. Eu disse: 'Que animais engraçados! O que são?'. Então mamãe também riu de mim, como os animais, depois exclamou: 'Você não reconhece os cavalos, bobinha?'. 'Mas', insisti apontando-os, 'estou falando daqueles pequenos animais lá no fundo. Acha que não reconheço um cavalo? Um cavalo não poderia entrar inteiro numa só pradaria'. Ao ouvir essas palavras, mamãe resmungou: 'Você ainda está doente, delirante, minha menina!', me pegou no colo e correu para me levar de volta a casa, à cama. Mais tarde, para tranquilizá-la, admiti que estava brincando, que sabia muito bem que eram cavalos. Mas não era verdade. Nem mesmo agora eu sei o que são os animais chamados por vocês, e por outros, de cavalos. Talvez, por esse equívoco, os homens acreditem que os cavalos sejam loucos."

"O potrinho que vinha me visitar no baú", contou por sua vez a Dona de Casa, "certamente não era louco, era muito astuto. Para poder defender sua liberdade, tinha se tornado venenoso nutrindo-se de vitríolo e, naquela altura, com uma mordida matava. Era de uma bela cor vermelho-alaranjado com manchas brancas, como os cogumelos, por causa do veneno engolido".

"Eu", retomou a garota, "tinha uma estátua que vinha me visitar com frequência. Aliás, não era uma estátua, era um casal, mulher e marido. O marido, em pé, mantinha um punhal no pescoço da mulher ajoelhada, para que não caísse nas mãos de inimigos. Eu ficava feliz que a mulher tinha uma lâmina no pescoço e não podia falar, porque eu não gostava da conversa das mulheres. Mas o marido também, infelizmente, falava pouco pelo contínuo esforço de segurar a mulher moribunda; ele não podia abandoná-la para não decompor o conjunto. Então, com a história de não decompor o conjunto, falava comigo se posicionando cada vez mais de perfil, ele, assim como os cavalos, me olhava de soslaio. Tinha um bigode que descia pelas laterais dos lábios, e me parecia inconveniente para uma pessoa pelada (porque estavam pelados) ter bigodes. Por isso, no final, quando ele vinha, eu tentava não estar em casa, até que parou de me procurar".

"Passou muito tempo?"

"Muito. Era um período em que eu estava doente. Vi o retrato desse amigo meu num cartão-postal e quis conhecê-lo. Mas, assim que sarei, o abandonei. Agora, são já dois anos que dou voltas pelo mundo em busca de aconselhamento médico; e aqui estou."

"Parece que são amigos semelhantes que fazem adoecer os jovens. Pelo menos é o que se diz. Se temos força para deixá-los, logo saramos. Na vida, depois, se encontram outros e, se não tiver bom senso, é difícil evitá-los. Mas você ainda não sarou."

Com certa maldade, a outra interrogou: "E você?".

"Eu? Sou casada e não posso responder a certas perguntas." Já era a segunda vez naquela semana que se escondia atrás dessas palavras.

"Não vamos recomeçar. É inútil que eu peça ajuda a você, que é alguém que sabe das coisas, se não quer me ajudar."

"De fato." Ambas, ofendidas, ficaram em silêncio. Ouviu-se, então, mais forte ressoarem os chocalhos dourados do cavalo.

Passaram por estufas enevoadas cheias de neblina onde flutuavam flores solitárias, por ruas arborizadas onde divindades brancas tomavam ar fresco sobre altos pedestais. O mês de julho, que tem ônix como pedra elementar e íris como flor propícia, encontrava naquela sala admirável sua morada, toda decorada de luzes, zéfiro e aromas que faziam dela um tanto afetada. A Dona de Casa teria aberto mão, com prazer, do brilho da grama, da transparência do céu, da brisa perfumada e do gorjeio dos pássaros; mas a garota, ao contrário, parecia encantada, e sua boca, como sempre, estava caída, e a aura fina entrava na garganta escura como um ribeirão numa gruta. "Agora", pensou a Dona de Casa, "entre os dentes vai lhe brotar a avenca, e, da úvula palatina, vai lhe jorrar um esguicho".

"Tão bom, tão bom", murmurava a outra ao mesmo tempo, com os olhos semifechados engolindo o ar.

"Sabe-se lá por quê", agitou-se a Dona de Casa, "perto dela não consigo divagar nem ficar sentada comportada, nem um minuto. Vamos lá, mulher, lembre-se do marido, dos deveres, das virtudes requisitadas, que são a normalidade e o raciocínio."

Naquele momento, por um acaso inexplicável, o pequeno cavalo levantou o rabo branco.

Adentrando o parque, encontraram um vale sombreado, com grama muito macia, repleto de narcisos. No centro, brilhava um lago redondo onde boiavam cisnes e lírios d'água. "Desenvelhecer", pensou a Dona de Casa, puxando as rédeas. "Mudar artigos de tapeçaria: pedir que o rei do Egito me mande um hipopótamo que vai virar o lago de cabeça para baixo e cobrir as margens de lama para que não sejam infestadas por tocadoras de harpa, em enxames como pernilongos."

Nesse mesmo momento, uma carrinha parou do outro lado e dela desceram o mordomo seguido por carregadores com pacotes pesados nos ombros e por garotas com longos véus. As garotas correram ao redor do lago onde se sentaram sobre floreiras já dispostas como decoração, depois esticaram os braços e, sobre eles, os carregadores apoiaram, em cada uma, um daqueles pacotes pesados que, abertos, revelaram ser harpas. Enquanto tudo acontecia, o mordomo, abatido, chegou até a patroa e tentava se desculpar: "O senhor queria fazer esta surpresa para a senhora. Um concerto sobre o lago enquanto as senhoras tomam chá, que logo será servido. A senhora me desculpe, faltam ainda quatro minutos para as cinco, se a senhora não tivesse antecipado, tudo já estaria pronto. O lacaio me avisou tarde demais sobre a direção que a senhora tomou, senão teríamos conseguido arrumar em tempo."

"Já lhes disse muitas vezes, Araceli, que, quando o senhor quer me fazer uma surpresa, é preciso me avisar para que eu organize, senão ele não consegue. Vocês não sabem que a fada do lar é a mulher? Que só a mulher é o anjo do calor doméstico? Há quantos anos o senhor é mordomo?"

"Há trinta anos, senhora."

"Em trinta anos, você deveria ter aprendido essas coisas."

"Sim, senhora", o pobre homem suava pela humilhação e não ousava se secar diante da senhora; ela teve pena.

"Me dê a mão", e pulou para o chão. Imediatamente, fez um gesto para que dois garçons parassem, os quais, saindo de uma segunda carrinha, transportavam uma jangada sobre a qual estava posta uma pequena mesa de chá.

"Coloquem-nos", comandou a patroa, "uma de frente para a outra, nutram bem nossas imagens, a minha e a da senhorita, que não faltem *muffins*, que *scones* não estejam com excesso de manteiga e que as pequenas pizzas napolitanas estejam quentes. Além disso, certifiquem-se de que a conversação corra prazerosa e conveniente. Enquanto isso, vamos terminar um assunto nosso", tomou a garota pelo braço. "E lembrem-se de nos fazer aplaudir quando as exímias harpistas terminarem de tocar. Talvez fosse oportuno pedir um bis do *Largo* de Händel. Porque claro que vamos ouvir o *Largo* de Händel, não é, Araceli? Me mostrem o programa?".

O mordomo o apresentou.

"Aqui está. Händel. Vou marcar uma cruz com a unha, Araceli. Nessa música, aqui, o bis. Tudo entendido?"

Levantou o queixo e deu as costas, carregando consigo a companheira exausta.

"Por que não ficamos?", perguntou a garota assim que entraram no bosque e ouviram os primeiros acordes das harpas. "Estava tão bonito. Pareciam as palavras de um romance saindo da boca de um tenor no meio de um palco com os bastidores azuis."

"Você não sente repulsa ao imaginar coisas assim?", a Dona de Casa pressionou o lenço sobre os lábios.

O bosque era um verdadeiro bosque com cortadores de lenha podando árvores vetustas, com cabanas e fogueiras de carvão, templos em ruínas, animais de caça errantes, gritos lúgubres de pássaros e pontos iluminados pelo sol como moedas reluzentes no solo coberto de musgos e arbustos.

"Há lobos?"

"Lobos, não, mas cavalheiros errantes, sim", as duas riram dessa ideia. "Agora", continuou a Dona de Casa, "vamos tomar uma taça de vinho numa taberna que conheço. Basta sair do bosque rumo a oeste, mas vamos tomar cuidado para não irmos muito além, senão vamos caminhar por horas antes de encontrar o campo. Aqui, esta é a trilha".

Viraram à direita por um caminho arenoso escavado pela chuva entre as raízes das árvores que se cruzavam e faziam do chão um esqueleto sobre o qual era difícil caminhar. As duas mulheres deslizavam e se divertiam, tinham medo e riam alto. A Dona de Casa até estava feliz quando barulhos de animais ressoaram entre os troncos e a garota parou de supetão, acinzentada de tanto terror, e ela escarneceu e a maltratou, tendo dentro de si uma grande vontade de abraçar a outra e pedir ajuda, de estar fora do bosque com Araceli se espremendo nas paredes para que ela passasse. Ao enganar a garota, parecia que a Dona de Casa estava enganando Deus e toda a humanidade criada por Ele, sentia-se maldita, sorrateira e ainda poderosa o suficiente, como Satanás. E, como Ele, deixava pingar uma alegria diabólica, esquecendo-se de que Satanás é nu e belo e leva ao redor da testa um halo de ferro sobre o qual está escrito: *Triste até o último dia*.

Logo chegaram na taberna, que tinha de tudo para agradar àquelas duas extravagantes. Escuridão, terra batida em vez de piso, buracos no lugar de janelas, taberneiro gordo, taberneira dentuça, espeto que range diante do fogo e tipos feiosos às mesas. Os tipos feiosos eram artesãos e camponeses honestos da propriedade da Dona de Casa, muitos deles, vendo-a entrar, se levantaram e tiraram o chapéu. Alguns, porém, não se mexeram, e a Dona de Casa, mesmo respondendo com gentileza às boas-vindas dos proprietários que vieram até ela, os observou com espanto. Com maior espanto, logo após se sentarem numa mesa e já terem bebido alguns goles de um vinho especial, observou a entrada de um forasteiro e notou que aqueles homens que, com a chegada das duas, permaneceram sentados agora se levantavam e cumprimentavam com cortesia o desconhecido; os taberneiros também foram até ele e o acompanharam até uma pequena mesa e lhe serviram o vinho especial. A Dona de Casa levantou uma sobrancelha. O recém-chegado passou ao seu lado até se sentar, olhou-a com insistência. Sentado, deve ter continuado a olhar, porque ela sentia um estorvo na nuca e, por isso, começou a mover o pescoço como se quisesse afastar um inseto. Além disso, ouviu a taberneira cochichando com ele e ficou curiosa, mas se distraiu com a chegada de dois guardas. Os guardas também pareciam ser novos no vilarejo, porque cumprimentaram com respeito o forasteiro, mas observaram com desconfiança as duas mulheres. Estavam se aproximando para perguntar quem eram elas quando a taberneira se jogou com as mãos à frente para detê-los e repetiu: "É a senhora patroa. Tudo lhe pertence, até o mar e o monte. Excelentíssima dama. Também o terreno dos trabalhos é dela. Famosa esposa do nosso senhor patrão".

Ainda que falasse rápido e em voz baixa, a Dona de Casa tinha ouvido e levantado a outra sobrancelha, então agora estava com uma expressão que perturbou o bom homem e o fez abandonar os guardas para ir até ela: "Precisa desculpá-los, é o dever deles. São novos, foram transferidos quando a senhora não estava aqui, não poderiam conhecê-la. O dever deles é suspeitar de tudo e todos sempre e controlar os trabalhos". Depois, abaixando-se no ouvido dela, sussurrou: "Qualquer um pode ser um espião; em tempos de guerra, qualquer paiol de pólvora é um segredo de Estado, ou quase".

"Um paiol de pólvora?"

"Sim. Um paiol de pólvora, que Deus abençoe, um paiol de pólvora que nos trouxe tantos ganhos, mérito do senhor seu marido que nos deu o terreno. Aqui está o engenheiro", e indicava o homem desconhecido.

Ele se levantou e fez uma reverência. "Engenheiro Oeneas", disse.

"Prazer", respondeu a senhora com leveza.

"Engenheiro Oeneas", repetiu o engenheiro, fazendo mais uma pequena reverência em direção à moça.

"Prazer", murmurou a garota.

"Sente-se, por favor", disse a Dona de Casa, sinalizando um lugar em sua mesa.

"Obrigado", respondeu o engenheiro, aproximando-se.

"Quer se sentar?", sorriu a senhora.

"Muita honra", balbuciou o engenheiro.

"Fique à vontade", retomou a dama, e, finalmente, o engenheiro começou a se sentar devagar na beira do banco diante dela. Então, a taberneira se afastou. "Agora", acrescentou a Dona de Casa com o rosto iluminado por certa esperança secreta, "me diga tudo, por favor".

Então, aos poucos, a garota também se afastou.

"O que posso contar, senhora, é pouco. A última parte do seu bosque tinha de ser comprada pelo governo para fabricar um paiol de pólvora. Seu marido, gentilmente, o cedeu. E estamos trabalhando. Isso é o que todos sabem, podem ver e o que posso lhe dizer, achava que seu marido já havia lhe avisado..."

"Eu estava viajando", disse com doçura a Dona de Casa, apoiando o rosto na mão e olhando com olhos marejados o engenheiro Oeneas. Pensava: "Se o paiol de pólvora explodir, adeus mansão, adeus Araceli, adeus jardineiro Leonardo, adeus exército de larvas pálidas fardadas pulando pelos ares. Estou livre". Então perguntou: "E se o paiol de pólvora explodir?".

"Não há perigo. Quero dizer, não há risco de explodir."

"Mas muitos paióis de pólvora explodiram. Nesse caso, o dano se alastra por um raio de quantos quilômetros?"

"Esse é um paiol de pólvora construído com critérios modernos, aperfeiçoados, em grande parte é subterrâneo..."

Parou e olhou ao redor da taberna, os operários, os guardas.

"De todo modo", rebateu a Dona de Casa, "se o paiol de pólvora não explodir, os inimigos virão logo a descobri-lo e mandarão aviões para bombardeá-lo".

O engenheiro começava a sentir-se desconcertado. "Não seja pessimista, senhora."

"Não é pessimismo, é desejo de...", corrigiu-se, "desejo pela verdade, por encarar as coisas".

"Nenhum de nós, trabalhadores de lá, nunca imaginou hipóteses tão desastrosas", o engenheiro fez um gesto vago para indicar os homens sentados na taberna.

"São seus operários?", a Dona de Casa analisava um a um.

"Temos trezentos. À margem do bosque, nasceu um verdadeiro vilarejo, com barracas, lojas, bar. Esta taberna seria um ponto de encontro de luxo." Sorriu frívolo. "De fato, a senhora veio aqui."

"Foi a sorte que me trouxe." A Dona de Casa olhava para baixo sob as pálpebras abaixadas dele, o engenheiro ajeitou a gravata, colocou o cotovelo sobre a mesa e balbuciou: "Obrigado!".

(Cuidado, Oeneas!)

"E os trabalhos não podem ser vistos?"

Antes de responder, sabe-se lá por que, o engenheiro vasculhou a taberna procurando os guardas.

"É preciso de uma autorização especial, senhora. Uma autorização do governador ou das autoridades militares."

"O senhor consegue uma para mim?"

"Eu?"

"O senhor."

"O senhor, eu, você quis dizer eu?"

"Eu não, engenheiro, o senhor", riu alto, levantou-se e sentiu-se sinuosa. "Muito bem", disse a si mesma, "muito bem. E agora aperte um pouco a mão dele, só um pouco, para que o seu perfume fique entre os dedos do engenheiro". E assim ela fez: não esticou a mão, mas a colocou sobre a dele e apertou levemente com as pontas dos dedos. Percebeu que a pele do engenheiro estava suada, mas foi forte e não afastou os dedos até que ele finalmente os beijou, depois, retirando-os e secando-os furtivamente na saia, a

Dona de Casa sussurrou para distraí-lo: "Podemos convidá-lo para jantar, hoje à noite?".

"Hoje à noite?" O engenheiro, claro, não tinha entendido direito, tamanho seu espanto. Mas ela aproveitou para que o convite fosse ainda mais surpreendente: "Não? Então amanhã, depois de amanhã, de dia, de noite, quando o senhor quiser, com roupa de trabalho, informalmente. Me diga, quando é melhor?".

O engenheiro Oeneas, por sua vez, tentou dominar sua surpresa e responder corretamente, mas não foi muito fácil. Finalmente conseguiu articular: "Depois de amanhã seria bom".

"Combinado. Então, sem falta, depois de amanhã eu espero o senhor às oito horas." E, dessa vez, lhe estendeu a mão como se estivessem selando um pacto entre trabalhadores. Mas ele, pela segunda vez, se inclinou para beijar a mão dela; a Dona de Casa encarava o cocuruto dele, que, para dizer a verdade, não apresentava nenhuma característica interessante, e pensava: "Talvez seja melhor eu me lembrar de repente de outro compromisso e cortar as asinhas dele, esse Oeneas que já acha que está nas minhas graças. Veja como me beija. Mas antes seria bom dar-lhe uma olhada...".

"Senhora", dizia-lhe o engenheiro, terminando de acariciar as pontas dos dedos, passando a mão sobre a cabeça e retirando de si uma sensação de incômodo, "é uma grande honra para mim. Depois de amanhã, sim".

"Oh, que contratempo", gorjeou a senhora, "só me lembro agora de que, para depois de amanhã, eu mesma já havia sido convidada. Peço desculpas, Oeneas, lhe telefono", e saiu da taberna. Deu alguns passos rápidos pela ruela escarpada tentando caminhar com leveza, porque sentia o engenheiro parado na porta a observando, mas as pedras entraram em suas sandálias abertas e arranharam os pés, assim ela preferiu parar a continuar caminhando torta e teve uma boa desculpa para ter deixado para trás a companheira. Oeneas, na porta, fez uma última cerimoniosa saudação, mas a Dona de

Casa já não tinha mais vontade de ser sedutora, gritou para ele que procurasse e mandasse-lhe a garota.

O engenheiro se precipitou dentro da taberna, e a garota saiu.

"Onde diabos você tinha se metido?"

"Na cozinha."

"Para fazer o quê?"

"Conversar com a pequena serviçal."

"Com a pequena serviçal? Por Deus, até numa taberna como essa há uma pequena serviçal? E o que estava fazendo lá a pequena serviçal? Onde estava? Por que será que não veio parar nos meus pés?"

"Ela estava com medo da senhora. Quando ouviu que estava lá, foi até a porta da cozinha para vê-la, mas não ousou ir para a frente. Depois, a taberneira a mandou embora de lá, então eu, aos poucos, fui até ela, para consolá-la. Foi difícil. Ela ficou muito desiludida com a senhora. Dizia: 'Por que ela não tem os cabelos dourados? Por que são cinzentos, como se estivesse perto do fogão? Por que ela não usa um vestido cor-de-rosa com cauda? Por que se veste com saias curtas, como nós, campesinas? Não é bom isso. E as pernas nuas? E sem chapéu? Deveria usar chapéus cheios de plumas ou, pelo menos, uma rede de pérolas. E queria ouvir sua voz, mas fala em tom muito baixo, e ver suas mãos, mas não gesticula. É verdade que tem as mãos transparentes e brancas como gelo? É toda assim parada e descolorida? Sempre?'. E me perguntava por que eu sou tão diferente, se faço por querer. Diz que pareço alguém que afunda o salto no barro e deixa a pegada que se enche logo de água preta; que sou sua forma, na lama. E ficou avaliando minhas mãos. 'As suas são largas, servem para alguma coisa, mas aquela lá como poderia lavar pratos, varrer, lavar roupa? Por isso, nós os servimos; sozinha, o que saberia fazer? Deveria morrer. Seus olhos também, parecem olhos? O que veem? Esses, ao contrário', e indicava os meus, 'como são fundos, dá para entender que as coisas que entram através deles caem como se num poço.

E os cabelos? Esses, sim', queria sempre dizer os meus, 'são como um telhado para a cabeça, se mantêm quentes no inverno e fazem sombra no verão'."

"E você, o que respondia?"

"Eu disse: 'A senhora é assim parada porque já conseguiu tudo, é perfeita. Cabelos, olhos, mãos, para que servem, se ela tem tudo dentro de si? Eu, ao contrário, tenho tudo fora de mim e, para me esforçar para pegá-las, as coisas, me aumento, é por isso que você me vê'."

"E a pequena serviçal?"

"Deu de ombros e disse: 'Pode ser! Mas os homens gostam dela assim perfeita?'. Então lhe contei do 'nosso' homem."

"Não!", a Dona de Casa estremeceu e se deteve no meio do campinho. "Você não disse isso para aquela criada? Você diz isso porque acha que é engraçada, interessante. Você não pode ter contado nada do 'meu' homem."

"Eu disse que era 'meu'", e a garota abaixou a cabeça.

"E você contou de como o ama, de como o viu? Contou tudo? Do quanto você sofre? Do que você espera?"

"Sim", a garota anuiu balançando a cabeça, o que fez com que os cabelos se espalhassem cobrindo seu rosto.

"Ah, eis para que lhe servem os cabelos", exclamou a Dona de Casa, pegando-a pelas madeixas e levantando-as para ver os olhos, "é para isso que serve, conte isso para sua criada, para criar um pudor fictício. Eis para que lhe serve todo seu corpo: para imaginações, proezas, testes, representações, chantagens, roubos. Fale isso para aquela lá da taberna, talvez vocês consigam se entender. A pobreza os deixa felizes porque não têm responsabilidades para organizar, a imundície acelera suas alianças, e a feiura lhes dá a arrogância que lhes permite não ter vergonha, e esse vício pode parecer uma defesa. Contudo, eu a entendi e não lhe dou permissão, sob nenhum pacto lhe dou permissão, de me colocar a nu nas mãos desses que tramaram minha ruína. Vestida, eles me quiseram, bem-vestida, enfeitada com seus costumes, calçando lugares-comuns para caminhar ao lado deles na vida, coroada de preconceitos, coberta de incompreensão. Mas você e o amado, não, não precisam se jogar nessa mó e sair triturados, como eu, para ser servida aos que mastigam ruidosamente".

"Aquela criada tem uma alma como a minha e a sua, senhora, e não dirá nada a ninguém."

"Não", gritou a Dona de Casa cada vez mais exasperada, "não, não tem uma alma como a minha, não tem uma alma como a sua. Muito melhor, se quiser, mas não é isso o que me interessa. É o sentido, a direção, que são opostos. O que para você é vital, para ela não interessa. O seu amor? Você o verá exaltado e amaldiçoado nas árvores dos bosques, nos vidros das estufas, sobre as águas do lago. Vivas e vaias por todas as partes. Como você poderá caminhar por esses lugares? Você será notícia, será o exemplo. Salve-se, lhe digo isso como se o dissesse para mim mesma", e, num momento, enquanto ainda a segurava pelos cabelos, curvando para trás a cabeça, lhe deu um beijo fervoroso na testa. "Pobre criatura", murmurou depois, abandonando-a e seguindo o caminho, "você deveria ir embora, mas para onde?".

"A senhora está me mandando embora? Quer que eu vá embora? Está tão aborrecida assim comigo? Me perdoe, senhora, seja boa, fique comigo. É tão bonita sua casa, tem tanta comida fresca, tanta luz e tanta sombra, e as horas passam no ritmo e sempre trazem algum acontecimento, como os giros que dão os planetas. Há tanta harmonia, senhora, perto de si, me deixe ficar." E a seguiu com as mãos juntas.

"Este é o lugar da minha perdição eterna", pensava a Dona de Casa. "Todos estão contra mim, todos suplicam para que eu nunca seja honesta comigo mesma. Nem mesmo ela me entende mais quando falo a verdade, e tudo a todos deve ser explicado repetidamente. Quem aguenta? O amado diz que eu preciso ser adequada. Gostaria que ele tentasse. Gostaria de vê-lo aqui por algumas horas. Até você cairia, meu amor, até você falaria com gestos, no final, para poder ser entendido. Até você comeria a comida deles, porque morrer de fome, acredite, é algo tão demorado que, antes de completá-lo, você tem muitas chances de se arrepender."

"Senhora, senhora, está me ouvindo? Prometo que não vou falar mais com ninguém, que vou me vestir como a senhora quiser, hoje à noite, e não vou mais encher os bolsos de pão. Está feliz, senhora, me diga?" (Outra voz, com o mesmo tom, tinha dito alguns anos antes: "Me diga somente o que posso fazer para lhe agradar. Não sei imaginá-lo, mas o farei". Dona de Casa, por que não se lembra daquela voz e não tem piedade?)

Mas a Dona de Casa, distraída, respondeu: "Sim, e agora chega. Aqui estamos e chegamos à charrete. E Araceli, o mordomo, que de longe nos viu, já está preparando as rédeas para me entregar. E depois você vai ver, ainda que ele vá a pé e nós de charrete, nos esperará nos degraus da mansão, para nos receber anunciando eventuais ordens, contraordens, leis promulgadas e revogadas, mudanças de calendário, ciclones, epidemias, bons acontecimentos, que durante minha ausência tiveram o tempo para amadurecer na casa conjugal". Suspirou profundamente, a garota colocou a mão em seu ombro para lhe dar conforto, mas a Dona de Casa, já resignada, subiu na charrete, pegou as rédeas que estavam nas mãos de Araceli e perguntou: "O concerto foi bonito? Você cuidou das harpistas quando acabou?". E de repente: "Araceli, suba conosco, vou levá-lo para casa". (Se você disser que sim, Araceli, lhe dou mil liras. Se disser que sim, me ajuda a dar um chacoalhão nesta maldita sociedade, cheia de desigualdades. Diga que sim, Araceli; um pequeno escândalo ficaria bem até para você.)

"A senhora queira me desculpar", respondeu Araceli muito ressentido, colocando-se em posição de sentido, "sei o meu dever. A senhora é muito boa, isso não é certo, e de qualquer forma não devo aceitar".

"E se fosse uma ordem, escravo? Mas não, não vale a pena. Vocês nasceram para não entender nada." Chicoteou com raiva o cavalo, que saiu galopando.

"Mas", disse a garota, "se tivesse aceitado, você o teria deixado subir?".

"Araceli não é um megalomaníaco, eu o conheço, acredita não ter a conformação física para poder se sentar conosco. Quanto mais alguém é escravo, é verdade, mais se sente adequado para sustentar qualquer magnificência e grandeza que recaiam sobre ele por um erro do céu, ou como uma provação, talvez do próprio céu. Mas Araceli é um bom homem, não é escravo o suficiente para aspirar a posição do seu superior. Você sabe quem é Calibã? Calibã não é feio por causa dos cabelos selvagens, mas pelo desejo de prepotência, não é torpe pela boca maldosa, mas por cobiçar os bens dos outros, não é repugnante pelo olhar sombrio, mas pelo desejo de se vingar. Araceli passa por nobre, mas não é nobre, é escravo. Ou seja, covarde e pouco inteligente, obedece, treme, implora, se alegra com o patrão. Não há uma vez que, por pura fantasia, desobedeça, que, pelo individualismo, erre. É um daqueles escravos que você gostaria de ter em casa, enfim. É, no fim das contas, Araceli. Sempre pronto por todos os cantos, com a aparência do lugar onde surge, deseja a liberdade, mas não ousa pedi-la e, para não ser infeliz e um peso para os patrões, se desacostumou a desejá-la. Convidando-o para subir, desobedeci a meu papel de patroa, e ele ficou muito irritado. Se pudesse me despedir, o faria. Mas não pode. Vê como está lá impassível a nos esperar? O que eu tinha lhe dito? Quando eu passar, não vai nem se dignar a me olhar."

"Então nós", disse a garota, "entramos pela porta de serviço".

"Viva!", gritou a Dona de Casa enquanto puxava as rédeas para que o cavalo completasse um belo arco diante dos olhos imóveis de Araceli.

A porta de serviço se abria bem distante da ala dos patrões, entre dois muros brancos e compridos com muitas janelas quadradas. Ao chegar, a Dona de Casa viu um garotinho de poucos anos, certamente filho de algum serviçal que, com um gravetinho queimado, escrevia no muro. Assim que o garotinho viu a Dona de Casa, escapou, e ela leu em voz alta: A SENHORITA FAZ AMOR.

"Viu?", disse. "Aquele adorável garotinho já sabe. A criada foi mais rápida do que nós duas e do que Araceli."

"Quem sabe a qual está se referindo, há tantas senhoritas aqui dentro."

"Espero que seja isso", disse a Dona de Casa, entrando no corredor que leva ao depósito. "Mas olha aqui."

Ainda com o graveto queimado, foram feitas a caricatura da garota e a imagem de um rosto de homem bem carregado na pintura preta acima da testa, e embaixo dos dois desenhos estava escrito: VIVA A SENHORITA, VAIA PARA O JOVEM MORENO. Além disso, era possível ler: A SENHORITA ESTÁ APAIXONADA, MAS O JOVEM MORENO NÃO SE IMPORTA. E mais: A SENHORITA É FEIA; JOVEM MORENO, DEIXE ESTAR.

"O que você acha? Você continua achando que é uma alusão a outra pessoa?" Mas, enquanto se virava para lhe fazer essa pergunta, a Dona de Casa viu a garota apertando os dentes, tremendo muito, sem conseguir mais andar nem se movimentar. Então se sentiu invadida por um furor contra aquela gentalha que, para se divertir, martirizava uma criatura tão humana; escancarando todas as portas, a Dona de Casa gritava a todos os serviçais, homens e mulheres, crianças, velhos, quem encontrasse: "Fora daqui, fora daqui, fora daqui! Vou mandar vocês embora, rua, rua, rua!".

Gritou tanto que o marido a ouviu dos seus aposentos e, ainda sob os gritos depois de ter mandado um empregado pessoal, seguido por Araceli e o secretário para ver o que estava acontecendo, ele mesmo desceu: encontrou a garota ainda parada, trêmula, e a jovem esposa gritando e empurrando para fora da porta qualquer um que lhe passasse em frente.

VIII

Naquela noite, a garota desapareceu. Tinham-na levado para se deitar, havia sido examinada por um médico ilustre, depois assistida por duas enfermeiras que eram freiras. Mas, logo após o amanhecer, a garota pediu para ficar sozinha para poder dormir e puxou os cobertores até cobrir a cabeça. Então as freiras saíram nas pontas dos pés e se sentaram na salinha ao lado, esperando serem chamadas. Não foram chamadas. Às dez horas, entrou a senhora para ver sua amiga. As três se dirigiram para o quarto, mas, já na porta, entenderam que a garota não estava mais lá. A cama tinha sido arrumada com cuidado, os travesseiros, acomodados sob os lençóis como para simular o corpo. Nenhuma das três foi conferir o engano levantando os cobertores, nenhuma das três olhou no banheiro com a esperança de encontrar a doente, mas as três, de uma vez, virando a cabeça em direção à janela, empalideceram.

Um pouco depois, uma das freiras se debruçou no parapeito e ficou ainda mais pálida: "Que altura", ouviu-se ela murmurar. Houve novamente um longo silêncio, depois a outra freira desapareceu no quarto de vestir, apareceu com as roupas da fugitiva nas mãos e no rosto um terrível rubor. "Ela saiu nua", murmurou por sua vez e esperava que a Dona de Casa se escandalizasse. Mas a Dona de Casa, apoiando a testa na parede como tinha visto a garota fazer, encarava os grãos de cal se moverem lentamente, se deslocarem, se unirem, caírem, e, enquanto caíam, faziam um leve barulho, remoto, aquele barulho, aqueles anos da infância que, um a um, se descolaram e caíram como véus de uma cebola (Ibsen). E, de repente, ela pensou: "Como as folhas da alcachofra". Então as freiras a viram, repentinamente violenta, afastar-se da parede, correr até o telefone interno, chamar o cozinheiro e gritar-lhe com voz aguda, não conheciam sua voz assim tão rabugenta e obstinada: "Cozinheiro, diga aos seus ajudantes para não cortarem ainda as folhas de alcachofra; quero pensar. Limpem outra hora!". O cozinheiro teve de, do outro lado, pedir desculpas e explicar que... "Não quero ouvir nada", interrompeu a senhora com uma voz ainda mais aguda. "Vamos comer outra coisa, mas não quero, entende cozinheiro? Não quero que se quebrem agora as folhas das alcachofras com esse barulho. Ressoa na casa inteira e estou com enxaqueca!" Apoiou o fone com força e se virou para as freiras: "No que diz respeito a vocês, a madre superiora vai ficar sabendo da negligência, e vocês vão receber o que merecem". Levantou o queixo (e nunca lhe ornou tão bem aquele gesto) e, sem nem responder à saudação amedrontada das mulheres, saiu.

Daquela manhã em diante, ficou claro que a Dona de Casa tinha mudado.

Assim que saiu do quarto da amiga, fez uma ronda de inspeção pela mansão dando novas ordens. Esvaziou os armários de roupas de cama, mesa e banho e dispôs, numa longa fila, as pilhas de lençóis, toalhas de mesa, toalhas de banho, ela mesma olhou contra a luz as tramas de cada tecido para ter certeza de que não havia fios puxados que necessitassem de remendos, ela os escolhia e separava em montes, como se faz com as batatas, aqui as boas, ali as corrompidas; depois, chamou dois contadores e os fez compôr uma lista. E as arrumadeiras do quarto de vestir tiveram tanto medo que, uma a uma, pediram licença para se recuperar numa estância termal.

Do acervo de roupas, a Dona de Casa caiu na cozinha. Lá se imergiu em todas as fumaças, recolheu as cascas dos baldes, pesou os legumes e as verduras destruídas, mediu os pântanos de gordura no fundo das panelas e, constatados o roubo e o desperdício, os fechou no peito lá onde os homens modestos guardam a lembrança do primeiro amor. Abriu as dispensas regurgitando provisões, mas, quando, ao fazer uma vistoria, constatou que faltavam ovos, todo aquele imenso acúmulo de previdência que tinha sob seus olhos lhe pareceu insuficiente. Os ovos se renovam todos os dias para que estejam sempre frescos — do dia, como se diz —, e os de hoje, a senhora pôde constatar, estavam todos, dezenas e dezenas, sendo manipulados sobre a grande bancada do cozinheiro, sob as batedeiras dos confeiteiros. Contudo, se não havia um ovo a mais, pelo menos um de reserva, anunciavam-se à Dona de Casa carestia, êxodo e saque. Inutilmente, os cozinheiros tentaram persuadi-la a não ficar ansiosa, já que as dispensas estavam lotadas de queijos, presuntos, tortas, frangos, frutas, caixas de massa fresca; foi embora, preocupada, depois de ter olhado um a um nos olhos repetindo: "saque, saque, saque".

"E agora", pensou, afastando-se rapidamente pelo labirinto dos corredores, com as duas mãos sobre o coração que começava a doer um pouco, "o que terei de fazer? Como passam seus dias despreocupadas a mãe, a irmã, as cunhadas, as amigas?".

"No telefone", sugeriu-lhe o anjo da guarda, começando a ter esperança para o destino da sua protegida.

"No telefone", repetiu em voz alta a Dona de Casa e correu até o aparelho. Mas, quando estava diante dele, sua perplexidade voltou: o quê? Telefonar para quem?

"A quem mais lhe desagrada, para lhe oferecer serviços e amizade", sugeriu ainda o oficial divino.

"Quanto maior a restrição, maior será seu mérito."

E a Dona de Casa, com o coração lhe parecendo sempre mais cansativo de carregar, telefonou para a Dama Catamantalède para pedir-lhe, pedir-lhe encarecidamente, que viesse jantar depois de amanhã. Assim que a Dama Catamantalède aceitou, pareceu à Dona de Casa que seu coração havia se alegrado e voltado a ser leve; telefonar para a governadora Blamblan lhe pareceu, então, algo mais simples, quase agradável. A governadora também aceitou para si e para o importante marido o pedido de supervisionar o jantar. Então, feitos os cumprimentos de costume e encerradas as ligações, a Dona de Casa se deu conta de que trocar aquelas mensagens banais a fazia feliz; ajudava seu ânimo abatido a se dirigir nos dias futuros, emprestando-lhe aqueles fios de voz, aquelas aparências de necessidade que lhe revelavam o caminho dos homens sobre a crosta terrestre. Eram gestos desgastados, vozes fracas, contudo ela ouvira-as passar sobre sua cabeça quando estava no baú e, mais tarde, quando aceitou sair para ir até o baile, encontrou-as, então, ao seu redor, pegajosas e próximas, e, desde quando se casou e na primeira recepção conjugal, essas vozes a acompanhavam, até que hoje conseguiram estar em uso e se fizeram crer necessárias.

Numa espécie de desejo fanático, como uma garotinha que descobre a dança, a Dona de Casa telefonou para a senhora Lulli para lhe dizer que havia reconsiderado sua opinião, que Cornelia, mãe dos Gracchi, é, sim, um exemplo nobre; telefonou para a esposa do funcionário que não gosta de bacalhau e lhe deu uma nova receita; telefonou para a Rainha Deposta desejando-lhe um breve retorno ao trono, e para a Dama Nacional e todas as senhoras que conhecia, todas aquelas com quem tinha conversado uma só vez, que lhe haviam escrito pedindo que tivesse a dignidade de recebê-las. Prometeu a todas uma visita, a todas estendeu suas gentilezas frívolas, até que, exauridos os recursos telefônicos daquela cidade, solicitou para a mocinha das chamadas interurbanas uma chamada para o castelo de Muriel, no baronato de Lale.

"Muriel está gargarejando seus poemas. Sou eu. Que sorte", respondeu o barão.

"Querido amigo, como está? Venha com Muriel passar alguns dias aqui em casa conosco. Ainda preciso agradecer-lhes a calorosa hospitalidade nesta primavera."

"Claro, iremos. Quando?"

"Hoje à noite mesmo. Nossa casa é sua."

"Um beijo", sussurrou o anjo roçando-a com a asa, "por essa frase: 'Nossa casa é sua'".

Eis que tudo se concluiu e encontrou seu equilíbrio e o sufrágio celestial à medida que a mulher se convenceu a fazer o papel que lhe foi dado.

Tarde da noite, o mordomo quis ser recebido pela senhora para dar uma comunicação urgente.

"Talvez os senhores não saibam que três dos garçons estão alistados. São esses que agora lhes serviram à mesa. Foram convocados: eis os documentos deles. Estiveram conosco nesse momento: amanhã, devem partir os três. Preciso pedir aos senhores alguns dias para encontrar substitutos."

"Não os substitua", disse a senhora. "Em tempo de guerra, vamos nos restringir."

O marido aplaudiu o mordomo e se retirou, e, de noite, retomou suas caminhadas pelos vastos cômodos do palácio.

"Conheci o engenheiro do paiol de pólvora", disse, de repente, a mulher. "Por que você não me disse que doou o terreno? Seria um prazer."

"Sério, querida? Pensei que não gostaria da ideia. As mulheres se importam com os parques como com as joias: são molduras para sua beleza."

"A que não renunciamos, com alegria, pela pátria?"

O marido se levantou e veio lhe beijar a mão.

"Puxa vida", pensou a mulher, "é tão fácil; só encontrar as frases feitas, correm como água, o cérebro descansa e somos pagas em beijos". "Então", retomou, "conheci o engenheiro na taberna do bosque: gostaria de visitar os trabalhos do paiol de pólvora e lhe disse que poderia vir aqui uma dessas noites. Você poderia, por favor, ligar para ele e convidá-lo para o jantar, depois de amanhã, com os governadores Blamblan e a Dama Catamantalède?".

Enquanto o marido obedecia, a esposa se autoelogiava: "Muito bem, bote a cabeça no lugar, você não deseja outra coisa que não seja explodir a mansão, que as fileiras de serviçais sejam eliminadas com tiros de metralhadora. Agora se prepare para apagar qualquer vestígio de paquera com ele, quando o encontrar novamente. Está de parabéns pelas inspeções na cozinha e nos armários. Amanhã vamos controlar as estufas e as escuderias".

O marido deixou o telefone e disse que o engenheiro Oeneas tinha aceitado.

"Você, então, se ocupa da governadora", disse a esposa, "o engenheiro Oeneas com a Dama Catamantalède, eu com o governador. O que lhe parece, marido? Será um jantar bastante entediante para ser chamado de íntimo? E talvez venham os Lale. No caso, darei atenção ao barão, tinha esquecido de lhe contar, me cortejou".

"Espero que você tenha conseguido se conter dentro dos limites corretos."

"Eu, talvez não. Mas o cozinheiro, sim..."

"O cozinheiro, justamente", resmungou Araceli, entrando de repente todo perturbado sem perceber que havia interrompido. "O cozinheiro, justamente! Foi chamado de volta há um mês e nunca se reapresentou ao distrito; vieram os militares retirá-lo; acabaram de levá-lo embora."

"Vamos ter de dar conta sem cozinheiro", disse a Dona de Casa em voz alta, e para si mesma: "Começo minha guerra com exércitos que se desintegram. Mas vou vencer de toda forma. Tantas mulheres sem exércitos, armadas com nada mais que uma granada, quantas forçaram a retirada por séculos de angústias e levaram as famílias à vitória. Não vou conseguir com vontade de sacrifício? Mas chega de raciocínios, ou adeus, fé, adeus, ideal, adeus, coragem. Do contrário, ou avançamos sobre o inimigo, ou fugimos. O que é pior do que ser torturado". Então, levantando-se e assumindo uma pose imperiosa, estendendo um braço e a mão como se estivesse sustentando uma espada, dobrando o outro braço para que se visse uma balança pendurada nele, deu um chute no peplo imaginário e esticou o pé para a frente num passo inelutável, vestida de Deusa da Justiça, então falou: "Como vieram os guardas, que sejam entregues a eles o *sous-chef*, o confeiteiro e o primeiro ajudante, pois hoje constatei seus furtos, que são imensos. De agora em diante, eu mesma vou me ocupar da cozinha".

"Me permito avisar a senhora", disse o mordomo, "que se deixar roubar faz parte da sabedoria da patroa de casa".

"Deixar-se roubar na medida certa. Mas aqui passamos todas as medidas, justas ou injustas. Essa é uma hipérbole, péssimo exemplo, incitação a delinquir, se eu, agora que sei, os deixo impunes. Que sejam entregues à justiça." Disse e se sentou de novo, acomodando melhor a saia curta ao redor dos joelhos para não perder toda a autoridade de que sentiu se revestir até aquele momento. Araceli, no meio-tempo, desapareceu, e logo depois ouviram se aproximar e então apagar-se à distância os lamentos dos prisioneiros e o arrastar das correntes.

"Belo, belíssimo", alegrava-se a Dona de Casa. "Como gosto desta parte: a pessoa acredita ser alguém, distribui prêmios e penas, está imersa na baixeza e acredita que a domina. Recebe e faz mal, está sempre em estado de defesa no meio do seu povo, e seu povo sempre num estado de emboscada diante dela. Mas o que mais há?", perguntou ao mesmo tempo que ouvia passos rápidos no corredor.

"A mulher que faz os remendos, a bordadeira, a que costura blusas e a tricoteira, respectivamente amiga do cozinheiro, namorada do confeiteiro, prima do *sous-chef* e esposa do primeiro ajudante, vão embora por se sentirem ofendidas com o tratamento dado a seus homens."

"Tomei nota", disse a Dona de Casa. "E você, Araceli, tome nota que, a partir de amanhã, vou remendar, bordar, tricotar e cerzir as meias."

"Minha esposa", arriscou o marido, depois que o mordomo se retirou, "você não acha que está supervalorizando suas forças? Eu a admiro e sei que um coração de mulher pode fazer milagres, mas aqui, além do coração, são necessárias mãos e prática. Você terá o suficiente?".

"A casa, como a pátria, deve ser defendida contra qualquer lógica e possibilidade."

"Benza Deus", disse o marido beijando-a novamente, "oh, salvadora do princípio moral, maná benéfico, propagadora de generosidade e consolação."

O maná benéfico se livrou dos beijos e respondeu:

"Não me faça perder tempo. Aqui estão os contadores que me trazem as contas do ano. Agora, antes de me deitar, preciso repassá-las."

"Você não pode fazer isso amanhã? Já é tarde. É a nossa hora."

"Agora", acabou com ele a mulher com olhos arregalados, "você, zangão, vá dormir. O trabalho de vocês, homens, lhes permite o sono. O nosso, não, que é vigilância minuto por minuto de tudo que lhes pertence. Terminado o trabalho, o operário pode ir para a taberna e descansar na porta de casa, mas não sua mulher, que precisa fazer o jantar, cuidar dos filhos, lavar, costurar. O burguês, quando volta do escritório, pode colocar suas pantufas e ouvir o rádio, mas não sua mulher, que precisa ajudar os filhos a estudar, tirar as manchas e passar a roupa formal que o marido irá vestir no dia seguinte para receber o diretor. O artista pode até pousar os pincéis, a caneta, o alaúde e desejar da sua companheira palavras sublimes e comportamentos inimitáveis. Mas sua companheira, até aquele momento, ficou posando para ele ou copiando..."

O marido, devagar, saiu de cena.

"O resto, amanhã", disse a Dona de Casa imergindo-se nas contas.

"A propósito de zangão...", começava a lhe dizer o marido no dia seguinte, voltando do seu quarto, mas a viu com o rosto cinza de cansaço e ainda imersa nas pilhas de números e sentiu pena. "Falarei com ela no almoço."

No almoço, a Dona de Casa chegou atrasada, secando as mãos que cheiravam a molho no avental branco que a envolvia.

"Que roupa estranha", observou o marido.

E ela, de súbito, com uma voz muito aguda: "Por favor, não dê risada do meu uniforme de guerra. Volto agora da cozinha onde tive muito corpo a corpo com as panelas. Vamos ver agora no que deu".

Com um gesto de Araceli, rufaram os tambores e foi levada à mesa uma travessa de ravióli.

"Excelentes", disse o marido.

"Um pouco de noz-moscada", disse a Dona de Casa.

"A propósito de zangão..."

"Não quer colocar um pouco de queijo?"

Colocou o queijo.

"Minha querida, você pode me dizer por que ontem à noite..."

"Não vai repetir o ravióli? Não gostou?"

O marido repetiu o ravióli; repetiu tudo duas vezes, ainda que não estivesse com fome, para mostrar-lhe gratidão por seus esforços. E, durante todo o almoço, teve de ouvir o preço daquilo que estava comendo, saber o quanto tinham economizado cozinhando ela mesma e que é realmente verdade que quem faz por um faz por três. Tanto que, no final, pela primeira vez desde que se casou, levantou-se da mesa sem esperar a anuência da mulher e procurou refúgio em seu escritório, onde, porém, foi seguido e lhe foi perguntado: "Até a água não parecia melhor hoje?".

Então ele respondeu: "E se hoje à noite, para que você não se canse demais, nós comêssemos fora?".

"Ah, não!", gritou a Dona de Casa. "Não! Agora que encontrei meu caminho, o caminho certo de cada mulher, você quer me arrancar isso? Não, não, não vai conseguir!"

(Veja como as coisas dos homens são coerentes. Escolhe-se um papel e dele nasce imediatamente a linguagem: usa-se uma linguagem e provoca em si mesmo o indivíduo a quem essa linguagem pertence.)

A Dona de Casa não quis ouvir motivo para se dar um descanso, nem naquele dia, nem no dia seguinte, que era o dia do jantar. Desde manhã cedinho, estava estudando um livro seu de comidas abstrusas; decorou as receitas e não parou de repeti-las nos lábios nem mesmo enquanto, com o jardineiro Leonardo, dispunha as flores e as plantas pela casa. Ao entrar na sala e ver as numerosas azaleias, primeira etapa da sua viagem de perdição, sentiu um mal-estar, por isso deu ordens de que tudo fosse transportado para o parque mais escondido. Com tesouras douradas, caminhava pelo jardim cortando flores, escolhendo de novo com discernimento. Não flores exóticas, não flores com um cheiro extenuante, proibidas as flores coloridas de vermelho ou violeta como símbolos da paixão, ela preparou, ao contrário, no estilo dos buquês das igrejas, rosas pálidas, hortênsias inexpressivas e lírios, quase como se a casa representasse um altar sobre o qual estava prestes a se entregar em holocausto.

Chegou a tarde, e a Dona de Casa sempre ponderando: *"4 gemas, 500 g de língua de papagaio, 50 g de mel de Imetto"*, foi até o quarto de vestir e escolheu a toalha de mesa para a noite. Uma toalha prateada clara que, ao ser disposta sobre a mesa, dispersava raios lunares. A Dona de Casa deslizou as mãos pela superfície para acertá-la, duas, três vezes, num ato de bênção. Quis, então, colocar a mesa, dispor num círculo os candelabros, a guirlanda de flores, os pratos, os copos. Ao arrumá-los, parecia acariciá-los; parecia amolecer o pão quando o pegou entre os dedos leves e traçou alguns sinais mágicos ao redor do lugar de cada convidado, enquanto acomodava os talheres e os guardanapos. Forçava-se com devoção para fazer com que os objetos inertes se tornassem amigáveis aos convidados. Por isso, pediu que as luzes mais resplandecentes da sala fossem atenuadas, recorreu a raios mais quentes, misturando-os com chamas livres; por isso, estudou que o perfume das flores fosse também suave e que a noite por trás das janelas fosse animada pelo canto do rouxinol. E há de se admitir também que, naquela noite, a pequena mesa redonda foi envolvida por uma brisa difusa que pairava, imóvel, na imensidão distraída e livre do cômodo.

A única mancha era o fato de que, em seguida, se sentariam seis homens pesados em vez de seis garotinhos tépidos. Mas isso, mesmo que o desejasse, a Dona de Casa não podia pedir. Ao contrário, pediu: "Especialmente, Araceli, que haja algum pequeno esquecimento que me faça ruborizar. Agrada aos hóspedes terem de ser indulgentes com a dona da casa".

Mas a tarde avançava, fazia-se tarde: vamos nos dirigir à cozinha.

A cozinha estava muita limpa e era ampla. A Dona de Casa teve de relembrar rapidamente a topografia: à direita o fogão e no canto o forno, em frente a pia, de lado o tanque das trutas, à esquerda a frigideira e o armário dos aromas e tantas máquinas cujo usos a mulher desconhecia: moendas? Amassadeiras? Batedeiras? Mas sempre adiante! E, com passo cadenciado, encaminhava-se em direção a uma das mesinhas ao redor da qual estavam reunidos criados e criadas.

"Mel, ovos, farinha, rápido", disse a Dona de Casa que percebeu, de repente, com terror, ter esquecido todas as receitas; "*4 línguas de papagaio, 500 g de ovos*. Não, o contrário. Não façam barulho. Quem está me confundindo? Você, me passe a farinha; você, pese; você, lave, limpe, corte, triture. Para você, a verdura, para você, a carne, os doces para você...". Constatou que o grupo de criados não entendia nada; não tinham coragem de dizê-lo, então ficavam de boca aberta e mãos pendentes a observá-la. A Dona de Casa teve de recomeçar e demorou, teve de retomar as receitas que continuavam a lhe fugir, teve ela mesma de se mover para que os outros se movessem e fosse quebrado o encanto que mantinha parados os criados e sua mente. Ela mesma teve de sovar a farinha e sentir o aroma dos vapores densos que saíam do forno, controlar o equilíbrio das panelas no fogo para que ficassem bem distribuídas, surpreender uma fileira de estalos fora de tom, a ebulição do leite, o balbucio rápido do creme, os estouros das espigas de milho. Para todas as coisas, tinha de esperar e tentar fazê-las com exatidão; misturava, cruzava, pedia, dirigia sem pausa, com uma atenção detida no meio da testa, semelhante ao maestro que emaranha, e solta, e carrega consigo a orquestra. E conheceu o suor da testa.

Tocaram as sete e meia: dali a uma hora chegariam os convidados. A empregada veio pela terceira vez avisar a senhora que o banho estava pronto, os criados prometeram controlar a finalização do cozimento dos alimentos, as criadas juraram que sabiam aprontar as travessas, então a cozinheira, voltando a ser dama, se dirigiu a seus aposentos para trocar de roupa.

Aqui nasceu outra dificuldade.

"Essas roupas já não são adequadas para mim", disse a Dona de Casa, observando-as. "Agora estamos em guerra e quero me adequar ao clima. O que é?" Indicava um tecido escuro que estava pendurado num gancho.

"É o saco protetor do manto de plumas que separei, senhora, caso queira sair para o parque, após o jantar."

"Me dê."

A empregada a entregou. A Dona de Casa mediu o comprimento. A empregada esperava sem entender. A Dona de Casa concluiu: "Vou me vestir com esse saco. Porque, de hoje em diante, sou penitente e o saco combina comigo".

"Mas senhora etc."

A senhora não quis ser dissuadida, mandou buscar agulha, linha e tesoura, pediu para fazer um buraco no fundo do saco, dois nas laterais, os arredondou segundo a medida correta e, assim que a empregada fez rapidamente a barra, vestiu a túnica. Não era realmente bonita, e a empregada cobriu os olhos balbuciando.

"Não seja boba", disse a senhora, "vou fazer sucesso. Me dê também um pedaço de corda. Encontrou? Isso", e enrolou-a na cintura. Escolheu um par de sandálias modestas e as vestiu nos pés descalços; depois, sem nem olhar para o espelho, puxou os cabelos com a escova molhada sobre a cabeça e foi até a sala onde já estavam à sua espera o marido e o engenheiro Oeneas. Os dois, ao vê-la, ficaram estupefatos e começaram a falar muito, com rapidez e incongruência notáveis, não tocaram em argumentos que ela pudesse intervir. A Dona de Casa viu o incômodo deles diante da sua suposta loucura e se acomodou, tranquila, numa poltrona, à espera do próximo triunfo, como os heróis quando, já dentro de si, conscientes, são ainda obscuros e mortais. De fato, assim que os governadores Blamblan e a Dama Catamantalède fizeram sua entrada, gritaram de admiração e surpresa, e foram as seguintes lapidárias palavras que o Excelentíssimo Blamblan disse à Dona de Casa:

"Fúlgido exemplo de renúncia, símbolo da atualidade indefesa da Nossa Moda, antes por tradição e vontade de um povo em todo o mundo, nós vamos lhe entregar o diploma de benemérita da Nação, vamos apontar o seu saco genial para a aclamação pública."

Muito daquela aclamação lhe foi logo atribuída pelos presentes; o marido verteu algumas lágrimas de consolo, Oeneas se deu conta, aterrorizado, de estar apaixonado pela diplomada, as senhoras convidadas se atormentaram: "Que burrice eu não ter pensado nisso antes!", e assim foram comer.

Aqui começam os sofrimentos da verdadeira Dona de Casa. Contá-las? Não vamos contá-las. Queremos ter pena daquele exército de mulheres transcendente e teimoso que, em tais torturas, se detém e procede; não vamos ainda lhe colocar sob os olhos o quanto, talvez, tenha sofrido até então e já se apronta a suportar novamente.

As comidas tinham saído muito mal, ainda que ela tivesse se empenhado muito. Ela agora, em vão, se desculpava, dizendo que o cozinheiro tinha ido embora, o confeiteiro estava preso, o criado principal, sob processo; a governadora e a Dama Catamantalède estavam muito felizes, infelizes o engenheiro, o governador e o marido. No que diz respeito à Dona de Casa, entre uma desculpa e outra, implorava a ajuda do mordomo, dizendo-lhe com o olhar: "Araceli, não ria de mim se lhe pedi para deixar algum pequeno esquecimento que alegrasse, às minhas custas, as damas presentes. Eu mesma já consegui, com as minhas mãos, entregar o triunfo delas, e só a sua preciosa intervenção pode deter o fluxo maligno deste jantar". Araceli, modestamente, abaixava a testa sob os olhos embargados da patroa, e as mãos até tremiam um pouco, de devoção.

Já que o jantar foi de fato uma grande desfeita da Dona de Casa, na hora do café, a governadora e a Dama Catamantalède renovaram, ainda mais, o sucesso obtido com a nova roupa e lhe prometeram se vestir iguais e fazer com que as próprias funcionárias e amigas também se vestissem assim a partir de amanhã, e que pensavam em propalar, no ato em si, a notícia da sua derrota sem serem tachadas de difamatórias. Então, enquanto acreditavam tê-la debelada e já estavam felizes, não percebiam a rapidez com que a rival queimava as etapas da sua carreira como dona de casa, pensando, de fato, naquele mesmo momento as mesmas coisas e, em vez de não se importar, como teria feito até ontem, ficou tão chateada que quase se esqueceu do diploma do governador.

Oeneas a viu aflita e ficou ainda mais infeliz; ao ir embora, segurou um pouco a mão dela entre as suas e beijou-a quase como se fosse uma relíquia, mas a Dona de Casa havia esquecido completamente os cortejos do passado, ia estudando quais haviam sido os erros daquele péssimo jantar, e seus dedos tinham de novo cheiro de ovos e canela. Oeneas se sentiu inútil no mundo; naquela noite, escreveu para o ministro da Guerra pedindo para ser substituído nos trabalhos no paiol de pólvora e, quando um mês mais tarde partiu, comprou, para lembrar-se "dela", uma daquelas túnicas de saco que ela havia lançado e que, a essa altura, tinham se tornado, por ordens do governador, o uniforme feminino oficial.

Naquele mês, no entanto, a mulher havia organizado sua vida em torno dos cuidados domésticos e sociais: compromissos extravagantes, reprimendas, conversas destrambelhadas, leituras sem descobertas e ideias fixas, ideias fixas, ideias fixas. Ao diminuir os serviçais, com o maior controle que assumiu sobre a casa, a Dona de Casa se viu, muitas vezes, preocupada com a vinda de dez personagens para uma competição de xadrez no dia seguinte, ou de trinta celebridades para um jogo de cabra-cega no parque, ou das crianças do orfanato para o café com leite. No meio disso tudo, chegou-lhe uma carta que anunciava que um dos seus irmãos tinha sido ferido na última batalha, e ela, com boa vontade, começou logo a soluçar e lamentar: "Pobre irmão, querido, meu tão querido irmão", mas, num certo momento, direta como uma pedra atirada por um estilingue, eis que lhe percorria por toda a testa essa dúvida: "Se diz café com leite, mas será que os órfãos não preferem o chocolate?". "Vergonha", gritava então para si mesma, "geme, inoportuna, uiva, insensata, sobre seu irmão sangrando". "E, porém", provocava seu demônio, "porém, com o que presentear o vencedor da competição de xadrez? É compreensível, você terá um ar acabado, o olhar vago e o semblante descolorido e, suspirando, dirá: 'Meu pobre irmão foi ferido', deverá, contudo, estar bem-disposta para o jantar para celebrar a conclusão do jogo de cabra-cega e a possibilidade de elegerem seu marido governador".

Às vezes, a Dona de Casa, num sobressalto desesperado, dava voltas pelos cômodos imensos e, batendo a cabeça nas paredes bem limpas, gritava: "Para quem? Com qual finalidade?". E lhe parecia ouvir correr ao redor da casa e bater de vez em quando nos muros o zumbido da humanidade.

Com esses pedidos, que nós louvamos muitíssimo, mesmo achando que são degradantes, a alma da Dona de Casa tinha se tornado ansiosa por atividades de mulher: desde conduzir a própria casa e instruir festas beneficentes, proclamar uma cruzada pela destruição dos percevejos nas prisões locais e socorrer as parturientes, até condenar as mulheres vaidosas por desmoronarem se o chapéu novo não estiver pronto em tempo para a abertura da temporada do teatro. O diploma de cidadã benemérita concedia-lhe posição de privilégio, e ela, de boa vontade, aceitou, honrada, também os ônus, como se diz. Além disso, todas as senhoras da cidade reconheciam nela a mais rica e, portanto, sem dúvida, a melhor, procurando-a para ajuda, conselhos e patrocínios. E a Dona de Casa dava ajuda, conselhos e patrocínios, mas, como todas as generosas, foi atropelada pelo próprio zelo. Uma temerosa responsabilidade caiu sobre seus ombros, e foi nomeada Exemplo Nacional. Ela então supervisiona, presencia, julga, ordena, estabelece, sugere, aplaude, xinga, anota pedidos do sumo Deus e os redistribui entre as suas mortais agregadas; ela sorri, ela chora, ela machuca seu peito e joga cinzas sobre si, e todas as suas seguidoras com ela se machucam, se jogam cinzas, choram ou sorriem. Aquela que não o faz é considerada desprezível e é abandonada pelos compatriotas, quando não até expulsa da província.

Logo surgiu uma verdadeira seita, e todas as adeptas se vestiam com um pedacinho de corda e tinham em casa um retrato da Dona de Casa. Ela, é preciso reconhecer, aguentou esse cargo potente pagando com a própria pele, com um grande arrependimento esmagado no meio do coração que, a cada dia, se tornava mais pesado.

Não vamos esquecer que a bordadeira, a que remendava as roupas, a tricoteira e a que cerzia as meias tinham se demitido, ofendidas pelo fato de que seus homens foram presos, e que a Dona de Casa assumira a tarefa delas. Pode uma gentil dama não honrar a palavra dada? Mostrar aos serviçais um exemplo de preguiça? Mostrar-se em descanso enquanto pede o esforço deles? Ela passa o horário da alvorada, portanto, a arrumar os cestos de coisas; à noite, borda com leveza perto da janela, dando uma chance para que o marido a exalte; e os sessenta minutos, que antes eram para os colóquios conjugais, ela passa a escolher, entre um número estelar de boas intenções, qual delas levará consigo para a cama para amadurecer durante a noite e no dia seguinte, florescida, oferecê-la na ordem do dia às suas concidadãs com as quais passava as tardes. Para administrar com mais rapidez e proveito suas concidadãs, a Dona de Casa tomou as seguintes notas:

MULHERES GORDAS E RIGOROSAS COM PINTAS PELUDAS — Estapeiam no devido tempo seus filhos, os alimentam com exatidão e choram com todo coração quando eles estão doentes. Falam com os empregados olhando-os direto na raiz do osso nasal e sempre são obedecidas, até o dia em que a funcionária sai para comprar cigarros para o senhor e, do lado de fora, telefona para que lhe entreguem na portaria sua mala, que já tinha deixado pronta em seu quarto, porque encontrou outro trabalho. *Usá-las nos casos em que se necessite de energia e o rigor seja uma virtude.*

MULHERES DE ARTISTAS QUE NÃO GANHAM DINHEIRO — Magras, cabelos pretos, pele escura, anéis que imitam o Renascimento. Com frequência, são feias, parecem conservadas e, por trás dos olhos, carregam uma desconfiança de máximas eternas: em companhia, se penduram no braço do próprio homem e, tão logo conseguem, dizem que elas não falam nunca das pequenas contingências e misérias da vida cotidiana com o homem amado para não atrapalhá-lo na ascensão ao sublime, aliás, quando ele volta para casa ou sai do ateliê, elas são encontradas com Platão nas mãos e a serenidade afetuosa no sumo do peito. Essas mulheres se dividem em duas categorias: as que se maquiam com desespero e fingem ser (ou o são, mas não importa) cheias de vícios e as que contam vantagem por se deixar abatidas com os cabelos longos e as unhas aparadas, à espera de se sacrificar. É raro terem filhos. Quando têm uma empregada, não sabem nem criar intimidade, nem mal-estar. *Usá-las em casos escabrosos, com reviravoltas, mas nos quais não seja necessário dar nada de si, nem moralmente.* As horas de todo o planeta, para elas, não são mais do que as horas em que o companheiro dorme, se inspira, trabalha, se ausenta, descansa.

BURGUESAS RICAS — Dizem "o garçom", "o pessoal", "o doméstico", insistindo muito no gênero masculino dos seus escravos, porque pensam que o gênero masculino confere brilho ao lar. Gastam os dias com "ótimas relações", com "gente bem nascida" etc. Parecem protegidas pelo destino, mas talvez sejam simplesmente esquecidas por Deus. É preciso tentar ser *gentil com elas e chamá-las para contornar algum grande martírio*, visto que Deus as despreza tanto a ponto de não lhes mandar grandes dores, desastres definitivos.

ARISTOCRATAS — Representam, no que diz respeito aos serviçais, um fenômeno à parte. Um servidor que pode responder ao telefone, por exemplo: *"A senhora marquesa está descansando"*, sente-se muito mais adiantado na conquista do mundo do que aquele que pode responder somente: *"A senhora está descansando"*. Pronunciar todos os dias, sem serem tachados de megalomaníacos, as palavras conde, princesa, Alteza e afins, é um patrimônio espiritual, um título deles. O brasão os protege, a rigidez dos movimentos que os obriga à etiqueta os convence da elegância do sentimento. Sabem como ronca um duque, como se limpa uma patrícia. Vivem aquilo que seus semelhantes assistem no cinema. *Usar suas patroas para dar um nome a uma presidência ou vice-presidência.*

As anotações continuam, mas paramos por aqui, basta dar uma ideia. A que nos serve para afirmar que a Dona de Casa, ainda que mantivesse alguma inteligência, havia, contudo, entrado no perigoso caminho do amor à própria angústia, cristalizando o mundo ao redor dos serviçais. De forma semelhante, o homem, colocado sob tortura, enlouquece tomando para o centro de sua loucura o instrumento com que foi martirizado: água, fogo ou ferro.

Na Dona de Casa, a cristalização ocorria com um movimento sutil que lhe dava a aparência de uma parvoíce providencial, peculiar a quase todas as mulheres e tão celebrada pelos homens, mas da qual, até então, a Dona de Casa não havia usufruído. Por isso, ninguém perto dela se espantava, mas se intrigava, aliás, todos a admiravam ainda mais e a viam mais luminosa, como se tivesse dado um passo adiante na ribalta. Finalmente, descobriam nela a *foemina* do *Homo sapiens*, reproduzida em tamanho natural, para que cada um, sem precisar de uma lente, pudesse estudá-la em todos seus segredos. Só o seu ventre, comparado com o de outras mulheres, permanecia oco e gelado, quase como se não se esperasse que lá se expressasse a vida. Talvez porque, no dia a dia da Dona de Casa, tão perfeitamente distribuído, não haveria lugar para conceber ou parir? As organizações perfeitas, de fato, não permitem nenhum tipo de imprevisto. Portanto, não se vê fluir pelas vastas artérias dos orfanatos, das escolas, das casernas, das prisões, dos ministérios e semelhantes, esses sentimentos de inocência, de amor, de entusiasmo, que poderiam levar a eventos incontornáveis. Agora a Dona de Casa, mais bem organizada do que aqueles institutos, na imensa empresa que havia feito de si mesma, conseguiu até disciplinar os próprios sonhos, uma coisa até então desconhecida; esses sonhos que, quando era moça, tinham, como se sabe, uma característica nada adequada à vida de uma garota, mas eram bizarros e abstratos, anônimos, sem referência alguma ao lugar de origem, persuadindo assim aquela jovem mente ao erro antigo de crer que toda a terra era uma única pátria. A essa altura, porém, a Dona de Casa, assim que chegava ao quarto, sem perder tempo com divagações arbitrárias ou livros nefastos, cansada da jornada laboriosa, fechava os olhos flutuando com cautela de uma imagem cotidiana a outra, se conduzia ao sono e chegava aos sonhos consentidos; sonhos que a fariam feliz, fortalecendo-a, nos quais ela teria encontrado honestamente o próprio deleite. Mas, se às vezes lhe ocorria vagar por sonhos fúteis, voltava sempre ao momento de acordar, se levantava e passava os dedos macios nas paredes para ter certeza de que as sombras noturnas não as mancharam, deixava entrar o ar renovado e, empurrando levemente com as mãos, espantava o ar que tinha de ser retirado, pois já havia cumprido seu papel. Mudando o ar, ela mesma sentia-se renovada; estudava e explorava a pele do rosto, lavava cada dobra, tirava a sujeira dos poros; lavava e alisava o queixo e as bochechas, molhava os olhos e as orelhas com água da chuva para limpá-las dos devaneios noturnos.

Contudo, ainda uma vez, caiu no jogo maldoso de um sonho, já aprovado por ela e tido como adequado aos seus entendimentos; daquele momento em diante, ficou cada vez mais inibida para sonhar, uma proibição que ela manteve até a morte.

O sonho era este: a Dona de Casa estava com sua camisa perfumada, em meio a seus lençóis frescos, repousando não na cama, mas num espaço invisível que se alargava cada vez mais a seu redor e, lentamente, tornava-se cada vez mais alto, mais profundo e cheio de consternação. Era um ar que devorava aquilo que, para nós, já é ar; as abóbadas do céu no universo, fora do nosso planeta. A Dona de Casa, no centro do espaço, sentiu em algum momento que aquele movimento ia escavando também o tempo; chegavam até seu corpo deitado uma vibração e um chiado, como o crepitar da chama que corre no chão e queima tudo o que encontra: horas, estações, ciclos estelares, céus cristalinos e estáticos. E a Dona de Casa soube que era o vazio infinito e eterno. Sentiu medo daquele pensamento e abriu os braços em busca de sustentação. Imediatamente, dos remotos lábios do vazio, começou a sugar o nada, escorregaram até ela fios de baba que, cruzando sobre todos os sentidos, a amarravam com firmeza no tempo e nos espaços, como é o desejo dos homens vivos. Os fios lhe passavam na frente e atrás, atrás e na frente dos olhos, cada vez mais tensos, cada vez mais rápidos; e, a cada volta, a erguiam e a reconduziam às bordas predatórias do vazio. Com dificuldade, levantavam-se, caíam, se amassavam tentando se partir, os fios vibravam e se tornavam finíssimos, mas conseguiam se estender nas beiradas em direção à Dona de Casa; dando voltas e voltas, movendo-se cada vez mais rápido, eram obrigados a se apertar num círculo acima e abaixo, tornando cada vez mais denso, por algum tempo, o vazio ao centro. À mulher, parecia estar numa bola que ia diminuindo rapidamente, e ela sentia medo de ficar presa ali; os fios que passavam diante dos seus olhos lhe pareciam sempre mais distantes e altos, claro, agora fechavam o vazio sobre sua cabeça e a deixavam embaixo batendo inutilmente nas paredes encurvadas para que lhe abrissem o caminho do mundo. Ao contrário, de repente, ela se deu conta de que o próprio vazio a excluía de si: tomando-a pelas costas, obrigava-a a se levantar, escorregando aos lados, ele a abandonava e se colocava diante dela, bem limitado com suas fronteiras cada vez mais redondas e densas por trás dos fios que não paravam de se cruzar acima e de se apertar cada vez mais. A Dona de Casa, agora, via claramente o pobre vazio exíguo no ar cinza-rosado da noite humana com aquelas cordas que não paravam de atá-la. Ela sentiu pena e o pegou pela mão: estava feliz por poder conter no olhar todo o vazio de Deus, o fez pular na palma da sua mão, o deixou se virar, olhou para ele e levantou devagar o braço direito, viu que um daqueles fios estava enredado entre os dedos, atou-o à esfera que segurava na mão. Então abaixou o braço e pousou o fio sobre aquele vazio, depois o levantou, o abaixou, e o fio continuou a correr ainda que ficasse cada vez mais curto e o vazio continuasse a diminuir, e sua cor se apagasse, até que tudo desapareceu naquela cor. A mulher, num só golpe de dentes, cortou o fio da meia remendada e, apontando a agulha ao peito, olhou a bola de madeira escura que havia caído sobre seu colo.

Então a Dona de Casa acordou e pensou mal de Deus por ter criado o universo infinito e por ter implantado essa ideia na cabeça dos homens. A Dona de Casa dizia ao Ente Supremo: "Por que você me manda um anúncio seu para me perturbar? Que maldade é essa? Assim, eu sempre volto atrás, preciso recomeçar. Quero fazer meu trabalho de mulher, mas, para fazê-lo, preciso esquecer sua presença que, quando se faz evidente, absorve tudo, você sabe disso; e agora tenho vontade de ficar sozinha contigo e de me esquecer dos homens, enquanto jurei a eles minha colaboração; até me deter contigo parece uma traição, e não é mais uma alegria sentir você respirar, já que aqueles fios me atam e me puxam de volta ao chão. Como posso abandonar aqueles para os quais prometi fazer o bem? Para fazer o bem (claro, em todas as épocas que você observa o homem já deve ter percebido), para fazer o bem, o homem precisa se jogar por inteiro numa coisa, não sabe levar duas coisas a cabo. Maldito sonho que me desobedeceu; você tinha de me mostrar que, mesmo ao remendar uma meia, é possível encontrar um universo, não me deixe entender que deixei o universo remendar a meia. Afastem-se de mim, então, sonhos malignos. Vou ficar sozinha, sem seu auxílio, sem vaticínios, sem esperanças. Mas o que será de mim, Deus inerte e cego?".

Eis de novo a dúvida, eis de novo, parece, o ponto inicial. Mas não é assim. Infelizmente, todas as vezes que paramos para olhar para trás, paramos sempre por menos tempo e olhamos sempre mais de relance, até chegar ao ponto do qual se segue reto adiante, que é a atitude mais arrogante e errada da alma humana.

A Dona de Casa, contudo, parou por um bom tempo para olhar para trás e, quando parou, pressentiu que talvez seria a última vez. Alguém mais forte que ela (aquele mesmo Deus que ela havia chamado de inerte e cego), esse mesmo a carregava adiante não obstante sua vontade, e, mesmo que a mulher tivesse ficado ainda com o rosto voltado para trás, olhando seu primeiro dia ficar cada vez mais distante, num certo momento teria se dado conta de que, lá longe, já não havia mais nada a não ser o que ela mesma havia imaginado, mas seu corpo, no entanto, seria levado para o mar comum no porto preestabelecido. E de modo algum permaneceria viva.

Sua forma de olhar para trás, naquele momento, foi tomar a Bíblia e abri-la ao acaso. Lembrava-se de que, no princípio do mundo, os homens falavam diretamente com Jeová e recebiam resposta. Ela falou, mas nenhuma voz vinda do alto ressoou dentro de si. Agora, esperava encontrar uma resposta no livro sagrado: leu o versículo sobre o qual estava apoiado seu dedo. O versículo dizia: *"Contudo, quando avaliei tudo o que as minhas mãos haviam feito e o trabalho que eu tanto me esforçara para realizar, percebi que tudo foi inútil, foi correr atrás do vento; não há nenhum proveito no que se faz debaixo do sol".* Ela ainda quis ter esperança. Continuou lendo, por muitas horas, até o alvorecer; voltava atrás, meditava, continuou lendo enquanto surgia a aurora; clareou o dia, o dia amadureceu e chegou a hora do sol mais alto, que era quase no meio-dia, quando o marido entrou, medroso, no quarto, para ver se a mulher, que havia se tornado tão madrugadora, estava se sentindo mal. A casa inteira, por trás da porta entreaberta, esperava consternada e amedrontada; tudo estava suspenso, e o equilíbrio doméstico vacilava pela falta da patroa.

De repente, o marido a viu de novo como havia muitos meses já não a via: bela, porém estranha, dolorida e impávida, calma e obstinada. A cabeça abandonada entre os travesseiros tinha um brilho pálido, e os olhos foscos perscrutavam ao longe. Ao olhá-la, sabe-se lá o porquê, o marido se lembrou da última frase daquela mulher, esta mulher que agora ele via diante de si, misturando-se com a nova, se transformando de lagarta em borboleta, de libélula livre a abelha próvida e zelosa da sua colmeia. Ou foi essa comparação zoológica que o fez resgatar a frase? De todo modo, ele não conseguiu se segurar e, sem nenhum motivo aparente, lhe perguntou: "A propósito de zangão, isso foi para me repreender por não ter filhos?".

"Vamos conversar a respeito", respondeu a Dona de Casa enquanto se esculpia entre seus olhos uma ruga vertical. "Querido marido, há muito tempo quero lhe perguntar: foi Deus ou você que me destinou a ficar estéril?".

"Como posso lhe responder, minha menina?" (Às vezes, o marido assumia um tom tão terno e modesto, enchia a Dona de Casa de devoção. Revia nele o tio bom e travesso, o tio um pouco pai, que, claro, havia sido seu primeiro amor quando criança. Por que os homens não podem ser sempre ternos e modestos?) O marido respondeu: "Talvez Deus pessoalmente lhe tenha negado filhos, talvez Deus através de mim. Neste caso, não entristeça. Lembre-se de que sou velho", fez uma pausa, "você ficará muito rica e ainda jovem...".

"Oh, oh, oh", interrompeu a mulher, batendo as mãos com despeito, "não me faça ter dito ou pensado isso, querido homem, por favor. Eu estava falando do meu coração, da minha alma, que, se durante a infância e a adolescência esperaram, convocaram e proclamaram a maternidade, assim que me tornei mulher, a jogaram longe de mim como o mais grave dos abusos; pensar a respeito era uma irritação, quase como se tivessem me dito que aquele coração, aquele cérebro, aquele corpo, seriam despedaçados em pequenos pedaços e distribuídos para criaturas desconhecidas, os futuros filhos. O castigo do pecado não é a dor do parto; o castigo é essa cisão do indivíduo, essa comunhão forçada, esquecer-se de si e encontrar um propósito fora da própria razão, mas na de outro ser, e não de todos os seres igualmente. Se todos, todos pudessem ser meus filhos, como me sentiria mãe por isso. Ou, se assim não está bom, então nenhum. Até o amor, se você o compartilha com a pessoa amada, é divisão".

"Satanás", disse o marido, "se eu fosse um sacerdote a chamaria de Satanás pelo orgulho e pelo desespero, minha mulher. Mas não se sinta tão desesperada; uma criança ainda pode vir e lhe mostrar que a vida é mais simples, a maternidade, mais natural".

"Meu homem", disse a mulher com muita doçura, colocando as mãos sobre seus ombros, "e o desespero não é natural? O orgulho não é simples? É verdade que sou desesperada e orgulhosa? Mas você não pode admitir, pelo menos você que me conhece, que, vendo como a vida segue para a humanidade, como se fosse um improviso, com conciliações, luta, opróbrios, que eu me recuse a participar desse castigo? Que eu saiba já ter pagado, com minha infância funesta, uma parte do meu castigo, se é que há um castigo para cada ser humano; e que exista outra forma que não seja a dispersão do que eu vinha conquistando dentro do meu livre pensamento sobre Deus?".

"Orgulho, orgulho extremo e anarquia espiritual e social, e até, oh mulher, ateísmo."

"Ainda assim, sei de tantos homens e mulheres que, em nome de Deus, se recusam a gerar e são proclamados beatos, santos e admiráveis exemplos de renúncia aos prazeres dos sentidos. Ou você também os chama de Satanasas e Satanasos?"

"Vê o que podem fazer os livros mal compreendidos?", tremeu o marido e, tomando para si o volume que a mulher havia apoiado sobre o peito, fez um gesto de jogá-lo para longe; mas, ao ver o título, fechou-o de repente, apoiou-o sobre a mesinha e, com um semblante cada vez mais fechado, concluiu: "Vamos deixar isso de lado. Quando se quer saber algo de você, sou sempre julgado; e você acaba não respondendo ao que lhe foi perguntado. Mas agora quero logo que você me diga se completou todos os seus deveres de guerra".

"Antes, vejamos se eu sei quais são", disse com graça a esposa. "De tanto olhar o que fazem as outras mulheres, espero ter aprendido as regras da vida civil. Mas o que você quer dizer com deveres de guerra? Preparar os pacotes para os soldados? (O marido disse que sim.) Fazer roupas de lã para as famílias dos reconvocados? (O marido disse que sim novamente.) Visitar os hospitais? (Sim pela terceira vez.) Ser enfermeira? (Sim, sim.) Dar bailes, chás, festas de beneficência? (Certíssima.) Reunir as senhoras amigas para falar sobre os nossos reconhecimentos (não, não), fazendo balaclavas para os soldados? (Ah, então sim, claro.) Escrever cartas heroico-sentimentais para algum tenente sem importância e sem mulher, namorada ou amiga? Sei tudo, então, querido marido inocente que não confia em mim e que não sabe o que acontece sob os seus olhos. Mas, se quiser me seguir, vai ver muito mais do que imagina."

Levantou e vestiu um robe, depois pegou-o pela mão e saiu com ele do quarto; atravessou seus aposentos, entrou nos aposentos do marido, deixaram para trás salas e galerias, desceram as escadas, subiram outras, seguiram para a área de serviço e se viram numa velha antecâmara que servia como quarto de despejo. Nascia por trás daquelas paredes um zumbido denso com cadência metálica, estouros de vozes e risadas, cantos abafados. O marido olhou para a mulher. A mulher havia assumido novamente o aspecto dos últimos tempos, mais alta, com o peito para a frente, com os encantos revividos e traços firmes, como se estivesse certa de carregar em seu corpo tudo o que ocorria em sua vida e na vida dos outros. Sem soltar da mão do marido, com a ponta dos pés, empurrou para abrir a porta de onde saía a mistura de sons, e ficou de lado para que o homem visse, livremente, o que estava diante dele.

Era uma sequência de quartos cheios de mulheres e jovenzinhas da propriedade, senhoritas burguesas, proprietárias das mansões próximas. Estavam em grupos ou sozinhas, umas diante de um tear, algumas sentadas diante de uma máquina de costura; outras ao redor de um tear, com um só empurrão produziam um novelo com muita lã; havia quem cortasse tecidos e quem passasse roupa entre vapores ácidos e ruídos. Cada grupo era supervisionado por uma dama importante da cidade que levantava a voz para dar ordens e conselhos em meio ao sussurro dos carretéis, o zunir das roldanas e a batida dos pedais. Nesse mesmo momento, deu meio-dia, e todas as máquinas, como se por encanto, pararam, as trabalhadoras saíram de cena, as damas supervisoras lentamente se moveram numa fila digna e foram até a Dona de Casa, que agora mostrava a cabeça por trás dos ombros do marido. Não pareciam perceber a presença dele, começaram a contar-lhe sobre o trabalho daquela manhã. A Dona de Casa agradeceu e foi adiante, ainda segurando o marido pela mão.

Deram uma volta ao redor da casa, de arcada em arcada, viram-se numa fileira de cômodos paralelos ao abandonado. Viam-se no chão latas de tinta branca e pincéis de teto, telas e luzes, pequenas camas desmontadas apoiadas às paredes.

"Mulher, o que é isso?"

"O que é isso, marido? Não consegue adivinhar? Um dormitório para os filhos dos combatentes. Assim que estiver pronto, as crianças ficarão conosco, e suas mães poderão fazer o trabalho dos homens que estão distantes."

O marido apertou-a para perto dele e começou a beijar-lhe a risca dos cabelos no meio da cabeça, ainda que não fosse a hora de expansões conjugais.

"Por que não me contar, mulher amada? Por que fazer tudo sozinha com sua força débil? Como você conseguiu providenciar tudo?"

"Porque você está atrás de mim, homem. Para poder fazer isso, vendi a colina ao lado do mar, com que você me presenteara."

"A colina de Apud? A colina que você amava mais do que qualquer outro vilarejo sobre a crosta terrestre?"

"A crosta terrestre não é tão vasta para que não haja tanto espaço. Eu a vendi por pouco ao Arconte que quer enriquecer com essas oportunidades. Diz a todos que cada Arconte não atravessa mais do que uma guerra enquanto está no cargo e que precisa se aproveitar disso rapidamente, caso contrário é considerado um inepto." Riu em voz baixa, para si. "Acho que vamos ficar pobres se fizermos realmente nosso dever. Você quer?"

O marido se afastou dela: "Mas que perguntas você faz do nada? Como quer que eu lhe responda? Claro que devemos fazer nosso dever, mas o próprio dever consiste também em providenciar que nossa família não sofra nenhum desconforto e não fique sem um respiro".

"Para mim", a Dona de Casa deu mais uma risadinha, "um baú e um pedaço de pão duro qualquer bastam".

"Besteiras. A essa altura, por sorte, esse tempo acabou. Você agora é uma pessoa com visibilidade, uma pessoa que, mais do que qualquer outra, se prodigaliza pela pátria e quem, mais do que qualquer outra, deve ser louvada. Vou convidar o presidente da República para que veja o quanto você fez."

"Mas não", ela se afastou, "hoje de manhã, vi, naquele livro que eu estava lendo, estas palavras: *'Assim ainda, vocês, quando tiverem feito todas as coisas que lhes serão comandadas, dirão: somos servos inúteis, conscientes de que fizemos aquilo que éramos obrigados a fazer'*".

"Não é justo. Não é nada normal que as pessoas façam o próprio dever, e, quando ocorre, é importante que sejam elogiadas. Você é muito rígida, minha cara. Não entendo bem essas coisas, mas acho que, naquele mesmo livro, aquela mesma pessoa tenha pregado a remissão e a tolerância."

"Não, eu diria que não. Não são esses fatos materiais que são difíceis de cumprir quando somos tão ricos, mas a vida da alma, que se torna uma fuga contínua; o terror, a cada passo, de ter perdido a joia mais rara que lhe foi dada para carregar no peito desde o dia que nasceu."

"Mas por que você ama tanto a alma?", perguntou o marido após uma pausa.

"Porque é a única certeza que temos em nós."

"Certeza? E o corpo?"

"O corpo nos é emprestado, rapidamente se desfaz, como um vestido. Enquanto a alma não teme o uso, nem mesmo a alma da pior qualidade."

"Isso", disse o marido, virando-se de costas e pegando o caminho de volta, "é misticismo da pior espécie. Romantismo".

"Oh, então foi com você que Araceli, o mordomo emproado, aprendeu?"

"Araceli nunca se permitiria aprender algo de mim. Araceli conhece as distâncias e conveniências."

"Então quer dizer que vocês têm as mesmas ideias e dão as mesmas voltas de pensamento. Não sei se isso é mais conveniente."

"Não é possível, Araceli é um mordomo."

"Pronto, tudo colocado em seu devido lugar, refeitas as categorias, abolidos os escrúpulos. Os que estão no alto não se equivocam nem devem ser controlados, os que estão embaixo são oprimidos, mas lhes deixamos, contudo, a esperança do furto, da traição, do assassinato, para chegar a se colocar no alto. E, assim, sempre falta a colaboração: para ser obedecido, quem está em cima precisa ter certeza de que sua corte vive atrás de si e deixar que se aproveitem, deixar que seus serviçais se sintam mais valorizados do que os da vizinha pobre e que sejam oprimidos para que se sintam fortes, e deixar que o façam para que assim, com certeza, considerem ótimo tudo aquilo que têm à disposição e preparem aos senhores o fogo se o gelo cair, a sombra se houver muito sol. Contudo, nem a própria solicitude nem a deles poderão ajudá-los a levantar um dedo à mesma altura que você."

"Em vez de pensar reto e de forma atravessada", disse o marido, caminhando sempre mais rápido, como se quisesse fugir dela, "seria melhor cerzir a meia".

"Faço isso também, mas me ocorre pensar enquanto o faço. O pensamento é um péssimo vício, não é?"

"Especialmente quando não se sabe usá-lo."

"De fato", admitiu com prazer a Dona de Casa, olhando com alegria as amplas costas masculinas que caminhavam diante dela. Mas havia tanta ignorância inicial e tanta obtusidade naquela nuca de homem que ela sentiu pena e, colocando a mão no ombro do marido, obrigou-o a parar. "Me desculpe", rogou, apoiando-se nele.

E o homem se sentia um dominador magnânimo enquanto dizia: "Tomo nota das suas desculpas".

Foi esse o último dia em que ocorreu à Dona de Casa uma retomada da antiga linguagem; desde então, todas as vezes que quis resolver um pensamento difícil, confiava na Bíblia Sagrada, aberta ao acaso. E sempre encontrava palavras adequadas, ou, se não o eram, sabia interpretá-las de maneira adequada à moralidade e à sociedade em que vivia. Ocorria-lhe, por exemplo, de se perguntar, se lia sobre algum ataque em alguma cidade: "Mas, afinal, por quê? Com qual finalidade alimentar a vida? Por que não deixar que cada um construa em si o templo, para que não possa ser destruído? Inútil quanto o esforço das Danaides é o das mulheres que, peça por peça, precisam elevar uma humanidade caseira que, a cada poucos anos, se dispersa". Mas a resposta do Livro não admitia discussões, era: "*A mulher sábia edifica a sua casa; mas com as próprias mãos a insensata derruba a sua*". E ela se colocava novamente em seu trabalho como uma mula, sem insistir mais com o Deus axiomático. Mais tarde, sentiria raiva por não ser homem e não poder se jogar naquela morte militar que a todos parecia mais um ato de vontade do que uma maquinação ininteligível, e o Livro a empurrava novamente para o seu papel, apresentando sob os seus olhos essas palavras: "*O assassino atormentado pela culpa será fugitivo até a morte; que ninguém o proteja!*".

A mulher fingia não perceber que aqueles versinhos, aparentemente conclusos e fixos, têm outras possibilidades de interpretação e assim sustentam o coração com esperança como num jogo de destino, uma carta da qual se desconhece o valor, mas que coloca em suas mãos, por algum tempo, as possibilidades supremas de vitória. A mulher se contentava e, ao se tranquilizar, ficava à espera da paz, mas sem pressa, porque havia acabado de ler: "*Para tudo há uma ocasião certa; há um tempo certo para cada propósito debaixo do céu: [...] Tempo de rasgar e tempo de costurar; tempo de calar e tempo de falar; tempo de amar e tempo de odiar; tempo de lutar e tempo de viver em paz*". Aqui, finalmente, encontrou a garantia de um jogo fechado: aceitar todo o bem e todo o mal na extensão do tempo lhe parecia, em sua imensa indiferença, a última sabedoria.

E veio a paz. A paz explodiu improvisadamente, depois de dois anos de combates ásperos. Fizeram cortejos pelas ruas, paradas, discursos públicos; levaram as crianças para beijar a mão do presidente da República, distribuíram comida e vinho pelas cidades e pelos campos e deram início a torneios públicos, corridas, carrosséis para alegrar o pequeno povo. Mas, quando todos os estádios estavam cheios e os espetáculos estavam para começar, houve misteriosamente um grande silêncio em todos os lugares e parecia a todos que a luz do dia havia escurecido. Nas pontas dos pés, devagar, as pessoas deixaram as arenas e os teatros; falando em voz baixa, se apressaram para suas casas, escondiam na despensa as poucas sobras das festinhas, os filhos se aninhavam no colo das mães e os homens saíam de novo, começavam a correr enlouquecidos, chegavam diante do grande palácio da Presidência na capital, nas outras cidades iam para as praças centrais e esperavam. De madrugada, acenderam os faróis no topo das torres, os sinos tocaram sozinhos com marteladas, e os alto-falantes anunciaram: "Neste momento, declaramos guerra às potências orientais, nossas herdeiras inimigas. Os antigos mundos deixarão espaço a nós, jovens, os oceanos serão feitos de asfalto sob a nossa vontade, e os furacões transportarão nossos heróis para esmagar aquele mundo estilhaçado". Os homens nas praças gritaram, as mulheres nas casas choraram, as crianças correram pelos quartos dizendo: "Viva Jesus; vamos a Belém, para pegar o presépio!".

E a Dona de Casa disse ao marido: "Quantas guerras há, em média, na vida de um homem?".

O marido respondeu: "Quantas merecer".

E então a mulher: "Por conseguinte, merece também tanta paz quanto guerras?".

"A paz é estabelecida somente para se poder declarar guerra. A guerra é contínua, mas de uma coisa contínua, como da vida, por exemplo, perdem-se facilmente o entusiasmo e a violência do princípio. Então, os governos fazem paz, e os povos se recarregam para a próxima guerra."

"E todas as vezes", disse a mulher, "a guerra se faz mais vasta e mais maldosa, envolve todos os tipos de pessoas. Assim, em breve, conquistaremos a suprema civilização e poderemos desaparecer da face da terra. Porque com as guerras se conquista a civilização, não é? E quando se conquista a última civilização, não resta mais nada senão morrer, não é assim?".

O plano, além da morte dos homens, incluía novos sacrifícios para as mulheres daquele país, e a Dona de Casa dobrou o que já havia feito durante a guerra anterior; despiu-se dos seus bens materiais, como sempre, e das suas possibilidades espirituais para poder distribuí-las aos mais necessitados.

Durante essa guerra, a Dama Catamantalède ficou viúva de um grande general e se casou com o presidente da República. A Rainha Deposta ficou trancada num castelo à espera de saber qual seria o destino do seu reino perdido, o Cardeal partiu para Roma a fim de entregar ao papa uma mensagem em que se dizia que os que faziam a guerra, certos de que o Sumo Pai, Rei infalível, unia-se às suas razões de vingança, imploravam por uma bênção especial e uma intervenção direta com Deus para uma próxima vitória. O grande Marechal, que já vimos no baile da Dona de Casa dirigindo as fileiras dos convidados, tomou o comando da frota e desceu com mil navios oceano abaixo para surpreender os infiéis pelas costas.

Na convulsão mundial, toda mulher e toda casa se fecharam ao redor do seu fogo, grande ou pequeno, e recolheram todos os miolos na caixa do pão para alimentar as crianças, todo papel nos cantos para esquentá-los, qualquer fantasia gentil das próprias lembranças para distraí-los do medo. E a Dona de Casa, não tendo filhos, e sendo seu homem velho demais para estar no *front* com os outros, apertou para perto de si as campesinas dos poucos campos que sobraram, as mulheres dos jardineiros e dos garçons, as amigas pobres, as próprias irmãs cujos maridos estavam em guerra, a mãe e o pai idosos, a cunhada viúva do irmão morto no primeiro conflito, a mulher do outro irmão que agora havia partido com o Marechal e toda sua prole. Quanto mais diminuíam os meios já desmedidos da Dona de Casa, mais ela sentia a comichão de fazer pessoalmente o que fosse necessário para aquele grande falanstério de gente que ela havia acolhido em casa. Não lhe importava nada, só as vidas com as quais estava envolvida, se lhe diziam que um navio, armado e carregado com pacotes de alimento a mando dela, havia sido torpedeado ou que um avião com sacos de roupas e sapatos preparados por ela havia caído: aqueles milhões que caíam devagar no mar, aquelas suas horas noturnas de fadiga que queimavam esfumaçando no céu, lhe pareciam o retorno necessário aos elementos dos quais aquele ouro havia sido extraído, com fadiga e inteligência. Só o homem com seu corpo atravessado a perturbava, e para isso ela não encontrava uma solução em si, nem justificação nos objetivos da vida humana.

O pai e a mãe, sobretudo a mãe, estavam orgulhosos e perdiam muito tempo contando vantagem da tal filha.

E a mãe, batendo a mão retraída sobre o peito, não hesitava em proclamar: "Eu a fiz para a pátria e para o mundo! Eu a fiz duas vezes contra a sua vontade: filha, me agradeça!".

A filha agradecia, mas não por tê-la criado como hoje, e sim por ter renunciado a morrer de desgosto por culpa sua, contentando-se com receber em troca a sua alma.

O pai dizia: "Menina, mas não está cansada? Não quer descansar? Tenho vergonha de ser velho e de estar na poltrona enquanto você se move por tantas pessoas; gostaria, se pudesse, de lhe dar de presente um dia da sua infância no mofo".

Então a Dona de Casa teria chorado de bom grado se lhe ocorresse a ideia de que separações muito mais irreparáveis do que a dela consigo mesma estavam acontecendo com muitas almas naquele momento. E essas separações não chamavam morte.

Enquanto isso, ela se dava conta de uma coisa que a surpreendia bastante. Vinham, no quarto dos pais, sentados como num trono um ao lado do outro sobre duas poltronas douradas, suas irmãs, vinham as cunhadas e os filhos de umas e outras e, eventualmente, quando em licença, o irmão e os cunhados: vinham sempre sem levar nada para os dois velhos, nem nas mãos, nem no coração. Entravam, saíam do quarto, passeavam e brincavam gritando, interrompendo os dois velhos se começassem a falar com suas vozes bobas, comiam a comida deles e riam, subiam no encosto das poltronas fazendo-as entortar um pouco, e os dois velhos fitavam todos com um olhar brincalhão, tentavam fazer um carinho, respondiam que sim, aplaudiam cada palavra, enquanto os outros não hesitavam em pedir: "Vovozinha, você me dá de presente o seu broche? Papai, para que lhe serve esse relógio? Vou pegá-lo para mim. Querido sogro, faça, por favor, a tarefa da criança que ela não sabe fazer e isso a faz chorar. Sogra, aqui está a lã, prepare para mim um cachecol para esquiar. Vovô, as datas da Guerra de Secessão? Vovó, me dá um dinheiro?". E a vovó dava o dinheiro, fazia o cachecol, dava de presente o broche; o vovô cedia o relógio, resolvia o problema, procurava na sua velha cabeça as datas das guerras nacionais, e agradeciam, sorriam e choravam de comoção; depois, sozinhos, davam-se as mãos, se olhavam, balançavam a cabeça e repetiam: "Que bela, que querida família colocamos no mundo. Nos amam tanto, não sabem viver sem nós".

Mas assim que a Dona de Casa entrava no quarto deles, com os braços carregados de coisas raras, inventadas especialmente para o pai, arrumadas especialmente para a mãe, os pais assumiam um ar de surpresa e abandono e balançavam a cabeça no sentido contrário ao de antes e diziam: "Querida filha nossa, quanto peso você se dá por nós. Mas nós somos velhos, vamos morrer. Que peso no coração, que pontada nas costas".

"Mãezinha, paizinho", sussurrava a Dona de Casa como se estivesse rezando, "trouxe um bom livro para lerem, um livro querido para mim. Depois podemos todos conversar".

"E quem é que pode ler, minha filha?", suspirava a mãe. "O que posso fazer com esses meus olhos? No máximo, o cachecol para as netinhas que precisam tanto, coitadinhas."

"Por que pobre coitadas, mãezinha?", perguntava a Dona de Casa. "Lhes falta algo? Eu posso fazer mais."

"Lhes falta isso", dizia o pai tocando a cabeça, "e por isso precisamos ter piedade".

"Isso lhes falta", dizia a mãe tocando o coração, "e por isso devemos amá-las. São pobres, pobres".

"Também sou pobre neste mundo", tentou dizer, uma vez, a Dona de Casa, "também sou boba para esse fim. Deem também a mim alguma coisa que não me serve, porque um pouco do seu amor também é meu direito".

Mas eles a viam completa, não pensavam que pudessem lhe ser úteis e, assim que ela entrava, sentiam que a vida deles tinha terminado, que podiam morrer: uma tristeza que quase parecia um rancor contra a filha, que os obrigava a recusar qualquer colaboração. A Dona de Casa saía devagar daquele quarto e ia para o lado oposto da casa, como se fosse para outro país, deixava-se novamente solitária a mover os fios responsáveis por fazer todas aquelas personagens se entenderem e se ajudarem maravilhosamente.

"Posso então morrer se não preciso mais de ninguém", repetia. "Erram. Não são eles que devem desaparecer por não serem mais queridos por ninguém, mas eu, porque se morre quando não é mais necessária a colaboração humana. Agora, então", pensava sentando-se ao lado dos pais com as mãos cansadas no colo, "agora que vocês mesmos dizem que não podem fazer mais nada por mim, a não ser, claro, preparar minha morte, que é a única coisa que pode me ocorrer a esta altura, permitam, pelo menos, que eu não espere a de vocês e fiquem felizes se eu, como puder, repousar um pouco".

IX

A necessidade de um descanso na forma de uma partida definitiva começou, desde então, a tornar-se um sofrimento em cada minuto do dia, dava-lhe vontades teimosas de aniquilação, e por isso se viessem lhe dizer que todas as crianças nos dormitórios haviam morrido sob a queda do edifício, ela teria respondido: "Benditas sejam".

"Ser eternamente moribunda", era o que desejava para si, "porque, então, ninguém vem lhe perguntar o que você comerá amanhã nem se está interessada em uma nova remessa de lençóis. Estar parada vendo os homens se moverem ao redor, prestando os serviços mais baixos sem você dar ordens nem saber. Ir embora, ir sem saber aonde, sem saber como, sem saber quando".

Assim, já que não podia se dar à morte, tomou gosto por viagens repentinas. "Aqui", sorria maliciosamente assim que conseguia se colocar num canto de avião ou num trem, numa balsa ou num ônibus, "aqui Araceli não pode me encontrar, aqui o telefone silencia, aqui posso dormir sem que as máquinas parem para esperar as minhas ordens".

Não tinha destinos definidos para suas viagens. Ia de cidade em cidade, o mais longe possível do próprio vilarejo; parava por poucas horas aonde chegava, não se interessava pelos lugares, não lhe importava o mal-estar que poderia encontrar. Só lhe importava fugir e, fugindo, queria estar recolhida na sua grande alegria de ser levada, nutrida e acordada, sem dar ordens, na verdade nunca se afastava de si e de sua casa. "Agora, inspecionar os laboratórios", pensava, "e quem sabe o que preparou o cozinheiro para o café da manhã? Será que vão se lembrar de dar leite aos beija-flores? E a sopinha para as orquídeas?". Acreditava estar feliz porque lhe era impossível correr às estufas, às cozinhas, ao aviário. Ficava imóvel, e as mãos caíam sobre o ventre, as palmas das mãos pendentes, os dedos retraídos, como se fossem garras de um pássaro morto.

Alguns dos seus companheiros de viagem tentavam conversar com ela, porém ela não sabia se desfazer de si e segui-los pelos caminhos tênues da conversa; observava-os com atenção e os via na função de maridos, pais, irmãos, portanto de carrascos das mulheres: esses que reduzem as jovens a donas de casa, que usam camisas cujos botões, para além do tecido, engancham e fecham para sempre o cérebro das mulheres. As mulheres, então, eram ainda mais desagradáveis, belas ou feias, ensacadas em faixas de borracha, com os ventres e os quadris prontos para escapar, sempre derramando humores sem nenhuma vergonha de suas animalidades, triunfantes, aliás, todas cheias de soberba, cada uma com a certeza de ser insubstituível no seu trabalho de enfeiamento, a sedutora e a submissa, a sonhadora e a ardilosa. Todas as mulheres, por uma solidariedade de raça, deveriam tê-las salvado, avisado: "Não se completem no homem, tenham vergonha, resistam à solidão: que nosso único trabalho seja voltar atrás e dar as costas para Adão, que nos proporcionou o primeiro teto e a primeira cama como proteção".

Ficava em silêncio, porque era uma mulher ajuizada. Mas, imersa naqueles pensamentos, não via os largos rios entre os vales, as pradarias enfileiradas sob o céu arqueado, o mar, o monte, os bosques, os desertos, as nuvens entre as quais ela passava e que poderiam ter lhe dado consolo em relação à materialidade da vida.

Um dia, recebeu um telegrama no trem. Esperou encontrar nele o anúncio de uma catástrofe, o desaparecimento repentino e total da sua raça, o completo desmoronamento da nação, algumas rachaduras no ar ao redor da sua propriedade que tornariam perigoso viver ali e obrigariam todos a partir; tudo, menos necessidades domésticas. O telegrama dizia: "Urgente oferecer amanhã jantar a Arconte e autoridades, rogo-lhe voltar ou telefonar para lista de alimentos".

A Dona de Casa tocou o alarme e, ao abrir a janela, antes mesmo que o trem parasse, jogou suas malas sobre os trilhos. Seus companheiros de cabine, três homens, se levantaram e estenderam os braços em direção à redinha para ajudá-la, entretanto ela os olhava, um a um, e eles já não ousavam se aproximar. Mas se aproximou dela o maquinista gritando: "Quem é que tocou?".

"Eu. Porque preciso descer imediatamente. Se não descer, vou acabar matando algum desses homens. Pense que sou louca, ou me faça pagar a multa, ou me venda o trem, mas não me impeça. Quanto devo?"

O telegrama estava no assento, aberto. O maquinista pegou e começou a ler. Quando viu a palavra Arconte, fez uma ampla reverência, depois outra menor diante da palavra autoridade, depois uma terceira direcionada à Dona de Casa: "Daqui não pode voltar, não tem estação, não adianta descer aqui, senhora. Entendo sua pressa, mas precisamos chegar até a próxima cidade. Lá lhe darão um transporte especial, ilustríssima. Não desça, nosso trem está orgulhoso por levá-la".

"Adeus", respondeu ela, pulando sem olhar para trás nem dar algum sinal de ouvir que o maquinista não parava de suplicar, esperava que o trem partisse e levasse consigo o telegrama. "Eu", tentava se convencer, "eu não sei nada. Não recebi nada, tinha descido antes que me entregassem. Erraram, entregaram para outra viajante". Quando finalmente o trem partiu sacudindo os mil rostos brancos expostos do lado de fora das janelinhas que olhavam para ela, a Dona de Casa carregou suas malas até um casebre pouco distante.

Com o dinheiro que possuía, tinha certeza de que poderia persuadir os habitantes a hospedá-la por alguns dias;

a deixarem que ela descansasse escondida de todos e ainda mais de si mesma. Mas, assim que convenceu os proprietários do casebre a acolhê-la, começou a sentir remorso pelo que havia feito, uma ansiedade cada vez maior, uma necessidade de telegrafar imediatamente para casa, estabelecer com Araceli o que seria necessário para o dia seguinte. Esforçou-se para se ocupar, colher batatas com a campesina e, enquanto isso, instruí-la: "A batata, também chamada *Solanum tuberosum*, é um tubérculo proteiforme. Esse tubérculo e a sífilis são produtos originais nossos, e é para resgatar sua exclusividade, pois todos os outros continentes já meteram a mão há séculos, que declaramos guerra ao mundo antigo". Enquanto isso, pensou: "Começar com uma redução de tartaruga ou com uma espuma de rosas?". Já que nem ela falando e nem a campesina colhendo prestavam atenção nos tubérculos proteiformes, devido à guerra mundial em curso, a Dona de Casa buscou uma ocupação mais avassaladora: alimentar o jovem herdeiro do casebre. Mas, rapidamente, o garotinho se babou inteiro enquanto ela voltava a se fazer perguntas angustiantes: "Será que vão colocar a toalha de mesa rendada? Vão se lembrar de que o Arconte ama ser servido pelas criadas, e não pelos garçons?", até que se deu conta de que o herdeiro pegou a papinha com as mãos e começou a espalhá-la diligentemente sobre a mesa, então ela sentiu vergonha da própria inaptidão e perguntou se poderia se deitar. Podia. Mas eis que o colchão de folhas de milho rangia a cada movimento seu com estalinhos e chiados que a faziam lembrar do cozimento das castanhas assadas e da chama que Araceli acende sobre os doces molhados de álcool. "Não, não se usa gasolina!", gritou a Dona de Casa acordando sobressaltada. "Rua", admitiu, então, "preciso ir. Esse suplício é pior do que o outro". Acordou o campesino e pediu para que a acompanhasse com o cavalo sob a lua cheia até a cidade mais próxima onde pudesse pedir um avião. Poucas horas mais tarde, desceu novamente no campo das suas batalhas cotidianas. Assim que aterrissou, sentiu-se mais calma, os pensamentos já não se metiam com as ações, retomou imediatamente o movimento de tantas engrenagens, entendeu que, àquela altura, as evasões seriam impossíveis; é mais fácil se resignar.

Resignou-se ou pelo menos acreditou que sim. Na verdade, o desejo de morte crescia nela de forma desmedida.

Jogou-se com frenesi na vivência dos relacionamentos; aumentava seus vínculos e seus deveres para se convencer da importância do seu ofício neste mundo. Fazia consigo como fazem os pais com as filhas que aspiram colocar no claustro: inundava-se de vida ativa e de compromissos e, assim como as virgens impedidas em seu amor divino se cingem, sob as roupas dos bailes, com cilícios e jejuns, ela, entre uma ocupação e outra, se obrigava a ter alguns momentos de absoluta rigidez, fechava olhos e boca, cruzava as mãos sobre o peito, iludia-se desse fingimento de morte aparente; vinha-lhe um desejo exasperado quase físico àquela altura. Então, tal como uma mãe provê ao possível casamento da filha, dando-lhe a chance de se ver sozinha com algum homem conveniente, distraindo-a caso um amor inadequado tentasse ocupar sua alma, acumulando com avidez o enxoval e nunca falando, que seja bem entendido, daquele solitário e não educado desejo que segura a base de tal edifício, aliás, mantendo-o especialmente escondido como Igreja e Estado aconselham, da mesma forma a Dona de Casa, tendo reprimido dentro de si qualquer licenciosidade e abandono aos sentidos, preparou-se com método para sua eventual morte. Inscreveu-se numa sociedade humanitária que se preocupava em rastrear os pobres que precisavam de um funeral e organizá-lo, podia, sem fazer alarde, admirar de um agonizante a outro e, no entanto, estava atenta para aprender cada estertor, cada último olhar. Saturada de ciência fúnebre, voltava para casa e começava a ordenar seus papéis pessoais, poucos: o caderno de primeiras e segundas memórias, as cartas do pai e da mãe, uma caixinha de fósforos em que guardava um pedacinho de pão mofado trazido às escondidas do baú no ato em que o abandonara para sempre. Fazia a lista, tentava deixar um testamento para alguém, mas escrito, aquele testamento, parecia um insulto aos herdeiros, e, um belo dia, a Dona de Casa, que acreditava seriamente na morte e queria se iludir que não estava perdendo tempo, queimou tudo.

Num outro belo dia, a Dama Catamantalède a persuadiu para que fosse com ela a um cartomante. O cartomante pediu que a Dona de Casa escolhesse as cartas entre as que havia estendido diante dela. A Dona de Casa, em si, era representada como uma garotinha de saia vermelha, sentada sob uma árvore e sobre um cartaz com a legenda: AMANTE. Ao redor dela, AMANTE, as cartas descobertas revelaram: uma outra garota de saia vermelha, mas esta em pé, com uma cesta pendurada no braço e com a seguinte legenda escrita sob os pés: A EMPREGADA DOMÉSTICA; um jovem vestido com um uniforme cinza e um colete também vermelho se apresentava como DOMÉSTICO; uma fachada de prédio com sacada azul e muros cor-de-rosa representava a CASA e, no final, um quarto com cortinas verdes na janela e uma mesinha redonda era O QUARTO.

"O seu porvir", sentenciou o homem, "será em casa. Sua casa irá prosperar, ainda que você tenha problemas com os serviçais. Talvez mande embora a criada e contrate um garçom, o que mostra que o bem-estar é sempre crescente em sua situação. Situação desejada e criada por você".

"Um acidente!", disse a Dona de Casa com pouca elegância.

"O amor", sussurrou a Dama Catamantalède, "diga-nos algo sobre o amor".

"Sim, o amor. Olhe aí se há algum homem na minha vida. Mas que não seja o garçom, se possível."

"Oh, oh", exclamou o cartomante depois de ter estendido de novo o baralho, "oh, oh. Tem um homem, sim. Mas o que vejo? Esse homem está de luto". (A Dona de Casa notou que aquele homem de luto entre os ciprestes e túmulos também estava vestido com o colete vermelho, como o doméstico de antes.) "Esse homem é o VIÚVO" (de fato, estava escrito à margem da cartolina) "e do lado dele está a FIDELIDADE" (um cão *setter* ao lado de uma cartola e uma barraca) "e com a fidelidade, com a qual esse homem a vigia, aqui está você doente. Oh, oh. Não vamos continuar, sinto que é melhor pararmos".

"Pelo contrário", reforçou a Dona de Casa e começou a se excitar. "Continue."

"Obedeço. Aqui está. Se vê? Você está de cama com o médico que mede seu pulso."

"Em que belo cobertor violeta me colocaram", exclamou, feliz, a Dona de Casa. "E o médico parece não ter esperança alguma."

"Não perca as esperanças, desafortunada cliente. Vamos ver mais uma carta. Aquele viúvo, talvez, percorra os eventos, talvez seu mal não seja definitivo." E, com cuidado, o adivinho estreava uma nova imagem do maço. "Aqui", alegrou-se, "eu o sentia. Aqui estão a CONVERSA e os DELIRANTES. Aqui, você, recuperada, na sua sala recebendo amigos, aqui seus serviçais no pátio dançando e se alegrando por sua saúde, bebendo vinho que os embebeda e, portanto, os faz delirar".

A Dona de Casa se levantou, os lábios cerrados: "Deixe eu tirar uma última carta", disse; "se for aquela que eu quero, essa bolsa de dinheiro será sua".

O cartomante dispôs o maço aberto em leque, e a Dona de Casa extraiu seu destino.

Era um caixão apoiado sobre duas cadeiras de cozinha: uma tocha o iluminava expandindo fumaça branca e fogo. Sobre ele, estavam três algarismos: 13, 37 e 90 e embaixo MORTE.

A Dona de Casa olhou-a longamente, depois colocou-a na mesa ao lado da bolsa e saiu. O adivinho ficou diante daquela carta e daquela bolsa sem ousar tocá-las.

Assim que saiu, uma estranha pressa atravessava a Dona de Casa, uma necessidade de se mover, correr, agir; já não podia esperar; vibrava com tanta força como se estivesse a caminho de um encontro amoroso. Mas a Dona de Casa não podia fazer essa comparação, pois nunca havia ido a um encontro amoroso. Certamente, pela primeira vez, sentia aquele espasmo frenético ao redor dos lombos, as mãos tremiam, um suor denso e gelado molhava suas axilas e pulsos. A Dama Catamantalède via aquelas contorções da alma da Dona de Casa e acreditava que fosse medo, dizia-lhe para não acreditar no cartomante, hoje não era o dia dele, e você é um tipo um pouco difícil. Então a Dona de Casa lhe pediu para ser deixada sozinha, mas o disse com uma voz tão rouca que a outra pensou que ela realmente tivesse um encontro amoroso e começou a fitá-la com olhos arregalados.

(A essa altura, a Dona de Casa já tinha mais de quarenta anos, mas não havia envelhecido; estava só um pouco desbotada. Parecia uma flor ressequida; se escorressem nela algumas gotas de clorofila, retomaria a vida no primeiro desabrochar, uma vez que, de fato, sem piedade, haviam a arrancado e fechado entre as páginas do livro da própria vida.)

A Dona de Casa entendeu o pensamento da amiga e lhe explicou, sempre com aquela voz opaca pelos espasmos que não podia conter, ainda que imaginasse que era vergonhoso demonstrá-lo: "Não é isso. Me deixe. Quero buscar um túmulo para mim".

"Volte a si", começou a gritar em sua cara a Dama Catamantalède, e: "Pense na sua família".

"Vou pensar. Vou mandar construir um mausoléu digno da nossa estirpe, claro, e da nossa altura. Mas, agora, adeus."

Pela primeira vez, entrava num cemitério. Caminhou até o portão com muito medo atrás da nuca, os olhos fitando o chão, os cotovelos apertando a cintura retraída, esperando não ver e não roçar em nenhuma parte do panorama fúnebre. Contudo, repensava o que seria fúnebre: os portões de ferro batido, os vasos de vidro azuis e vermelhos preenchidos até a metade com uma água fétida, o apito de um trem parado ecoando em pleno campo de noite e o suor das igrejas quando há o vento siroco. Não fúnebres são os túmulos entre a grama jovem, a lápide sem retratos; não fúnebre é o morto posto com inocência para esperar o seu tempo, como o fermento na caixa do pão. Podridão é, ainda, o funeral desta ou daquela classe, categorias, disputas, resíduos mesquinhos de grandes mistérios, fazer o que é possível face a ritos altíssimos e desinteressados em que a família deveria desaparecer, e o decoro humano consistiria em se anular e ficar em silêncio. Ela ia ao encontro dessas coisas, de fato, pelo famigerado decoro da sua família, que não a tocava nem com os olhos nem com as mãos, nunca.

Eis que, ao entrar no cemitério monumental, percebeu que estava num lugar da cidade que parecia um bairro onde surgem os grandes alojamentos de funcionários, uma burocracia e um amontoado para baixo, não para cima; quadras de mau gosto e presunção; cada morto se acha alguém importante, aliás, cada morto se acha melhor do que o morto vizinho. E são mortos quaisquer, e quantas bofetadas para fazê-los morrer, quantos empurrões, quantas recomendações, quantas preces a Deus para que faça vista grossa e os deixe passar mesmo sem merecer. Ao chegar a uma certa idade, que vergonha para todos os parentes não conseguir um diploma de criatura humana, não conseguir fazer a passagem.

Num instante, pareceu rever o cemitério imaginado da sua infância, cheio de imagens ociosas e úmidas, uma sentada sobre a coluna quebrada, outra limpando a lápide que os fantasmas voadores tinham sujado com detritos fosforescentes. E sempre um rei que deixava as crianças pobres, que não tinham nem um pouco de esqueleto para fazer barulho e se divertir, brincarem com sua coroa de ouro, e mães eternamente com suas dores contidas flutuavam roçando o rosto dos visitantes com as pontas das asas caídas.

Finalmente, a Dona de Casa sorriu, depois de tanto tempo: e pelo menos sobre si mesma, com o consentimento de autoridades civis e militares deixando-a se divertir um pouco.

Depois de caminhar tanto e voltar frequentemente sobre seus passos, enfim, subiu numa pequena colina que era o ponto de encontro elegante dos mortos de luxo, entre urnas de pórfiro e festões de murta, e descobriu a seus pés um gramado. O gramado estava semeado com cruzes de ferro, poucos túmulos de mármore, aqui e ali moitas de rosas campestres, plantinhas sempre-vivas, poças de água azuladas onde alguns pássaros bebiam, nenhum homem nem mulher a lamentar. Acima, havia um céu sem anuviamento, no fundo montes lilás que, com sua sombra, o tornavam agradável e fresco.

A mulher olhou com devoção; reconhecia aqui seu lugar, por alguns minutos não pensou mais no decoro familiar nem na necessidade da capela. Seria bom estar no gramado com uma cruz enferrujada sobre o coração: papoulas, urtiga ou trigo, indiferentemente, como Deus entrega as sementes aos ventos, germinam-lhe o rosto. Riu mais uma vez: a essa altura, os pensamentos fáceis como esse, ou os ineptos, como aquele da feiura da morte mobiliada, a levavam ao escárnio de si mesma tão logo lhe ocorriam.

Ao perder a capacidade de criar novos pensamentos, restava-lhe, ainda, a capacidade de distinguir os fragmentos: cansaço e desilusão. A morte não é nem aqui, nem lá: o nosso próprio corpo é o único caixão, o resto não é outra coisa senão um atributo humano para quem fica.

Que gramado bonito, redondo: a Dona de Casa começou a descer a escada florida que a conduzia em giros lentos. Ao chegar embaixo, ela se deu conta de que no centro do gramado, já deserto, um grupo estava recolhido e se movia num emaranhado. Era um homem tão gordo que parecia ser três pessoas bem abraçadas, estava sentado no chão, dele saíam correndo pedaços, e voltava para toda aquela carne algo que tinha o semblante de crianças.

Quanto mais a Dona de Casa se aproximava, mais uma suspeita pesava sobre suas têmporas. Contou as crianças; dez. "Talvez eu tenha me equivocado, são sempre as mesmas que vão e vêm. Passaram-se dez anos. Oh..." Um garotinho correndo bateu em suas pernas, devia ter uns oito anos; com horror, ela reconheceu nele o rosto beligerante da garota fugitiva. O garotinho bateu nos joelhos da Dona de Casa e caiu no chão, depois, ao encará-la, gritou em direção ao grupo, que agora estava imóvel:

"Olha, ela veio!".

Então, todas as crianças correram ao redor dela e deixaram o homem gordo descoberto. Ela viu que era o amado e então empalideceu.

O homem gordo começou a sorrir maliciosamente, sem se mover. Os quadris ocupavam o espaço entre dois túmulos, os pés eram tão grandes que ultrapassavam as cruzes, e o rosto era tão amplo que a mulher, para reconhecê-lo, tinha de percorrê-lo em partes e tentar aproximar os olhos ao nariz, a boca ao queixo.

"Bem-vinda, minha dama", curvou-se o homem.

Quando era criança, a Dona de Casa tinha encontrado estes quatro versos:

Deus,
vamos eu e você de mãos dadas
numa planície sua.
Lá, me julgue.

Disse: "Não se deve se sentar sobre os mortos. Parece que precisam sofrer".

Uma ira vasta estremeceu o rosto daquele homem. Mostrou as crianças: "E meus filhos correm por cima. Já não tinha pensado nisso também a senhora, quando criança, que os mortos nos levam sobre seus rostos, que os vivos são os parasitas dos mortos?".

(Outrora, a Dona de Casa havia sido uma criatura verdadeira e podia conhecer os aspectos íntegros dos fenômenos, não agora; agora se deu ao respeito e à divagação.) Mudou de assunto: "Essas crianças são suas? Todas?".

O rosto do homem se fazia cada vez mais cruel. "Todas, mas pela metade. E a metade que deveria ter sido colocada pela senhora foi colocada por outra. A conhece?"

Vasculhava com uma mão atrás de si, jogou aos pés dela a garota que fugira dez anos atrás.

"Querida", gritou-lhe de impulso a Dona de Casa, curvando-se para abraçá-la, mas, de imediato, sentiu que a outra a odiava profundamente. Tinha se reduzido a um monte de ossos onde se escondiam os olhos assustados, enormes. Tinha no seio dois bebês.

"Ela faz dois por vez", sorriu de novo maliciosamente o homem.

A Dona de Casa contou as crianças. "Quantas. Quantos nomes. Como se chamam?"

"Como você", respondeu a mãe. "Todas como você. São doze. Ele quis assim."

"Todas? E como entendem que vocês estão chamando uma ou outra?"

"Não entendem", rugiu o pai, "não vêm ou vêm todas juntas. É por isso que nos servem! São lâminas suas, matéria que você desprezou. Sua parte de vida que você nem sabia ter entregado a nós. Nós a recolhemos de você, trouxemos para lhe mostrar e ver se pode lhe agradar para a morte ou se prefere continuar sem. Escolha, faça o favor. Gorjeta, por favor", e estendeu a mão.

"Eu", disse a Dona de Casa dirigindo-se à mãe, "nunca teria feito filhos pelas razões finais de uma outra".

"Deu para ver", sussurrou o homem. A mãe, de repente, começou a chorar. Apoiou a testa no chão, apoiou os bebês sobre o gramado, chorou. Estava tão abatida que, como antes as costas do homem cobriam-na por inteiro, assim recolhida sobre um pouco de terra parecia minúscula e remota, uma pessoa no fundo de um panorama que se desfaz. O homem parecia se desfazer naquele choro. Estendeu o braço e colocou a mão sobre a cabeça dela. Até a Dona de Casa fez o mesmo gesto: suas mãos estavam próximas, entre os cabelos dela, mas não se tocaram.

"Alma preciosa, destruída", começou devagar o marido, "está cansada? Não chore. Sabe que é doído, já sabia antes, sempre soube. Mas você não perdeu, viu quem perdeu? Somos nós", e com a mão livre indicou a si mesmo e a Dona de Casa. Mas para quem os indicava? A Dona de Casa olhou para o alto, para o céu, e lhe parecia ver rodar uma luz profundíssima.

"O céu nunca está vazio", pensou sem ser consolada. Depois, direcionando-se à mulher que chorava: "Por que você fugiu de mim?". Com o movimento da outra, ela se recobrou: "Não, não, não sei, não diga nada. Agora, veja, estou falando ao acaso. A senhora precisa me perdoar, em tantos anos perdi a prática de falar o necessário".

"Sou eu", disse, rangendo os dentes, o homem gordo, levantando-se finalmente e levantando consigo a mulher e os bebês, "sou eu que preciso lhe perguntar agora por que você não fugiu?", ele era tão vasto e mole que todo o ventre, o peito e os braços tremiam enquanto falava; no lugar onde estava sentado, criara-se um fosso.

A Dona de Casa sentiu um forte asco, fez um esforço para abrir os dentes e responder: "Porque", disse, "eu não precisava fugir para amá-lo".

Então o homem lhe deu um tapa. Tão forte que ela cambaleou; depois mais um e mais outro. Bateu duramente para que ela sentisse dor, deixou-a imediatamente inconsciente, e ela não percebeu que, com a mesma violência, depois dela, ele jogava no chão as crianças e pisoteava a mulher, caso ela tentasse defender os filhos, e no final se jogou de joelhos num túmulo e bateu a cabeça numa cruz de ferro, num canto de mármore, sem que as súplicas da mulher conseguissem detê-lo. A Dona de Casa se moveu com dificuldade, se arrastou para perto dele, colocou a mão em seu tornozelo e o chamou pelo nome. Era a primeira vez, e ninguém nunca lhe havia dito aquele nome. Ao ouvir aquele nome, o homem parou, com a cabeça ainda pingando suor e sangue, apoiado na ponta da cruz, tétrico, respondeu: "Fui".

"Fomos", chorou finalmente a Dona de Casa.

E eis a voz da mulher: "Chega! Agora chega. Vamos, vamos, chega. Não quero. Não quero mais. Não, não! E eu? Eu, por culpa dos dois, ainda preciso ser, e vocês fazendo essas representações patéticas. Para casa, todos a casa, carne velha e carne jovem a serem catalogadas. Terei de ser eu, com meu corpo, a lhes dar uma direção, sublimes impotentes da vida?". Olhava para eles com desprezo e corria de um filho ao marido, do marido à Dona de Casa, tentando levantá-los e reuni-los. "Assoe o nariz", dizia para homem; e para a mulher, recolhendo seu chapéu: "Se penteie. Para casa, para casa, a representação acabou", exclamou depois, de vez em quando reunindo as crianças que sempre voltavam para olhar o pai e a Dona de Casa. "Para casa, se Deus quiser estamos chegando ao final." Empurrou-os pelo gramado até a saída, o marido, humilde, a seguia, a Dona de Casa, enciumada.

Saíram e tomaram o bonde. A Dona de Casa pagou para todos, e a mãe se sentou no único lugar livre com os bebês no colo, ao redor se agruparam as outras crianças e começaram a chorar: "Pedaços de pão, pedaços de pão". A mãe tirou da bolsa que carregava a tiracolo crostas de pão velho e as distribuiu para os filhos; ela também começou a roer um, florido de mofo. As pessoas olhavam, a Dona de Casa sentia vergonha, o homem na parada fumava. Ao entrar numa rua esquálida, a mãe, a prole extraordinária e a Dona de Casa desceram, depois olharam para esperar o homem, mas o bonde já estava correndo e o carregava todo desfeito; atrás, a fumaça saía cada vez mais densa da sua boca.

As mulheres, segurando as crianças, percorreram a rua e entraram num prédio de moradia popular, numa fila comprida subiram até o quinto andar. Assim que abriram a porta do apartamento, as crianças se atiraram para dentro, umas sobre as outras e, antes que as senhoras estivessem na entrada, já haviam desaparecido, cada uma fazendo seu jogo. A dona da casa foi rapidamente para o corredor e, ao chegar num baú, depositou por lá os bebês. "É o berço deles. Somos realmente pobres."

No fundo do baú, sobre uma coberta suja e ao redor dos pequenos, havia miolos de pão, aquele pão que a mãe mastigava desde criança, e cascas e restos de cimento caídos do teto e destroços de móveis que as outras crianças, brincando, jogavam lá dentro. A mãe arrastou a Dona de Casa para longe, fechou-a consigo na cozinha.

"Sim", disse sussurrando, "é o seu. Meu marido, não sei como conseguiu, e quis que todos os nossos, os 'nossos'? Os 'vossos' filhos crescessem lá dentro. Quando você morrer, ele fará um altar, e eu mesma acharei certo que haja um, com minhas próprias mãos irei compô-lo para ele".

"Mas eu poderia morrer depois, talvez."

"Não. Porque você não deve construir nenhum altar e já terminou de destruir aquele que carregava dentro de si, para si própria. Ter-nos reencontrado, a mim e a ele, vai lhe servir por poucos dias. Ele mesmo, se eu não existisse, já teria ido. As crianças foram tentativas inúteis, aliás, um insulto. Ele sente isso, ele sabe. Escondeu-se em si, está sentado sobre suas aspirações, fez de si mesmo, para si e para a família, um monumento comemorativo: por tantas pretensões, agora, está no calvário do próprio corpo. Você, pelo menos, teve a coragem de renunciar a tudo, até às experimentações, não se iludiu com os outros, se perdeu por inteiro e sabe disso, até nas memórias mais remotas; ficou em ti esse decoro em sua compostura. Quanto você ainda é bonita nessa idade."

"Quando saí de lá", e foi em direção à porta, "eu era quem sou hoje, para sempre; empalhada internamente".

"Vai? Você só queria se assegurar da sua obra?"

"Já que é a última vez, deixe que eu o espere para me despedir."

"Ele só irá voltar quando pensar que é tempo de fazer outros filhos. Então volta. E, antes e depois, olha o baú como se fosse um ventre supremo, o único. Maldita seja você."

"Amém."

Havia chegado então aquele momento em que o equilíbrio precário da Dona de Casa tinha de assumir sobre suas costas o que era excepcional nela e nos outros e sustentá-lo.

Mudou de voz, mudou de aspecto, se fez completamente nova e necessária para empurrar a outra ao senso comum.

"E por que você não o queima? Por que não se desfaz dele quando ele não está?"

A mulher fitou-a com a boca escancarada, os olhos fixos: "Com essa coragem, você só soube envelhecer como qualquer outra?", balbuciou.

A Dona de Casa sacudiu os ombros. "Se distraia por um momento da inteligência e me abra a porta."

A outra obedeceu; ela foi até o baú, tirou os bebês, os cobertores, fez uma caminha num canto tranquilo e os acomodou lá, voltou a olhar o caixote. Nem com um martelo e um alicate teria tido a força para despedaçá-lo. A mulher ao lado dela tremia e continuou a dizer que não, não, nunca teria ajudado, ainda que a outra não tivesse pedido ajuda. A Dona de Casa foi procurar as crianças, uma a uma, em suas tocas, pois nem mesmo elas tinham coragem de se aproximar, pelo contrário, alguma voz maligna lhe gritava: "Se volta, ele a enforca", ou, com a entonação do pai : "Você vai se encher de percevejos, bela dama" e, conforme ela se aproximava, foi atingida na cabeça por lixo, frutas podres nas costas, até um sapato cheio de lama acertou suas mãos; mas soube retirá--los. Reunidas ao redor do baú, agora estavam atentos à ordem dela. "Vamos levá-lo para as escadas." Era grande, alto para as crianças, revestido de couro, com muitas correias, parafusos e barras de ferro, era pesado. A Dona de Casa o arrastava, as crianças o empurravam com a cabeça e as mãos. Por onde passava, os parafusos raspavam e arranhavam o chão. A mãe gemia, tampando os ouvidos com os dedos. No andar, a Dona de Casa mandou: "Um de vocês desce, olha se ninguém está atravessando o átrio. Digam que o último andar está caindo". O garotinho maior saiu do grupo e correu. Os outros permaneceram, com dificuldade, ao redor do baú, escorregavam por baixo tentando levantá-lo de costas, subiam pelas grades e o puxavam pelas fivelas; uma garotinha chegou com uma faca e começou a cortar o couro, outra com uma vela acesa, esperando que algum canto pegasse fogo. Finalmente, conseguiram levantar o baú e mantê-lo por um momento em equilíbrio sobre a grade, e logo, em meio a gritos de todos que estavam por ser arrastados, caiu. Um estrondo ainda ecoava quando, de baixo, subiu uma voz boba: "Chegou". A Dona de Casa secou o suor dos olhos e se inclinou para olhar. Parecia tudo intacto. Ao estrondo, seguiu-se o barulho de todas as portas que se abriam pelas escadas, das pessoas que corriam enlouquecidas gritando: "Estão bombardeando!", das crianças gritando de alegria, daqueles com tesouras, daqueles com uma broca ou com um facão de cozinha, ou com alicates, fósforos, uma saco-la, corriam para destruir aquele quarto nefasto. Ao chegar a ele, como formigas famintas, todos se atiravam sobre um pedaço e despedaçavam o couro, com paciência, cortavam, escavavam, dobravam e queimaram até que os restos ficas-sem entre as mãos; fizeram a mesma coisa com os parafu-sos, as fechaduras, as barras de metal que, retorcidas pela queda, podiam ser arrancadas facilmente. Uma garotinha recolhia os destroços, guardava-os na cesta que trazia con-sigo, como se estivesse indo às compras.

Voltaram para casa carregados com pedacinhos de ma-deira e couro, maus e valentes: sabiam ter feito uma coisa in-justa, mas corajosa. Entregaram tudo à Dona de Casa. A mãe não quis tocar nem sequer em um prego. A Dona de Casa se fechou na cozinha para queimar os destroços, um por um, num fogão a óleo; guardou na bolsa os parafusos e as fecha-duras que não conseguiu destruir e saiu sem se despedir das crianças que já tinham desaparecido nos seus armários, e da mãe que estava com o rosto contra a parede, no canto onde antes estava o baú, uivando baixinho. Em nenhum momento pensou no homem amado.

E foi o primeiro dia que caminhou do seu jeito pelas ruas da cidade. Sentia-se algo entre leve e distraída e lhe pa-recia não se lembrar do motivo de sua saída. Aos poucos, jo-gava atrás de si um prego.

Cada um de nós caminhou pelo menos por um dia nas ruas desgastadas da própria cidade, do próprio bairro, vendo-as, de repente, com outra alma: a garota vestida de transparência e espera, o amante, de consentimento, o homem, de realização. Cada um, então, poderia depositar no coração da Dona de Casa a sensação que mais lhe agradasse e assim imaginar que, por essa mesma, ela se movia. Mas a Dona de Casa não via nada, não sentia nada, o que é muito difícil de se imaginar.

Não tinha perdido o senso das relações, mas, sim, o modo e o tempo das relações. Comprou flores e carregou-as com empenho.

"Para quem são, beleza?"

"Para o túmulo de Ofélia", respondeu em lágrimas.

Mais adiante, entrou numa farmácia e pediu quatro soldos de cobalto azul. Para a barba do seu senhor e patrão.

"Não é venenoso?", informou-se.

Mais uma vez, deparou-se com um homem grande e peludo: "Oh, vovó, que braços longos você tem!", exclamou ela ao tocar as costas daquele que escancarou a boca espantado. "Que dentes grandes, vovó", e estava impaciente para ser triturada, mas o homem lhe deu um empurrão e fugiu.

Se o caminho para casa fosse mais longo, decerto a Dona de Casa encontraria todos aqueles que, com sua mesma loucura de hoje, lhe deram alguma ajuda quando ela estava jogada no baú.

Hoje, atrás dos seus fantasmas, ela perambulou pela cidade que, por encanto, tem muros que podem ser atravessados e rios que não molham, e homens que conhecem a linguagem dos animais.

A cidade de sempre vivia nas emanações dela, tangível, mas não construída, real, mas arbitrária, e nem mesmo o rosto do homem moreno que, estando entre a imaginação e a lembrança, tinha, até aqui, guiado constantemente a Dona de Casa, parecia necessário a essa altura. Nem sequer uma vez ela se retraiu dentro de si para lhe endereçar um olhar ou murmurar: "Querido, querido".

"Querida, queridíssima", foi o marido quem lhe disse, preocupado, quando enfim a viu voltar de olhos fechados, com o rosto translúcido tingido de violeta, as mãos pendentes. Assim que o marido a cumprimentou e a tocou, dentro dela o pensamento se recompôs rapidamente, reabriu as pálpebras, prenderam-se novamente as mãos aos pulsos com ganchos de ferro, uma pequena chapa pressionou o tórax, ao que, com sua voz consumida, ela respondeu: "Estive no cemitério para escolher um lugar para o nosso túmulo".

"*Mulier providentialis*, mulher providencial!", e lhe beijou as mãos.

"Amanhã falo com o arquiteto."

"Louvável, muito louvável."

"Depois, com o tipógrafo, para o papel do luto."

"Prudente, muito prudente!"

"De nada, muito de nada", ela estava prestes a se soltar, mas: "Senhor", era o garçom, "o carpinteiro pergunta se há algum pedido para ele".

"Claro, claro que sim", respondeu ela, "que ele venha tirar as minhas medidas, e as do senhor, se ele quiser, para preparar nossos caixões. Em tempo de guerra, é importante ter em casa o necessário".

"Sábia, muito sábia", aprovou o marido, mas, com as mãos nas costas, cruzava os dedos para isolar.

Ao fazer o pedido para essas coisas, entre o ir e vir de costureiros que vinham trazer os uniformes pretos para os serviçais, dos estofadores que decoravam a câmara funerária, dos arquitetos que propunham mármores cada vez mais caros para a capela em construção, dos poetas que eram chamados em concursos para ditar o melhor epitáfio, a Dona de Casa finalmente se sentou para um devido e indulgente descanso, feliz por sentir a engrenagem central daquela mecânica em movimento. Enquanto estava parada, a casa se abria em raios ao seu redor, as paredes, como cortinas de um palco, correram para trás, as portas se escancararam, as gavetas se abriram, e ela pôde ver as vastas extensões de chão limpo, pilhas de roupas ordenadas perfeitamente, comida sendo preparada, perfumando o ambiente, mulheres que, nas oficinas, cada uma em seu tempo, puxavam os fios sobre os pontos; e, na alma das pessoas que administrava, lia a esperança de poder fazer o contrário para ter certeza de que eram humanas.

Mas tanta perfeição, para a qual havia dedicado sua vida, já não lhe interessava mais. Nada mais lhe interessava. Sentia-se cada vez mais distraída, leve e sem expectativas, que é o peso e o objetivo supremo da vida. Em alguns momentos, pensava que assim devia se sentir Jesus no alto da cruz, todo concentrado sobre o peso do seu corpo que o arrastava para baixo em direção à terra, aquele corpo do qual sempre se esqueceu em troca da alma dos outros, e que agora se vingava e o espremia e, com a própria matéria, abatia seu coração. "Sacrílega", dizia imediatamente a si mesma, "como ousa comparar suas sensações às de Deus?", e se humilhava, mesmo sabendo que não se aproximava Dele por orgulho, mas por esperança, por conforto, por gratidão por Ele ter nos ensinado a suportar nossa própria destruição para o repouso dos outros.

Passaram assim meses de indistinguível prostração para a Dona de Casa, e ninguém naquele período precisou dela.

Paz e guerra se alternavam monotonamente; ela mesma era monótona em suas ilustres virtudes, os outros, monótonos em seus vícios. Os garçons tinham aprendido a forma para agradar à senhora; as empregadas, seres fracos de nascença, até nutriam afeto por ela; Araceli havia se tornado um autômato e precisava lustrar duas vezes por semana a prataria; e os criados, os jardineiros etc. se abstinham dos furtos, já que haviam percebido que só conseguiam roubar quando a própria patroa deixava as coisas à mão, para que pudessem ter a ilusão do livre-arbítrio e da independência.

Em janeiro, comunicaram à Dona de Casa que a capela estava pronta. De repente, ela se levantou do canto ao lado do fogo e voltou a ser peremptória na voz e nos movimentos, empurrando adiante o arquiteto como um prisioneiro cansado, pediu para que a levassem ao cemitério.

A capela era de mármore verde e cobre, com os pináculos de escamas douradas contra o céu violeta. Mas já não era consentido à Dona de Casa desfrutar da estética, o que esperavam dela agora era que ponderasse sobre as chapas de malaquita para garantir que não fossem folheadas para forrar as paredes, verificar a qualidade da cal, apoiar o rosto nas paredes para verificar a umidade, medir a amplidão e a profundidade da urna, descer na cripta, deitar-se nos jazigos.

"Está tudo ótimo", sentenciou no final, "exceto aquela dobra de pedra. Um pouco estreita a curva. Peça para que a refaçam com mais entrega, arquiteto, com mais estilo."

"Como é boba", pensou o arquiteto enquanto lhe prometia obediência.

A Dona de Casa leu o pensamento do arquiteto e sorriu no ápice da satisfação. Esse era realmente o mais alto feito capaz de lisonjeá-la, espontâneo, vindo daquela raça livre que havia dado origem a ela e que ela tinha abandonado com tanto pesar. Reviu um momento em que ela mesma, daquele vilarejo selvagem, olhando para o panorama em que se encontrava agora, pensou sobre cada um dos habitantes: "Como é bobo!", e lhe pareceu, então, um vilarejo tão distante, intangível, nunca teria pensado em conseguir entrar. O que esperar mais da vida? Em casa, ela descreveu aos pais com exatidão e abundância o novo imóvel familiar, concluindo: "O primeiro dia de tempo bom que tivermos, para que vocês não fiquem doentes, levo-os para vê-lo".

Mas, antes do dia de tempo bom para o casal, veio, para ela, o último dia.

Uma semana depois, a Dona de Casa encontrou, arrumando as gavetas do marido, um maço de chaves enferrujadas. Ela conhecia muito bem todas as chaves e as fechaduras da casa, mesmo assim não conseguia entender de onde teriam vindo aquelas. Perguntou ao marido.

Nem o marido conseguia lembrar. Fez muitas suposições que se revelaram erradas, e a mulher arqueava as sobrancelhas.

Passaram-se, então, aquele dia e o dia seguinte; no terceiro, no meio de uma conversa com o marido, levantou-se gritando: "Será que são dos caixões dos antepassados?".

A Dona de Casa correu imediatamente até a igreja do parque onde, segundo as tradições do passado, se preservavam os cadáveres vetustos e tentou, com aquelas chaves, abrir os sarcófagos de madeira pintada. Os sarcófagos, onze ao todo, se abriram. Sobraram duas chaves diferentes das outras e diferentes entre elas, uma maior e antiga, a outra menor e moderna. Colocou-as de volta sob os olhos do marido, mas ele começou a choramingar, dizendo que não se lembrava mesmo de onde eram, que ela o deixasse em paz, que não haviam sido feitas por ele, que jurava, que o perdoasse. Sua mulher esperou com dificuldade o dia seguinte: tanta confusão na casa deixava-a atordoada. Conforme findava a semana, o que veio para distraí-la foi uma visita à capela, mas, na manhã seguinte, após o almoço, o marido encontrou duas chaves em seu prato. O coitado começou a tremer e não ousava tocá-las. As sobrancelhas da mulher se tornaram extremamente ameaçadoras. Num certo momento, falou a velha mãe, num piado agudo: "O que são?", e esticava o pescoço para ver. "O que são, genro? Por que você tem medo? Deixe-me ver, dê aqui", e assim que as teve em suas mãos, logo uma risadinha maldosa atravessou as tantas rugas do seu rosto como água cintilando através das fissuras da terra queimada, e se animou toda.

"Aqui, mamãe", era o que pensava a filha, mas no meio-tempo a velha começou a gesticular em sua direção e se aproximou mostrando a chave menor: "Sei, sei. Ha, ha, ha. Mas não é o caso de falar sobre isso. Ha, ha, ha. Coisas do passado, graças a Deus", e ria sempre mais alto, com uma gargalhada que se misturava com um leve chiado.

"Mas eu", balbuciou o genro olhando com medo para a mulher, "não tenho nada a ver com isso, não é? Não tenho culpa. Não podia saber".

"Sim, sim, sim", a mãe, no ápice da diversão, agitava as chaves no ar. "Baú, genro, baú. Sótão. Sótão e baú. Ha, ha, ha".

"Não ria", disse, então, o pai, retirando-lhe as chaves e entregando-as à filha. "Foi por amor, querida. Seu marido não quis que o baú onde você se tornou tão rica e preciosa fosse destruído. Trouxe-o aqui e fechou-o num lugar seu. É prova de amor, minha menina querida, você precisa ser grata."

"Sim, sim, amor", repetia o marido ainda amedrontado.

"Sim, sim, sim", repetia a mãe chiando.

"Com os caixões dos antepassados", disse a Dona de Casa enquanto se levantava e saía do cômodo; já estava distante em busca daquele sótão.

Como era possível que não o tivesse visto em tantos anos enquanto arrumava a casa como a sentinela e os bastiões das prisões? Que tipo de patroa ela era então?

Andou, andou, andou, se perdeu num labirinto de armários e alçapões que não conhecia bem. Refez seus passos, recomeçou a volta do subsolo até o primeiro andar, do primeiro ao segundo, até o terceiro, até a água-furtada. Estava quebrada de cansaço, mas não parava de dar voltas e apalpar as paredes, o chão, procurando um segredo que se abrisse diante de uma porta invisível. Mas não estava desanimada. E quando parou de procurar cada viga do teto, porque os olhos inchados estavam feridos, e quando já não pôde mais bater em cada centímetro de parede com as mãos ensanguentadas, continuou apalpando, ciente de que iria encontrar. Encontrou, de fato, por teimosia de imaginação que havia muitos anos já não lhe ocorria.

Havia passado uma e outra vez por um sótão que conhecia bem, sem tentar as divisórias entre os tijolos do piso: sentia que não tinha razão para acreditar, que lá não haveria escotilhas, contudo, só conseguia se afastar com dificuldade daquele cômodo cujos móveis quebrados, já no passado, a atraíam, ainda que não tivessem nenhum interesse ou valor, mas eram somente portas comuns de armários quebrados, gavetas quebradas, laterais destruídas e pés mancos. Sabe-se lá por que a Dona de Casa não havia nunca arrumado aquele canto nem feito retirar os móveis e destruí-los.

"Não serve para nada, só juntam poeira e sombra."

Enquanto pensava isso, de repente, jogou-se de cabeça num armário, quebrou a rede que caiu em cima dela em pequenos pedaços, deu um pontapé na base, e o móvel cambaleou, rangeu por todas as junções, um pedaço da moldura se desprendeu, um batente abriu de súbito e atingiu seu peito, as vigas, com estouros secos, se despregaram uma a uma e caíram no fundo que já não era nada além de um monte de farpas e destroços finíssimos. Atrás daquele monte, uma porta com a fechadura forçada.

A Dona de Casa levantou o queixo, deu um passo entre os destroços e, já que era uma mulher da ordem, inseriu a chave antiga na fechadura aberta; devagar, com as duas mãos e toda a força, virou-a, com dificuldade sustentou os batentes que, num golpe, dando um longo gemido, se escancararam.

Do outro lado, havia um quartinho vazio sem janelas, uma espécie de fundo duplo do sótão, degradante, o último abaulamento do teto. Num canto, sobre o piso de tijolos, coberto de uma camada grossa de poeira, aparecia um grande trecho retangular mais escuro, e ao redor estavam dispersos velhos mofos, pegadas que se cruzavam em todas as direções, pedaços de teias de aranha, e um toco de terra do qual saía um facho de carriço. A planta se estendia sobre o pó em busca de luz e, com numerosos dedos peludos, se agarrava e subia sobre qualquer aspereza do chão, esperando encontrar um pouco de céu. Uma aranha sobrevivente se balançava, a rosa das patas flácidas, no final do fio de sua teia.

A Dona de Casa deu um passo naquele local. Parecia, em algum momento, se lembrar de onde e quando havia recuperado o pedaço de pão, de ver o jovem moreno forçar a porta e arrastar embora o baú, do marido a vir passar horas ali em duvidosa complacência dando voltas oblíquas sobre aquelas pegadas que talvez sempre tenham estado lá, como gerações passadas, ou como se já estivessem prontas para quando tivesse de passar novamente por lá, ou apareceram só para ela, como aquelas de quem sempre está ao nosso lado e nos acompanha e não sabemos reconhecê-lo nem pedir ajuda.

"Por quê", soluçou com os olhos secos a Dona de Casa, "por quê?". Ajoelhou-se próxima dos vestígios, reclinou a testa sobre o pó, sem mais lembranças do passado ou do presente, deitou-se ao lado do fio de carriço, virou o rosto para a aranha que, de repente, começou a tecer sua trama inútil naquele ar deserto. E a Dona de Casa a desafiou: "Quero ver, aranha, se também a sua obra será desperdiçada por sua vida, como a minha. Aranha, quer apostar que, quando terminar o seu trabalho, você também morrerá de secura?". E esperava. A cela já estava escura pela sombra do crepúsculo. Pareceu à Dona de Casa ouvir um estrondo muito distante. Distraiu-se com outra sensação que agora a preocupava. Sentia a carriça subir devagar por seu braço em busca de nutrição e tentar seus poros para espremer alguma gota que matasse sua sede. Mas novamente chegou aos seus ouvidos aquele estrondo, agora mais próximo, aliás, não parava de crescer e avançar rapidamente. Era um som mais do que sutil, talvez imaginado, uma ponta de sussurro, uma vibração que lhe chegava através do ar com lentas voltas em espiral, com pausas, corridas. Para a mulher, era como se o estrépito de um avião, passando sobre a casa, entrasse pelas janelas e pelo teto, com um grito sempre mais cerrado e um vento preto, altíssimo, carregado de diferentes afãs, que o fizesse cair, as asas emaranhadas na teia de aranha. De imediato, houve o deslocamento de uma luta, as batidas de grandes asas metálicas, um assobio como de bombas que aspiravam o ar, quedas profundas, rangidos agudos, e, só mais tarde, satisfeita, surda, pesada, aquela aspiração, aquela sucção de ar num redemoinho. Estava escuro demais para que a Dona de Casa conseguisse ver o que havia acontecido, mas seu senso de horror e sua inveja esclareciam que um mosquito tinha corrido direto para o outro cômodo na teia, e agora a aranha acabava de esfremê-lo e se saciar. Levantou-se e se arrastou com dificuldade, sujando-se de pó, o carriço enrolado no braço, mofo nos cabelos. Voltou para a sala, e cada um ficou com medo da cor esverdeada da sua testa e da imobilidade dos olhos.

O médico que vinha a cada hora para verificar a pulsação dos pais dela e do marido, ao vê-la, aconselhou humildemente que se deitasse. A senhora aceitou o conselho. "*Malum signum*, mau sinal", pensou o médico. "Quando a patroa aceita se deitar é porque chegou o fim."

Foi o fim.

A Dona de Casa faleceu naquela mesma noite, sem mais abrir a boca ou fechar os olhos. Nenhum outro mau sintoma era aparente, somente uma imensa prostração.

"Parece ter se apagado por decrepitude", dizia o médico aos três octogenários reunidos ao redor da cama. "Como se tivesse vivido tantas outras vidas, carregado tantas outras pessoas nas costas." Será que a Dona de Casa ouviu estas últimas palavras? Certamente, pois virou os olhos, que até então estiveram sempre fixos diante de si, sobre os presentes e se demorou olhando um a um, quase como se quisesse devolver a eles a própria responsabilidade: chegando em Araceli, que fazia o papel de rebaixo da porta, acenou um gesto mínimo nas pálpebras. Araceli escancarou os batentes, e, no vão, surgiu a longa fileira de serviçais. Estavam inertes, como feixes, uns sobre os outros, já que ninguém mais os tinha sobrecarregado desde que a patroa se perdera no sótão. Alguns ainda carregavam vasilhas cheias nas mãos, outros repetiam o gesto de tirar o pó dos móveis e bater as roupas. A Dona de Casa os manteve longamente suspensos à espera de uma ordem, para depois, de repente, quase como um despeito, abandoná-los no melhor momento; fechou rapidamente os olhos, levantou o queixo no movimento de sempre, abriu a boca amplamente e expirou.

E sua mãe, ainda que a Dona de Casa não tivesse lhe dado essa ordem, gritava como quando ela nasceu.

Epílogo

O funeral, cuja organização já havia sido providenciada um mês antes pela própria falecida, foi imponente pela cumplicidade do povo e das autoridades. As mansões ao redor e a propriedade tiveram todas as flores saqueadas, e, dos vilarejos distantes, chegaram trens carregados de ramos de carvalho, folhas de louro: moitas e bosques viajavam dos cantos mais remotos da pátria em direção à mulher exemplar. Notou-se, porém, entre as incontáveis coroas e mantos floridos, um feixe de espinheiros atados com uma corda e escrito: UM CORAÇÃO. O que, com efeito, parecia algo bastante fantástico e inconveniente e, por deferência à defunta, evitou-se falar a respeito.

Depois do enterro da exímia cidadã, cada um voltou às próprias moradas, exceto os três velhos que, dada a idade avançada, não saíram de suas poltronas, onde permaneceram ainda por algumas semanas chorando cada vez menos, tomados pela umidade e quebrados pelos soluços, até que em certo tempo morreram.

Passaram-se muitos anos, mas a fama da dama precavida e benevolente persiste até hoje em sua cidade, que, graças às guerras, tornou-se um importante centro industrial, no qual a manutenção dos tempos pacíficos estabelecidos nos últimos anos quase desapareceu (o paiol de pólvora ainda não explodiu), e todos os que a conheceram estão mortos ou dispersos. Uma praça, entre as construções que surgiram onde antigamente havia a propriedade, agora leva o nome dela. Aquele nome que a Dona de Casa não quis que fosse gravado na urna fúnebre, tendo predisposto que houvesse, esculpidos, os conhecidos versos: *"O que foi tornará a ser, o que foi feito se fará novamente; não há nada novo debaixo do sol"*.

Com isso, autoridade e plebe ficaram muito ofendidos, pois quase lhes parecia que a Dona de Casa demonstrasse, dessa forma, não gostar da gloriosa pátria e quisesse, por deplorável instinto democrático, se confundir com os cadáveres comuns.

Quaisquer que tenham sido suas intenções enquanto viva, a Dona de Casa, ao contrário, não soube, já morta, se desligar daquele nome e sobrenome e das funções e hábitos que aquele nome e sobrenome conheceram em vida, tendo com eles conquistado a fama que no ponto de morte parecia desprezar. Até nisso seus conterrâneos lhe mostraram uma reverente condescendência. Pois cada um sabe bem o quanto de desprezo previamente estabelecido sentem os homens ativos em relação aos fatos incomensuráveis ou sobrenaturais. Contudo, tendo notado que a Dona de Casa gostava de voltar a se ocupar, de vez em quando, das pequenas necessidades cotidianas, seus conterrâneos deixam que falem das suas aparições, mas sem ridicularizar ou desmentir, pelo contrário, que seja um dever acreditar.

O primeiro a começar a espalhar a notícia foi aquele coveiro especial que, de noite, leva para passear, para que se satisfaçam algumas necessidades, o leão, o cão fiel, as pombas, o cisne e outros animais de bronze ou de pedra que, de dia, permanecem como símbolos sobre os sepulcros. Ele contava ter visto muitas vezes a Dona de Casa sair da sua capela e, aprumada com um pouco de água, terra, pó de ossos e uma polpa fosforescente, espalmar os pregos, as maçanetas e os acabamentos de latão que estão no mausoléu. Ela lustra por horas a fio com os lenços de renda, até ficarem mais brilhantes do que as chamas votivas acesas ao redor. Ao terminar a limpeza, a Dona de Casa lava o pedaço de pano na pouca água dos vasos e pendura-o sobre uma moita de vassourinha, depois, sentada na porta da capela, abandona as mãos sobre o ventre, espera o lenço secar. Às vezes, conversa com alguma vizinha que tenha também terminado de arrumar o túmulo do marido. São sempre as mesmas conversas.

"Ah, minha senhora", suspiram em coro, "nunca terminamos. Numa tumba, sempre há muito o que fazer".

"E agradeço a Deus que somos só eu e meu marido", diz a Dona de Casa, "se tivéssemos filhos".

"Nunca dá tempo", diz outra; e voltam a se lamentar ou discutem sobre a eficácia dos produtos para lustrar, trocam e estudam novas receitas. Quase sempre é a Dona de Casa quem se levanta primeiro:

"Preciso ir. Bom descanso. Meu marido não gosta de sair, é muito velho e fica triste se eu passo muito tempo fora sozinha."

Muitas vezes, a Dona de Casa, que parece ter se tornado um pouco distraída, esquece o lenço sobre a moita. Então, no dia seguinte, os professores levam em fila os alunos das escolas para vê-lo e prestar uma homenagem. O guarda fica atento para que ninguém o toque, nunca se sabe. E tem ordens para vigiá-lo mesmo após o fechamento do cemitério, até que a Dona de Casa volte para pegá-lo.

Uma vez, quis devolvê-lo ele mesmo por gentileza, talvez, ou para receber um trocado. De qualquer jeito, tomou-o da moita e entregou-o à mulher que ia à procura. A Dona de Casa não parecia vê-lo, então ele disse: "Aqui está, ilustríssima, está comigo". Mas àquela voz humana ela gritou e fugiu na capela sem ter coragem, por muitos dias, de sair novamente.

Porque os mortos não veem os vivos.

Este livro foi escrito entre 1938 e 1939 e apresentado em esboços para a censura da época; foi julgado por ela uma desfeita cínica. Não proibiram a publicação, mas impuseram que alguns episódios fossem suprimidos, além de todas as citações do Antigo Testamento; deviam também ser banidas as palavras "marechal", "governador", "pátria", "nação", que pareciam estar contaminadas por um tom genericamente não respeitoso na narrativa. Outras modificações foram exigidas, por exemplo, que a lira não fosse mencionada, nem qualquer outra peculiaridade que pudesse supor que a história se passe na Itália. As correções foram preparadas, a Dona de Casa pagou em moedas, todo marechal se tornou comandante, um arconte fez sua aparição, e o país foi transportado para outro lado do oceano. Uma edição como essa, virada do avesso, foi impressa e estava pronta para a difusão quando um bombardeio destruiu (em Milão) toda a tipografia e a tiragem do livro. Depois, sucederam-se os eventos, graves demais para que fosse possível se ocupar da Dona de Casa. Retomado o romance seis anos mais tarde, por desejo do editor, tentei, a partir dos esboços da impressão que ficaram comigo, levá-lo de volta à primeira edição; mas não posso jurar em que ponto a versão antiga e a nova se misturam. Não quis me preocupar demais em arrumar cada coisa; algum absurdo foi perdido, quem sabe isso não se combine fatalmente e saborosamente com outros absurdos originais deste retrato de mulher; o qual já me parece tão distante, mal o reconheço.*

P. M., 1945

---

* Moeda italiana na época. [N. T.]

Nota sobre o texto

Elisa Gambaro

Nascimento e morte da dona de casa não surgiu imediatamente como livro. Foi escrito entre 1938 e 1940; uma primeira versão da obra foi publicada semanalmente entre o outono de 1941 e o inverno do ano seguinte, em quinze episódios, na *Tempo Illustrato* (esse era o nome pelo qual a revista era conhecida), a primeira revista italiana impressa em rotogravura colorida. Quem pediu a colaboração de Masino com um "romance, mesmo breve" foi Alberto Mondadori, editor e diretor da revista. Na época, ela estava com pouco mais de trinta anos. Na pequena sociedade literária de então, era conhecida por ser a companheira de Massimo Bontempelli e uma autora precoce; sua assinatura como colaboradora aparecia com certa frequência tanto em jornais de cultura quanto nos mais difusos, já havia publicado três livros que uniam nitidez linguística elegante a uma conduta idiossincrática e surreal do conto.

São os mesmos ingredientes que encontramos na história da Dona de Casa e que, até algumas décadas atrás, foram o suficiente para a crítica arquivar com condescendência essa nossa escritora esquecida. Masino foi rapidamente catalogada dentro dos ramos de propagação do gênero fantástico que ocupava os andares elevados do sistema literário italiano dos anos 1930 e foi liquidada como apêndice do seu companheiro, mais prestigioso.

Contudo, *Vida de dona de casa* — esse o primeiro título da obra — oferecia aos contemporâneos, e continua a oferecer para nós, hoje, muito mais do que um substrato descolorido da época. Numa carta para a autora, Alberto Mondadori lhe diz estar certo de que as desvairadas peripécias domésticas que preenchiam as colunas da sua revista estavam prontas para se tornar "seu melhor livro, com ele, sei com certeza, favorecerá também um sucesso de vendas". A segunda parte do prognóstico se revelaria retumbantemente errada; após um longo ir e vir editorial, que também passou pela destruição dos esboços durante os bombardeios de 1943 em Milão, a obra acabou saindo pela Bompiani após o fim da guerra em 1945. Foi um previsível insucesso comercial. Não surpreende que, em pleno clima neorrealista, o livro tenha passado quase despercebido; já no começo da guerra, quando o texto ainda saía em capítulos na *Tempo*, Enzo Zorzi observou para a autora como os numerosos "pontos difíceis" do romance pareciam indigestos não somente para a censura política e moral do regime, mas até para o paladar dos compradores "de um jornal que se destina a um público vastíssimo".

Mondadori não se equivocou em relação ao juízo de valor: *Nascimento e morte da dona de casa* é a obra-prima de Paola Masino e um livro importante, porque a furiosa polêmica social contra a subserviência feminina é dita com pitadas de ironia tão cáusticas quanto fruíveis. Trata-se, porém, de humor ácido, muito ácido. Já a mudança do título pela qual passa a obra durante sua composição ilustra o núcleo inflexível que subjaz toda a empreitada da escrita. *Vida de dona de casa* torna-se *Nascimento e morte da dona de casa*: por um lado, a figura anônima protagonista ganha uma determinação universal, portanto Masino quer que sua história não represente mais uma dona de casa qualquer, mas *a* dona de casa, ou seja, todas as mulheres; por outro, a vida, ou seja, a singularidade contingente e acidentada da existência biológica e material, encontra sentido somente em sua abstração e última encarnação, nascer e morrer. Havia o suficiente para assustar os leitores da *Tempo*, os quais, no fundo, só pediam um pouco de entretenimento honesto e de santa distração das questões do estar no mundo. Eis, então, a autora que tenta, do seu jeito, "domesticar" o extremismo niilista da sua mensagem.

O primeiro e mais importante instrumento de invenção é o repertório de imagens e situações narrativas: a "condenação à materialidade da vida", que sujeita as mulheres à cadeia de necessidades, traduz isso numa série de quadros animados, frequentemente numa conformação teatral direta. Numa apropriação original da lição de Pirandello, que, para Masino, é o modelo mais próximo e caro, a autora se diverte colocando em cena trocas de diálogos claramente absurdos. Nesse *tableu vivant*, as personagens se reduzem a esboços e esqueletos; teimosamente dedicados a desmascarar com uma extravagância pura as convenções do jogo social, revelam com raiva a hipocrisia e aderem a elas escrupulosamente — que são, enfim, a mesma coisa. Nas páginas acampam as figuras típicas da paisagem burguesa entre as duas guerras: o cardeal, o marechal, o mordomo, o jardineiro, as virgens, as "damas de uma certa idade", as "mulheres do prazer", um incrível "marido de roupão". E depois os objetos, funcionais e ornamentais, os tiques linguísticos, as fisionomias e poses, enfim, os desesperadores rituais coletivos da classe média-alta da época: com nossa grande diversão, nem nada nem ninguém se salva das paródias ferozes de quem escreve.

Claro, o projeto desafiava o gosto do leitor médio também, especialmente pela junção desvairada de materiais compostos. Os documentos apontam que a censura fascista permitiu, enfim, que o livro fosse publicado, sob modificações cirúrgicas e supressões invasivas, mesmo porque "a impressão de ler através de uma lente deformadora" embaça a vista do vasto público em relação ao tratamento polêmico reservado a temas capitais: "Nesses acontecimentos fantásticos e fantásticas considerações, a autora aborda tudo: os sentimentos, a família, o amor, a guerra, a educação da mulher, os costumes, os hábitos, a vida mundana, a moda, as relações sociais etc.".

Para nós, que já estamos habituados às mudanças rápidas das montagens e à mistura de gêneros da produção audiovisual, parecem bem menos provocatórias as descontinuidades da narrativa. Por outro lado, a administração da obra em capítulos semanais contribuiu, talvez, para mitigar a fisionomia de sobressaltos do entrelaçamento. Nas diferentes sequências, a autora experimenta técnicas heterogêneas de escrita: paródias de etiqueta, pintura de paisagens abstratas, inserções de dramaturgia, brechas oníricas e prosa ensaística. Um só interdito governa o propósito furioso de dar "um golpezinho nas costas dos queridos costumes familiares e na escravidão da mulher", de ser "o Lúcifer das donas de casa [...], o povo judeu no mundo das 'donas de casa'", como escrevia desabafando em correspondência privada: o que se recusa de forma intransigente são as técnicas tradicionais de psicologismo e a introspecção consciente, consideradas instrumentos de trabalho insípidos e obsoletos, que devem ser repudiados sem indulgência por quem, hoje, têm a ambição de ser considerado um escritor moderno.

Para narrar os humores polêmicos e sulfúricos, quem escreve escolhe, ao contrário, uma postura aparentemente cerebral e distante. É estratégica, a essa altura, a adoção de um tom relaxado, desenvolto como a mundanidade dos salões: quanto mais a voz narradora parecer perfidamente a de uma conversa, mais implacável será sua denúncia. Contudo, Masino não hesita em pontuar as frases com sentenças apodíticas, aforismos violentos e vereditos inapeláveis. As harmonias graves aumentam quando a prosa se demora sobre os tormentos da Dona de Casa: os desentendimentos internos são constantemente congelados em efígies, tornando-se os verdadeiros propulsores do desenvolvimento narrativo e dos efeitos sugestivos do livro. Basta começar a ler para estremecer diante da apresentação da protagonista anônima: "[...] a garotinha nunca tinha se dado conta de que seu corpo era de carne, como aquela exposta nas bancadas dos mercados ou pendurada nas vitrines dos açougues, contudo ela carregava, ocultos, um pensamento e um sexo que eram sua razão" (p. 14). A confusão entre ferocidade trágica e leveza de fabulação que cadencia todo o texto já está contida, de resto, na imagem extraordinária que abre e fecha o romance:

um baú empoeirado e sujo, versão doméstica e, portanto, feminina, do começo e do fim, ventre e túmulo, nascimento e morte. A futura Dona de Casa surge, no começo, ao lado de pedaços quiméricos de decoração: são emblemas da sua vindoura escravidão caseira e, por isso, inauguram a narrativa junto a marcações fúnebres.

> Deitada num baú que tinha função de armário, cama, cristaleira, mesa e quarto, cheio de retalhos de cobertores, de pedaços de pão, de livros e detritos de funerais (como flores de alumínio de uma coroa, pregos de caixão, véus de viúvas, fitas brancas com a frase AO QUERIDO ANJINHO escrita em letras douradas etc.), todos os dias a garotinha catalogava pensamentos de morte. (p. 13)

Serão os lamentos da mãe, que claramente ameaça "morrer de desgosto" — é uma mania das mães —, a pressão para que a garota saia do baú. Ao sair, ela já sabe que a espera um destino feminino que se desenha de forma inexorável, segundo as estabelecidas e rápidas etapas da formação da mulher: no fim do terceiro capítulo, após um alucinante e divertido baile, a protagonista já se casou com um velho parente endinheirado e está pronta para começar uma carreira como esposa da alta burguesia. Logo percebe não somente que o tempo adulto é um pesado e insensato afã, mas que o regime social vigente, então como hoje, confere às mulheres uma existência subalterna e, portanto, alienada. A garota do baú toma o nome de Dona de Casa; daqui em diante, o entrelaçamento se dá de forma desordenada entre fugas e voltas, num contínuo ir e vir entre o dentro e o fora, entre a casa do marido e as viagens visionárias em lugares externos igualmente estranhos. Ao movimento pendular no plano das coordenadas de espaço, corresponde uma análoga esquizofrenia de consciência e de comportamento por parte da protagonista; assim, a partitura do livro alterna cenas corais com meditações solitárias. Por um lado, a Dona de Casa está tão obcecada pelos trabalhos domésticos que faz deles, num movimento extremo e voluntarioso, seu único discernimento ("quero esquecer o nascimento e a morte, por serem somente uma gota de matéria que encontra sua razão de existir no afinco com que se constrói e se mantém" [p. 105]); por outro, abandona-se a problemas que não podem ser resolvidos e amargas tentativas:

> Quem cuida do seu repouso senão eu, quem deixa sempre os lençóis limpos na cama? Do que vocês reclamam, contra quem estão gritando? Os terraços são das donas de casa para que elas estendam as roupas feitas para os homens. [...] Esse tempo já passou, toda a poesia do mundo já passou para a mulher, desde que vocês, homens, colocaram a casa sobre os ombros dela. Comer é saber um dia antes o quanto você mastigará no dia seguinte, saber quanto custa, saber como foi preparado, prevenir o desperdício, duvidar do furto; dormir é sentir, a cada respiração, o cheiro de amônia; [...] Vocês voam, nós ficamos na terra. Dos seus voos, vocês só nos trazem os paraquedas estragados, para que sejam remendados, retiradas as manchas, dobrados, recompostos. (p. 113)

"Vocês voam, nós ficamos na terra": o desabafo é a expressão de um *éthos* frontalmente adverso à moral familiar da época, entende-se, num acolhimento, no máximo, distraído e incomodado por parte dos destinatários dos anos 1940. Contudo, as iconografias de Masino, sempre alimentadas por um profundo realismo sobre o aparato que combina as invenções extravagantes, invocam um imaginário bem presente no *Zeitgeist* da Itália daquela época. Que se pense, por exemplo, no mito do aviador, central na cultura nacional entre as duas guerras. Os acres protestos aos "maridos voadores" não somente arranham as narrativas de celebração alimentadas pelos meios de comunicação, mas estão também em diálogo com o romance rosa, uma produção coeva. Vale a pena lembrar que o livro precursor desse gênero, *Signorsí* [Senhor, sim], precede em alguns anos a história da Dona de Casa: em seu exórdio de sorte como escritora profissional, Liala* oferecia à idolatria das leituras uma imagem de virilidade desejada, envolvida pelo chamado fascinante ao heroísmo da Aeronáutica militar. Masino começa onde o romance rosa termina: a conquista do homem, a chegada que alimentou, por páginas e páginas, os dilemas das protagonistas sublimes escritas por Liala, revelam-se, no final, algo bem diferente: uma explícita, prosaica e plúmbea certificação do insensato viver.

É o mesmo "mal de viver" que, num lugar oposto do sistema literário, no alto, vinha modulado em versos destinados a formar mais do que uma geração de detentores do gosto: "Ti guardiamo noi, della razza / di chi rimane a terra" [Nós lhe protegemos, da raça / de quem fica no chão], diz um dos mais conhecidos versos de Eugenio Montale. É preciso lembrar que *Nascimento e morte da dona de casa* compartilha, de maneira oblíqua e problemática, esse núcleo forte do *novecentismo***, o mal-estar e a condição de separação da "vida quente" sofridos pela figura do intelectual. Mais forte talvez seja a sintonia com a literatura das mulheres, de Sibilla Aleramo — uma escritora não amada por Masino — em diante. Basta ver como no livro da nossa autora as marcações do exercício literário, leitura e escrita, são atividades explicitamente tematizadas: sinal eloquente de um acesso precário e recente à hierarquia dos escritores. O baú inaugural combina as iconografias mortuárias à menção dos "livros", enquanto sobre a garotinha enfurnada por lá nos é dito imediatamente que "lia até o alvorecer"; em paralelo, no quarto capítulo, quando é consagrada a transformação da protagonista em esposa burguesa, aprendemos que "A voz secreta da dona de casa eram nove páginas de caderno [...] Páginas sem referência à vida presente, mas foram seu jeito de dizer a Deus: 'Não mais'" (p. 70).

O que realmente diz essa "voz secreta", vamos descobrir mais adiante, no sexto capítulo, no qual o típico gesto de

---

*   Pseudônimo de Amalia Liana Negretti Odescalchi.
**   Movimento de tendências artísticas e literárias que floresceram no século XX. [N. T.]

acumular gêneros compostos de discurso oferece a inserção na íntegra do texto com o título "Primeiras memórias". São reflexões distantes da "vida presente", e por isso abstratas, com o intuito de circunscrever o núcleo autêntico e incandescente daquele "mundo das ações" que tanto aterroriza a protagonista: a maternidade. Um acordo demasiadamente humano de humana finitude, na concepção inflexível da autora, a procriação é coerentemente recusada como um atentado irreparável à individualidade pessoal: "pensar a respeito era uma irritação, quase como se tivessem me dito que aquele coração, aquele cérebro, aquele corpo, seriam despedaçados em pequenos pedaços e distribuídos para criaturas desconhecidas, os futuros filhos" (p. 193).

Por outro lado, quem narra já nos havia advertido com a malícia de sempre, que "neste conto, não há lugar para as ideias gerais" (p. 20); escondido entre muitas piscadelas irônicas à cumplicidade refinada do destinatário eletivo, a afirmação é uma verdadeira indicação de leitura, que caminha justamente decifrada ao contrário. O ponto é, porém, que as reflexões impessoais das "primeiras memórias" de fato não resolvem, e não poderiam fazê-lo, os problemas terrestres e metafísicos da protagonista: o pensamento engole a si mesmo, e a empreitada de descrever é abandonada. Seguem-se, então, sem solução de continuidade, as "Segundas memórias": sem as argumentações teóricas, é a vez de alinhar as anotações de referências e simples registros do cotidiano, o ritmo é dado respeitando os cânones das anotações em diário. A essa altura da história, a Dona de Casa está temporariamente em evasão "na capital", mas a administração doméstica e o emprego em que ela está emaranhada se revelam, possivelmente, ainda mais deprimentes do que o cotidiano patronal do qual havia fugido: as poucas anotações no diário relatam, com uma pontualidade desoladora, a miséria aflitiva e, aos poucos, como é previsível, também se calam. A última anotação, memorável, consta numa só palavra: "Caramba" (p. 120); um ponto de chegada conciso e prosaico que sela uma pungente desconfiança na função compensadora e mitopoética da escrita.

Não sobrará outra escolha senão realmente fazer "o trabalho de mulher", anulando-se num cego ativismo que ultrapassa a esfera eletiva da intimidade doméstica: com uma intencionalidade provocatória descoberta, Masino desfaz os gestos mundanos do patriotismo feminino, obrigando sua heroína a uma corrida extenuante atrás dos deveres sociais hipócritas e estranhos aos quais as classes dominantes se dedicavam na época da guerra. Ela vai acabar merecendo o cômico título de "Exemplo Nacional", nossa Dona de Casa, "se viu, muitas vezes, preocupada com a vinda de dez personagens para uma competição de xadrez no dia seguinte, ou de trinta celebridades para um jogo de cabra-cega no parque, ou das crianças do orfanato para o café com leite" (p. 184).

Um zelo tão hiperbólico conduz, no final, a Dona de Casa à morte, mas nem naquele momento lhe é possível dizer "não mais": com extrema concessão ao gosto do divertimento grotesco que havia animado o projeto, o Epílogo da obra põe em cena uma protagonista atarefada ao redor do próprio túmulo.

> Às vezes, conversa com alguma vizinha que tenha também terminado de arrumar o túmulo do marido. São sempre as mesmas conversas.
> "Ah, minha senhora", suspiram em coro, "nunca terminamos. Numa tumba sempre há muito o que fazer". (p. 234)

O último tapa ao decoro burguês ressoa — de forma inverossímil e um pouco impressionante — outro célebre final literário, ele também coetâneo: talvez um dos nossos escritores mais misóginos do século XX, Carlo Emilio Gadda, conclui *A Adalgisa*[*] com a representação de sua fúlgida heroína atarefada tentando arrumar o sepulcro do marido no Cemitério

---

[*] O romance *A Adalgisa — Quadros milaneses*, publicado no Brasil pela editora Rocco em 1994, com tradução de Mario Fondelli, está esgotado. [N. T.]

Monumental. A página de Gadda é agridoce, nela as notas de arrependimento difuso pela Milão que não existe mais, e pela própria juventude em cinzas, se desfazem no consentimento de admiração, contido e de boa índole pela vitalidade operosa de outra dona de casa. Nada parecido com Masino, cuja mensagem, truncada e "malfeita" sob um véu humorístico, instaura suas cadências sobre marcações muito mais compactamente funestas. Não há saída para o destino de ser mulher, nem uma história para salvar ou para escrever: "Porque os mortos não veem os vivos" (p. 234).

Posfácio da tradutora

Origem e escrita

Paola Masino nasceu em Pisa em 20 de maio de 1908, filha da aristocrata Luisa Sforza e do funcionário do Ministério da Agricultura Alfredo Masino. Teve uma irmã mais velha, Valeria. Criada em Roma, seu pai foi o primeiro grande interlocutor intelectual e incentivador do cultivo dos seus interesses artísticos, tanto no campo da literatura como no da música. Já nos anos de sua formação, foi uma leitora atenta da Bíblia, mas também dos grandes romancistas do século XIX, particularmente Flaubert, Dickens e Dostoiévski. É comum se deparar, em notas biográficas sobre a autora, com um excesso de informações sobre seu vínculo com o escritor Massimo Bontempelli. Embora esse encontro tenha sido certamente fundamental para a formação de Masino, ampliando sua rede de relações no meio artístico e literário, mantê-la à sombra do escritor seria reduzi-la.

Nascimento e morte da dona de casa é o terceiro e último romance de Paola Masino. A introdução de Nadia Fusini e as notas de Elisa Gambaro elucidam com profundidade o *iter* deste texto. Seu primeiro romance, *Monte Ignoso* [Morro Genioso], foi publicado em 1931 pela Bompiani e desfrutou de um imediato sucesso de público, mas em seguida recebeu críticas negativas, entre as quais a do importante escritor

Carlo Emilio Gadda. Segundo ele, Masino havia pesado a mão, com uma escrita hipersurrealista, mal acompanhada por uma quebra das estruturas gramaticais. Em seguida, foi a crítica do regime fascista que denunciou o romance como subversivo, com sua importante "propaganda" contra o crescimento demográfico. Talvez por isso o regime fascista tenha apelidado Masino de *scribacchina*, algo como "escritorazinha de quinta categoria".

Mas é importante pensar que, já em seu primeiro romance, ainda que considerado pela crítica mais recente como um texto em parte autobiográfico, Masino cultivava temas e questões que se tornaram centrais em *Nascita e morte della massaia* [Nascimento e morte da dona de casa]. É como se *Monte Ignoso* tivesse servido como campo de exploração para a constituição da infância da protagonista do último romance. Afinal, a Dona de Casa, antes de vestir o arquétipo como nome próprio, foi uma criança que passou seus primeiros anos, até a adolescência, trancada num baú, entre livros, poeira, migalhas de pão dormido e objetos fúnebres. Se em *Monte Ignoso* a maternidade é a protagonista do romance, considerada uma imposição e uma condenação — o oposto da infância, um momento mágico da existência humana[1] —, em *Nascimento e morte da dona de casa* o papel exercido pela mulher, circunscrito à mera existência doméstica, assume a posição central. Contudo, mesmo em seu último romance, questões ligadas à maternidade e, mais do que isso, ao vínculo entre mãe e filha ocupam um espaço importante. A Dona de Casa, quando criança, sabe que toda sua individualidade, que foge aos moldes burgueses e autoritários, provoca um desgosto que prenuncia a morte da mãe — pois a mãe repete como um mantra à filha: "Você vai me matar de desgosto". A infância é um tema caro à autora também em seu segundo romance, *Periferia* (1933), que ficou em segundo lugar no prestigioso prêmio Viareggio. A infância

---

1 Silvia Boero. "Metodologie di sovversione: Monte Ignoso di Paola Masino". *Forum Italicum*, v. 42, n. 1, 2008, pp. 52-68.

serve como lente de observação para narrar tanto a disfunção social como familiar no entreguerras na periferia de Roma[2] — o lugar da mulher dentro do círculo doméstico, seu papel social e a maternidade são temas que perpassam as obras de Masino. Porém, se voltarmos ainda mais no tempo, encontramos um dado interessante na biografia da autora; em 1924, portanto aos dezesseis anos, ela escreveu a peça de teatro *Le tre Marie* [As três Marias], um drama com três mulheres: a mãe, a irmã e a esposa de um "grande homem", um gênio que as mantinha subjugadas. Esse olhar para si e para o seu lugar no mundo está na gênese da sua criatividade e, de certa forma, é o que a acompanha tanto em suas obras literárias como em seu trabalho como jornalista. No mesmo ano em que escreve a peça, o pai a acompanha ao Teatro Argentina, em Roma, para encontrar Luigi Pirandello, a quem ela entrega seu primeiro manuscrito. O dramaturgo siciliano se tornaria, de fato, um grande amigo de Paola Masino.

Da tradução

Traduzir é a leitura mais profunda que se pode fazer de uma obra. É na tradução que o texto é esmiuçado e se torna não apenas uma narrativa e um enredo, mas também uma pesquisa intensa e um desafio que envolve soluções para transpor satisfatoriamente o estilo e as escolhas lexicais do autor. Não se trata mais apenas de entender o que se tem diante dos olhos, mas também de procurar uma forma e um ritmo para transplantar essa vivência para outro sistema cultural, para outro mundo linguístico. Paola Masino é uma escritora erudita e extremamente refinada, e *Nascimento e morte da dona de casa*, um livro tão fascinante quanto desafiador. Foi preciso traduzir pelo menos umas cinquenta páginas para começar a experimentar algo do estilo e do ritmo dessa autora, pois há um momento em que o raciocínio é mais teórico e se anotam as questões observadas, mas há também um esforço físico e repetitivo

---

2 Louise Rozier. "The Theme of Childhood in Paola Masino's *Periferia*". *Italica*, v. 84, n. 2/3, 2007, pp. 399-409. Disponível em: <www.jstor.org/stablè/40505707>. Acesso em: mar. 2021.

em que vamos assimilando os termos e as imagens próprias da autora e dessa narrativa em particular. O aspecto mais divertido certamente foi poder transitar, dentro desta mesma obra, por pelo menos três gêneros literários: o romance propriamente dito, o teatro e o ensaio. Tudo que pertence ao romance, enquanto narrativa, e ao ensaio está estruturado numa prosa poética e, por isso, também pode parecer instigante, tanto para o leitor como para o tradutor. Masino nos desloca, nos tira do conforto tanto com sua linguagem, como com sua imagética, a qual nos exige uma ampliação dos sentidos. Neste romance, a forma não se separa da narrativa, fazendo-nos experimentar algo mais próximo da leitura ou da tradução de um poema. Penso no manifesto do ritmo de Henri Meschonnic[3], em que o autor diz: "Contra todas as poetizações, digo que somente há poema se uma forma de vida transforma uma forma de linguagem e, de maneira recíproca, se uma forma de linguagem transforma uma forma de vida". Assim, só há *Nascimento e morte da dona de casa* enquanto a vida, real e onírica, se transforma em linguagem, e enquanto a linguagem que emerge na tradução também constitui uma forma de vida. Essa questão permeou tanto o meu esforço tradutório quanto o trabalho da preparadora e editora Fabiana Medina — nossos diálogos e nossas negociações caminharam no sentido de transformar vida em forma de linguagem e linguagem em forma de vida.

Há imagens potentes que beiram o surrealismo e ocupam um espaço central no romance. A primeira é a infância da protagonista, sua vida que decorre num baú-casulo, o absurdo que é essa constatação e a naturalidade com que isso é tratado pela protagonista e também por sua família. Ainda que exista um estranhamento pela escolha da filha, a mãe não força sua saída — trata-a como objeto a ser higienizado e polido. Os detalhes gráficos dessa vivência, as

---

3   Henri Meschonnic. *Manifesto em defesa do ritmo.* Trad. Cícero Oliveira. Belo Horizonte: Edições Chão da Feira, 2015, p. 1 (Caderno de Leituras, n. 40). Disponível em: <https://chaodafeira.com/wp-content/uploads/2015/10/Caderno-n.40-ok.pdf>. Acesso em: mar. 2021.

migalhas de pão amanhecido, o mofo nos cabelos, as aranhas e suas teias são importantes e vão construindo um cenário e informando a vivência da protagonista, sempre seguindo um determinado ritmo. Outra cena que surge como uma materialização progressiva é a viagem que faz a Dona de Casa após ter entregado seus bens a Zefirina. Livre da sua vida ocupada pelos afazeres terrenos, ela vai se afastando da cidade e, na travessia do campo, parece aportar numa paisagem cada vez mais fantástica e irreconhecível. Há sempre uma reorganização do ritmo e da linguagem: no caso desta última, passa-se do diário à viagem. Há quebras, mas há uma linearidade revelada já no título, pois sabemos que o romance trata do nascimento e da morte da Dona de Casa. Assim como vivemos a vida em sua inexorável linearidade, do nascimento à morte, há também toda a expansão e a retração que cabe nos sonhos, nos devaneios e na escrita — um apertar e afrouxar, um sossegar e um desinquietar, para dizê-lo com Guimarães Rosa. Em cada registro temporal, seja ele *chronos*, seja *kairós*, há um ritmo, não é igual, mas pulsa. Paola Masino parece enxertar *chronos* com *kairós* durante todo o decorrer deste romance plurigêneros; de novo, podemos recorrer ao *Manifesto em defesa do ritmo*, de Meschonnic[4], e pensá-lo como "a organização-linguagem do contínuo de que somos feitos. Com toda a alteridade que funda nossa identidade".

Os gêneros em mudança e as reviravoltas da história podem, às vezes, obscurecer o significado do texto, mas na literatura, como na vida, nem tudo é claro e compreensível, e a tradução disso em linguagem parece convidar o leitor a embarcar nos diversos universos apresentados neste romance. Há trechos em que se está dentro de um registro onírico, e esses parecem escritos em estado de transe. Em seguida, há saltos para descrições detalhadas e realistas e inserções de metanarrativa que infiltram o tom de ensaio no romance, por exemplo, quando, entre muitas reviravoltas, a protagonista tenta se

---

4 Henri Meschonnic, cit., p. 3.

conformar à vida de dona de casa e a desempenhá-la de forma tão obsessiva, tornando-se um exemplo de mulher para o regime — nessa instância, num momento de desacordo com o marido, surge, entre diálogos e descrições, uma digressão da personagem: "(Veja como as coisas dos homens são coerentes. Escolhe-se um papel e dele nasce imediatamente a linguagem: usa-se uma linguagem e provoca em si mesmo o indivíduo a quem essa linguagem pertence.)" (p. 178). A tradutora deve seguir a autora como numa dança, se esforçar para não se afastar da singularidade de sua criação e, ao mesmo tempo, não impedir contornos que a aproximem do leitor. Dos pequenos detalhes das escolhas lexicais, é um jogo lúdico lembrar que, nos anos 1930, não se diria "zíper", e sim "fecho de correr", nem *blush*, mas "ruge". Outra questão pertinente a ser apontada é a manutenção do título, assim como em italiano, da expressão *dona de casa* em minúsculas. Se é verdade que este romance relata a vida e a morte da personagem Dona de Casa, também podemos dizer que o nascimento e a morte das donas de casa são postos, ironicamente, pela autora, numa vala comum da existência. Assim, seguimos recordando que a língua é matéria viva, mutável, e, nessa linha, podemos avançar e recuar para escolher o que melhor nos corresponde em nossa singularidade autoral de tradutora.

Nascimento e morte da dona de casa

Há três elementos fundamentais que percorrem este romance extraordinário: o corpo, o texto (como estrutura) e a casa ("Este é o lugar da minha perdição eterna") (p. 166). Esses três pontos de apoio constituem os alicerces para uma possível leitura da obra. Masino decompõe os limites do imagético com sua narrativa embebida no realismo mágico e corrompe a linearidade quando o campo onírico irrompe no real — o lirismo não é desprovido de um pensamento ensaístico, que surge através do pensamento da Dona de Casa, e de um sarcasmo que corta como uma lâmina afiada tudo que ocorre dentro do teatro doméstico.

O corpo, no começo, parece quase não existir, pois a protagonista se confunde com uma coisa: como uma boneca velha, é guardada num baú, está suja e é tratada pela mãe e pelas funcionárias domésticas como um objeto — do qual se tira o pó uma vez por semana. Por outro lado, é dentro desse baú-útero que essa jovem desenvolve uma rica vida anímica, nutre-se de farelos e de muitos livros, a vida mental parece ser a única a existir. A crítica mordaz de Masino surge assim nas entrelinhas — "a garotinha nunca tinha se dado conta de que seu corpo era de carne, como aquela exposta nas bancadas dos mercados ou pendurada nas vitrines dos açougues" (p. 14) —, em plena campanha fascista pelo aumento demográfico da população italiana. Temos aqui uma personagem que ainda não equipara sua existência e seu corpo à carne vendida na feira, ou seja, ao corpo a serviço do patriarcado para procriar e administrar a família e garantir a continuidade da raça. Nessa vida prévia à percepção do próprio corpo, a garota é só pensamento, só vida mental, "carregava, ocultos, um pensamento e um sexo que eram sua razão" (p. 14). A garotinha era uma coisa só com seu pensamento, "como as algas ignoram o mar, os pássaros, o céu" (p. 14). A aquisição da consciência do corpo ocorre com a saída do baú, o qual, assim como a infância, se torna um lugar mítico a que se anseia retornar, como se ele ainda pudesse conter alguma verdade, alguma chave para ler o mistério do próprio ser. É nessa busca, enfim, que a Dona de Casa encontra a própria morte. Mas há também um corpo desejante que surge no momento de transição em que a protagonista não é mais uma garotinha, embora ainda não seja a Dona de Casa. Esse corpo desejante materializa sua fantasia num ser misterioso e obscuro cujo nome vai se alternando durante todo o romance: de jovem preto (*giovane nero*) torna-se o jovem/homem moreno (*giovane/uomo bruno*). A progressão inversa da escuridão à luz associada à personagem fantástica que é esse homem parece conter uma canção de ninar muito comum na Itália, que diz: "*Ninna nanna ninna oh, questo bimbo a chi lo do, lo darò all'uomo nero che lo tiene un anno intero*"

[A quem vou dar essa criança? Vou dá-la ao homem preto que ficará com ela um ano inteiro]. Será essa a imagem que captura a fantasia da jovem na noite do seu baile de debutante?

O corpo vai ocupando outras funções durante o romance: torna-se uma máquina funcional de regras domésticas para a Dona de Casa, o corpo todo concentrado em dar ordens e manter o bom funcionamento doméstico. Até que, um dia, em meio a uma cena de viagem fantasiosa e onírica — que, para o leitor informado de hoje, remete a uma das cidades invisíveis de Calvino —, a Dona de Casa encontra uma jovem que, de alguma forma, parece ser seu duplo. Ela também se nutria de migalhas, sentia-se feia e vivia uma paixão pelo mesmo homem que havia ocupado toda a fantasia da Dona de Casa. O corpo, enfim, torna-se uma prisão, não só pela relação ambivalente com a maternidade, mas também por sua posterior recusa: "pensar a respeito era uma irritação, quase como se tivessem me dito que aquele coração, aquele cérebro, aquele corpo seriam despedaçados em pequenos pedaços e distribuídos para criaturas desconhecidas, os futuros filhos" (p. 193). É o pavor de algo que se duplica e se cria dentro de si, também como uma fantasia aterrorizante que acompanha a protagonista até seus últimos dias, quando ela, enfim, reencontra a jovem, seu duplo, casada com o jovem moreno, mãe de muitos filhos — filhos que a protagonista não quis ter. Ainda que, no primeiro evento que oferece à sociedade como Dona de Casa, por um breve momento, ela pareça confessar à personagem misteriosa (o jovem moreno) o desejo de ter um filho com ele. O corpo torna-se também uma prisão por se interpor à vida livre de obrigações domésticas e conjugais. A Dona de Casa, afinal, tenta arquitetar maneiras de livrar-se do próprio corpo, ainda que o real incida em seus planos a tal ponto que não pareça ser ela mesma, ao menos de forma consciente, a artífice da própria morte.

O texto e a casa também são extensões do corpo. Nesse sentido, os outros dois elementos parecem ser desdobramentos do primeiro. O texto nos oferece uma leitura nada fácil, seja pelas imagens oníricas, seja pelos caminhos do realismo mágico, mas sobretudo pela intertextualidade que entrelaça não só referências, como Goethe, a Bíblia e o repertório operístico italiano, mas gêneros literários diversos enfeixados no romance, pois o *Nascimento e morte da dona de casa* também é peça teatral, diário e ensaio. A casa passa de um primeiro *locus*, o baú, que, por menor e mais inóspito que seja, parece permitir uma vida emocional enriquecedora, para um lugar em que a casa é uma instituição, assim como o casamento e a família. Nesse sentido, a casa é também um tema que adere ao corpo enquanto espaço de aprisionamento, pois o tempo e a poesia terminam quando os homens colocam a casa nas costas das mulheres: "Esse tempo já passou, toda a poesia do mundo já passou para a mulher, desde que vocês, homens, colocaram a casa sobre os ombros dela. Comer é saber um dia antes o quanto você mastigará no dia seguinte" (p. 113).

Esta é uma história que permanece atual tantas décadas após sua primeira publicação, um romance que chega pela primeira vez ao público brasileiro, que ainda sente ressoar, em pleno 2021, os duros acordes de uma sociedade patriarcal em que o domínio do corpo da mulher e do espaço doméstico reina como a extensão de um regime perverso. Pois o Brasil também é o país em que não há pudor em exaltar mulheres "belas, recatadas e do lar", nem em condenar a mulher a ocupar o mais alto cargo executivo no país votando seu impedimento em nome da "família brasileira" num parlamento que, até hoje, resiste à legalização do aborto. Portanto, nada é mais atual para o leitor e para a leitora brasileira do que este romance escrito em pleno regime fascista na Itália dos anos 1930.

Francesca Cricelli
Reykjavík, março de 2021.

Sobre a concepção da capa

Existem duas formas de compreender a arte desta capa. A primeira leitura diz respeito a uma estampa inspirada na simplicidade da vida, na década de 1930, da mulher italiana comum, a quem não era permitido ter grandes ambições além de procriar e ser o centro da família. A segunda leitura está inserida no contexto histórico do período da autarquia[1] na Itália, com a ascensão do fascismo e a politização de uma organização feminina (que agregava nobres, burguesas e camponesas na Lombardia, em 1919) que se tornou a semente da Sezione Massaie Rurali [Seção das Donas de Casa], um braço do Partido Fascista que reunia mulheres apoiadoras do regime.

Para representar as donas de casa de Mussolini, nossa inspiração foi a estampa do lenço usado para identificar essas seguidoras. Sobre a cabeça ou amarrado ao pescoço, o lenço estampava flores campestres, ramos de trigo, o *fascio* (símbolo de poder romano que passou a figurar na identidade do Partido Fascista italiano) e uma trama xadrez conhecida como guingão (fibras coloridas entrelaçadas com fibras brancas), um tecido muito barato na época. Pelo valor acessível e a versatilidade da dupla-face, o guingão era muito usado em toalhas de mesa. Em meio a esses

---

1 A autarquia foi lançada como instrumento para responder à crise gerada pelas sanções impostas ao país em 1935, após a invasão à Etiópia.

elementos provincianos, podiam ser vistas as repetições do nome *Duce*, como era conhecido o ditador.

Mussolini vinha de uma família pobre da região da Romagna, e seu ideal feminino contemplava camponesas robustas com quadris largos, boas matrizes para aumentar a densidade populacional italiana e as fileiras do Exército. Por meio de jornais e revistas, tentou transformar as senhoras italianas em donas de casa, propagando a recusa ao estilo parisiense, a disciplina e o amor pelos produtos locais.